El trofeo

Seix Barral Biblioteca Formentor

Gaea Schoeters
El trofeo

Traducción del neerlandés por
Gonzalo Fernández Gómez

Título original: *Trofee*

First published in 2020 by Em. Querido's Uitgeverij, Amsterdam

Seix Barral, un sello editorial de Editorial Planeta, S. A.
Avda. Diagonal, 662-664, 08034 Barcelona (España)
www.seix-barral.es
www.planetadelibros.com

Este libro fue publicado con el apoyo de Flanders Literature (flandersliterature.be)

FLANDERS LITERATURE

Primera edición: abril de 2026
ISBN: 978-84-322-4968-6
Depósito legal: B. 24.756-2026
Composición: Realización Planeta
Impresión y encuadernación: CPI Black Print
Impreso en España

Dedicado a África, lo que quiera que sea eso.
Dedicado a la justicia, lo que quiera que sea eso.
Dedicado a la ficción, lo que quiera que sea eso

Estaba escrito que habría de ser
fiel a la pesadilla de mi elección.

JOSEPH CONRAD,
El corazón de las tinieblas

Hendiendo un cielo tiznado de negro, el avión se lanza en picado cual ave rapaz y a continuación se refrena, quedando aparentemente suspendido en el aire un breve instante antes de iniciar un amplio movimiento circular, como si dudara entre dos posibles presas y aún no hubiera decidido sobre cuál de ellas arrojarse. Abajo, en la distancia, se vislumbran largas guirnaldas de luz que dividen la oscuridad en franjas sobre las cuales, arracimándose y volviendo a dispersarse, se mueven como hormigas otras lucecitas más pequeñas. En torno a ese núcleo moteado de luces está todo sumido en una oscuridad impenetrable, hasta el punto de que es imposible determinar si aquellas tierras son llanas o presentan alguna forma de relieve. Cuando el avión despeja por fin sus dudas y reanuda el descenso, empiezan a discernirse formas en la superficie: suaves colinas, valles, agua... Pero apenas hay tiempo para recrearse en las vistas. Ahora que el ave ha elegido a su presa, desciende a gran velocidad y ya se perfilan edificios, coches, camiones, hasta que, finalmente, el tren de aterrizaje establece contacto con la pista.

Dawid recupera el aliento, pero en vez de sentir alivio le sobreviene una sensación de pesadez, como si la superficie de aquel país extraño tirara más fuerte de él y su atmósfera le impidiera respirar con normalidad. Este era el momento con el que llevaba soñando día y noche desde hacía años, pero ahora que por fin está aquí, no experimenta la menor alegría o sensación de triunfo, ni siquiera la menor satisfacción. A pesar de que el avión ha llegado a su destino —como confirma la voz metálica de la azafata, por si a alguien le quedaran dudas—, el sentimiento que lo invade no es el júbilo de la llegada ni el desahogo de quien, tras un largo viaje y muchas privaciones, alcanza su destino y celebra el hecho de haber aterrizado sano y salvo, sino la tristeza de una despedida, como si de pronto tomara conciencia de cada etapa del largo camino recorrido y todos los sacrificios realizados para llegar hasta aquí lo oprimieran con todo su peso.

El avión se detiene con una sacudida. En torno a él empiezan a levantarse los pasajeros. Mientras los demás tratan de hacerse un hueco en el pasillo y forcejean por sacar sus maletas de los compartimentos para el equipaje, Dawid echa un último vistazo por la ventanilla. Solo ahora se da cuenta de que fuera todo está blanco. Ha nevado. La imagen lo sorprende, pues, aunque conoce el concepto de nieve y esa palabra forma parte de su vocabulario, se trata de un fenómeno nuevo para él. Durante unos instantes se queda contemplando el panorama como quien es testigo del nacimiento de un niño: un hecho absolutamente ordinario que se repite una y otra vez desde hace siglos sin causar especial revuelo entre la mayoría de la gente, pero que parece un milagro a ojos de quien lo vive por primera vez.

I

EL CAZADOR

Dos meses antes

La detonación desgarra el silencio de la mañana. A pesar de la firmeza con que se había plantado en el suelo, el violento retroceso del rifle le hace perder el equilibrio y su pie izquierdo se eleva casi medio metro por encima de la superficie. Van Heeren, que está a su lado, suelta una carcajada.

—Siempre pilla por sorpresa, ¿eh? Esos modelos antiguos de dos cañones son mucha tela. Pero el disparo ha sido impecable.

Juntos se dirigen al otro extremo de la pista de tiro y Hunter comprueba satisfecho que, en efecto, ha dado en el blanco. En medio de la diana hay un agujero limpio, poco más grueso que su meñique, pero el impacto ha rasgado por completo el saco de arena, cuyo contenido cae al suelo en pequeños chorros. Las magulladuras que sufre en el hombro son un precio que paga con gusto a cambio de la potencia de su arma de fuego, factor que durante la caza puede suponer la diferencia entre la vida y la muerte. La vida y la muerte del cazador, no de la presa. Hunter no alcanza a comprender que hoy en día la mayoría de los cazadores prefieran armas de menor calibre. Él no se sentiría seguro en la sabana con un rifle más ligero. La munición de bajo calibre requiere un disparo perfecto a la primera, pero el cazador no siempre puede permitirse el lujo de elegir su ángulo de tiro, especialmente en un terreno difícil. Ante un ataque imprevisto de un animal salvaje, bastante tiene uno con acertar en cualquier punto del cuerpo. Además, si bien es cierto que un arma ligera tiene suficiente potencia para matar a la mayoría de las presas, no siempre las detiene al instante y Hunter no quiere morir aplastado por un animal moribundo que antes de derrumbarse aún es capaz de recorrer varias decenas de metros. Por eso, cuando se trata de caza mayor, él sigue confiando en su rifle doble del calibre .577 Nitro Express, el mismo con el que Hemingway derribó a un rinoceronte y una pareja de leones en estas mismas tierras, en vez de optar por un modelo ligero más moderno. Aunque eso no es lo que les ha contado a los policías de la aduana por la mañana, durante el despacho de su arma en el aeropuerto. Cuando le preguntaron que por qué cazaba con un arma de tanto calibre, Hunter respondió sin faltar a la verdad que ese rifle tenía valor sentimental para él porque había sido de su abuelo, a lo cual añadió un chascarrillo sobre su masculinidad que los agentes aprobaron con una sonrisa cómplice. A un perro dormido no se lo despierta, y menos en un país como este, donde el número de rayas en la manga del uniforme indican el grado de corrupción del funcionario en cuestión. Cuanta menos gente esté al tanto del auténtico objetivo de su viaje, mejor.

Hunter abre su rifle con delicadeza y se lo cuelga del brazo como una rama rota. Van Heeren le da una palmadita amistosa en el hombro.

—Venga, vamos a tomar el aperitivo, que te lo has ganado.

Caminando entre los pequeños bungalós, se dirigen juntos al edificio principal del *lodge*. En torno a ellos se oye por todas partes el cricrí de los grillos. Hunter inspira hondo dos veces seguidas. A pesar del vuelo nocturno y el calor abrumador, se siente en buena forma física, listo para la caza. Mentalmente está sereno, relajado, pero más alerta que en casa. También se le ha aguzado el oído, su olfato registra nuevos olores y su sentido del gusto percibe vagamente la presencia de hierro en la atmósfera. ¿Será que se avecina una tormenta? Al llegar a la altura de su bungaló, se detiene.

—Enseguida voy para allá. Dame unos minutos para cambiarme de camisa y guardar en su sitio a la bestia.

Hunter abre la puerta corredera, mete su arma en el estuche, que había quedado abierto encima de la cama, se quita la camisa sudada y la cuelga del respaldo de una silla. En contra de lo que dicta el buen sentido, se sienta al borde de la cama y el jet-lag cae al instante sobre él como una losa. Lo único que desea en este momento es tumbarse y recuperar la noche perdida. Sí, ¿por qué no tumbarse un instante? Por un minuto que se tumbe no va a pasar nada. Sin embargo, en cuanto se deja caer sobre el colchón se da cuenta del grave error que está cometiendo. Como cierre los ojos, está perdido. Si se queda dormido, se despertará luego en plena noche y no volverá a conciliar el sueño, por lo que se verá obligado a pasar muchas horas en blanco hasta el amanecer, patrón que se repetirá después durante varios días hasta agotar sus fuerzas por completo. El secreto consiste en adaptarse inmediatamente al nuevo ritmo horario. Cuando ya casi se había dejado vencer por el cansancio, se obliga a mantener los ojos abiertos, saca el teléfono del bolsillo, pulsa un nombre en la pantalla y espera. En el techo, justo encima de él, un enorme ventilador de madera da vueltas perezosamente. El teléfono da la señal once veces antes de que haya respuesta. La voz femenina al otro lado de la línea suena espesa y adormilada sin que en su tono resuene el menor reproche.

—Hola.

—¿Te he despertado?

—¿Tú qué crees? Son las tantas de la noche...

—¿Dónde estás?

Roce de tela sobre tela. Hunter se la imagina

quitándose de encima la sábana y sentándose al borde de la cama, aún medio dormida, su rostro con rasgos más suaves a oscuras que a la luz del día. Aunque fue su agudeza mental lo que más le atrajo de ella cuando la conoció, nada lo conmueve tanto como su personalidad nocturna.

—En México.

—Toma ya... ¿Trabajo o placer?

—No todo el mundo mantiene esas dos facetas de la vida tan estrictamente separadas como tú.

Hunter se ríe. Le viene a la cabeza su propia oficina, las hileras de pantallas, las espaldas de los brókers, todos encamisados, tan intercambiables como los monitores que se pasan mirando todo el día. Ni siquiera necesita ver sus caras para saber quién está ganando y quién está perdiendo. La tensión de sus hombros lo dice todo. Fuera, al otro lado de los ventanales, decenas de rascacielos. Un *skyline* vertical. Resulta difícil imaginar mayor contraste con la planicie donde ahora se encuentra. Aquí la vista alcanza kilómetros de distancia sin tropezar con obstáculo alguno. Incorporándose a medias sobre los codos, Hunter desliza la mirada por el paisaje. Ni el menor rastro de presencia humana.

—¿Estás sola?

Su mujer deja caer un largo silencio, lo cual le hace sospechar que no. De lo contrario, ¿por qué se levantaría de la cama para hablar con él? Se oye el crujido de una tela. Probablemente esté abriendo la mosquitera. Pisadas. Pies descalzos sobre un suelo de madera. Y de nuevo su voz, ahora menos contenida.

—¿Por qué? ¿Tendrías celos si estuviera acompañada?

Ya está despierta por completo. Los rasgos de su rostro se han endurecido y, desde el otro lado del mundo, Hunter siente su mirada desafiante.

—No.

—¿No?

—Los celos son un indicio de debilidad. Eso implicaría que me siento amenazado.

Los leones no atacan a todos los machos de la manada. Solo reciben un pequeño correctivo los más jóvenes, aquellos que todavía no conocen su lugar en el grupo. Una forma eficiente de convivir que les permite ahorrar mucha energía.

Ahora es ella quien se ríe.

—Así me gusta.

Su mujer acaba de llenar un vaso de agua. La oye beber a grandes sorbos y visualiza sus labios húmedos. De pronto, con una intensidad que le resulta sorprendente, le sobreviene una ráfaga de deseo.

—¿Vas a venir a casa para nuestro aniversario? —le pregunta.

—¿A qué casa? —contesta ella.

—A nuestra casa.

—¿Y por qué no vienes tú a México? Aquí hace mejor tiempo.

—Uy, eso lo veo muy complicado. Tengo un regalo para ti.

—¿Y?

—Pues que no es precisamente algo que pueda llevar en el equipaje de mano.

Hunter oye la respiración de su mujer. Muy profunda. Tensa.

—¿Es lo que yo creo? —La pregunta es retórica, pues ni siquiera espera su respuesta—. ¿Cuánto tiempo llevas planeando esto?

—Dos años.

La admiración de su mujer resuena como un eco en el leve ruido estático de la línea. Luego, una vez que toma plena conciencia del significado de aquellas palabras, Hunter la oye estremecerse. Un breve escalofrío. La seda del pijama sobre su piel desnuda.

—¿Cuándo sales hacia...?

—Ya estoy aquí. He llegado esta mañana.

Silencio.

—¿Hunter? —La mujer titubea, porque sabe que a él no le gusta oírlo, pero Hunter sabe que lo va a decir—. Ten cuidado, ¿vale?

Hunter estira la mano hacia su rifle, que yace en el estuche abierto junto a él, y acaricia la madera de la culata. Una oleada de emoción recorre su cuerpo colmándolo de un hormigueo que anticipa su apetito por la caza de mañana.

—Sí, no te preocupes, tendré cuidado. Pero no demasiado. No quiero empezar a resultarte aburrido.

Tan pronto como cuelga se obliga a levantarse, se echa agua en la cara, elige una camisa limpia y se viste para el almuerzo. No le sorprende que su mujer esté inquieta. Este no es un safari cualquiera, aunque no tanto por la presa como por el revuelo en torno a la licencia. El último cazador que obtuvo ese tipo de licencia recibió múltiples amenazas de muerte. Pero la ansiedad de su mujer, por muy comprensible que sea, carece por completo de fundamento, pues él no ha sido tan imprudente como para pujar a título personal por el permiso de caza, sino que lo ha obtenido a través de una de sus muchas sociedades constituidas únicamente como tapadera de las transacciones más opacas de sus grandes clientes. Comparado con las operaciones fraudulentas de fusión de empresas y los monopolios semilegales que se ve obligado a encubrir de vez en cuando de cara a las autoridades financieras, ocultarle a un grupúsculo de ecologistas fanáticos la compra de una licencia para derribar a un rinoceronte negro africano le parece un juego de niños.

En el restaurante solo hay una mesa puesta. Dado el carácter delicado de la caza planificada, Van Heeren no ha admitido ninguna otra reserva esta semana. Hunter es su único cliente. Van Heeren lo está esperando en una de las butacas de la terraza con dos gin tonics ya listos en la mesita de madera que hay delante de él. Ginebra Gordon's y tónica Schweppes, el combinado original, no esa variante para hípsters con pétalos de rosa. Hunter se sienta en silencio a su lado. Abajo, la piscina emite destellos al sol. Su anfitrión también espera ansioso la expedición de mañana, esas cosas se notan. No ocurre todos los días que uno de sus clientes complete sus *big five* —los «cinco grandes» de África, las cinco presas más difíciles—. Hace más de dos décadas que cazan juntos. Hunter ha derribado todos sus grandes trofeos con él. Van Heeren no es solo un magnífico guía y un excelente cazador profesional, sino también un amigo, aunque solo sea por el hecho de que se han salvado la vida mutuamente en al menos una ocasión —algo que Hunter no le ha contado nunca a su mujer—. Todo cazador atraviesa tres fases en su vida: inseguridad, temeridad y serenidad. Gracias a Van Heeren, Hunter sobrevivió a la segunda fase. Ahora sabe dónde están los límites y no asume más riesgos de los necesarios. Los cazadores que alcanzan la tercera fase son mucho más peligrosos para las fieras que esos machitos demasiado propensos a apretar el gatillo que van por ahí convencidos de que a ellos no les puede pasar nada. A estas alturas, el león que quiera echarle el guante a Hunter tendrá que estar en muy buena forma. Pero ahora no está pensando en el león que lo acechó por la espalda hace ya mucho tiempo. Y Van Heeren tampoco. Lo único que tienen los dos en la cabeza es la cacería de mañana. El aire que los separa vibra de pura tensión. Como dos niños de colegio la noche antes del baile de fin de curso, un poco nerviosos pero con grandes expectativas, cuentan las horas que quedan para que dé comienzo su aventura. Hace años que Hunter no se sentía tan bien. Todas las fibras de su cuerpo esperan con ansiedad el momento de verse cara a cara con uno de los animales más peligrosos de la sabana, al igual que Theodore Roosevelt hace ya más de un siglo, con plena conciencia de que un minúsculo movimiento de su dedo índice puede acabar con la vida de ese coloso, la última criatura casi prehistórica del planeta, cuya portentosa fuerza está a merced de su voluntad. Pues es él, Hunter, el cazador, quien ocupa el puesto más alto de la cadena trófica.

Una masa de aire caliente vibra sobre la hierba de elefante distorsionando el horizonte. Hunter se detiene un instante y se seca el sudor de la frente. Tiene la impresión de que el calor aumenta con cada minuto que pasa. Han partido de madrugada, antes de que saliera el sol. El chófer de Van Heeren, atravesando la reserva, los ha conducido al punto donde hace ahora dos días fue avistado por última vez el rinoceronte. Su rinoceronte. A partir de ahí han continuado a pie con la esperanza de encontrar algún rastro, pero en este mar de hierba alta es imposible ver nada. No obstante, los guías han encontrado excrementos cerca de una de las charcas donde beben las fieras y, en virtud de su composición, consideran muy probable que la presa esté pastando un poco más al oeste, donde crece la lechetrezna que por lo visto tanto le gusta y donde, además, encuentra fácil cobijo entre la maleza, lo cual son malas noticias. Si ya bastante difícil es derribar a un rinoceronte en campo abierto, tener que perseguirlo en una zona de matorrales es la pesadilla de cualquier cazador. Y para complicarlo todo un poco más, su rinoceronte no es el único que vive en ese territorio. También hay otros dos ejemplares más jóvenes, y Hunter no quiere ni pensar en la posibilidad de que una de esas bestias se plante de golpe delante de él y se vea obligado a derribarla en defensa propia. Eso sería una catástrofe para la población de rinocerontes negros, pues los machos jóvenes aún tienen que cumplir su papel en la conservación del acervo genético de la reserva y la muerte de uno de ellos daría nuevos argumentos a los activistas para demandar la prohibición total de la caza. El rinoceronte de Hunter es un macho de edad avanzada que ya no va a transmitir sus genes y, por tanto, supone más un obstáculo que otra cosa, pues a pesar de que las hembras ya no quieren aparearse con él, a veces, por pura frustración, se ve envuelto en reyertas con otros machos. Eliminando al macho superfluo, Hunter le hace en realidad un favor al grupo. Se ha pasado varias semanas estudiando fotos y vídeos de su rinoceronte. Es un ejemplar fácilmente reconocible por el profundo corte que presenta en la oreja derecha, recuerdo de una de sus numerosas peleas. Si se viera en disposición de acercarse a él con calma, lo identificaría sin ninguna dificultad. Pero si un animal como ese lo ataca por sorpresa entre la maleza, es muy probable que no le dé tiempo a identificarlo y no le quede más remedio que disparar. Porque los rinocerontes son unas bestias muy agresivas. En cuanto se asustan por algo, embisten sin distinguir entre amigos y enemigos.

Van Heeren, que se había quedado un poco atrás, alcanza de nuevo a Hunter.

—Tranquilo, hombre. Tómatelo con calma, que acabamos de salir. ¿O acaso creías que íbamos a encontrarlo a la primera? Cuanto más tiempo dure la persecución, más barata te sale la hora.

Sonriendo, Van Heeren señala en dirección a los guías, que se han adelantado y los esperan en lo alto de un promontorio.

—Quién sabe, a lo mejor ni siquiera está entre matorrales, sino tomando el sol en la hierba. Venga, vamos a ver qué nos cuentan los chicos.

Pero desde lo alto del promontorio tampoco se ve nada. En cualquier caso, ningún rinoceronte negro. Al borde de una sima situada más abajo hay una manada de leones dormitando junto a los restos de una cebra. Desde donde están, Hunter podría hacer blanco fácilmente. La manada aún no se ha percatado de su presencia, pues los cazadores caminan contra el viento y los leones, de todas formas, no tienen buen olfato. Entre ellos hay un ejemplar fabuloso, un macho joven y robusto de melena negra. A Van Heeren no se le escapa que Hunter lo mira con interés.

—No te prives. Puedo incluirlo en la factura. Aún tengo margen de sobra en mi cupo de leones para esta temporada.

Hunter sonríe. Le agrada ver que Van Heeren conoce tan bien sus gustos. La mayoría de las empresas organizadoras de safaris se limitan a la lista de posibles trofeos que publican en sus sitios web, sin distinguir entre ejemplares concretos, con un precio genérico por cabeza de cada especie. Como si todos los leopardos fueran iguales. Los cazadores profesionales, sin embargo, conocen a sus animales y saben cuál es el ejemplar adecuado para cada cliente. Porque la condición *sine qua non* para una buena cacería es que el cazador y la presa estén hechos el uno para el otro. Un cazador veterano no debe perseguir a un león joven pletórico de energía, y un cazador novato no debe pretender medirse con un leopardo ya resabiado. Van Heeren ofrece un servicio a medida de cada cliente. Si durante sus expediciones de reconocimiento descubre una pieza con potencial, le pregunta discretamente a Hunter si le interesa, lo cual, la mayoría de las veces, da pie a una nueva cacería. A veces es también una cuestión de esperar a que llegue el momento oportuno, una lección que Hunter aprendió de su abuelo. Cuando era pequeño, durante sus excursiones con él, se cruzaron infinidad de veces con el mismo venado y lo vieron crecer a lo largo de varios años, hasta que el animal alcanzó su plenitud. Su abuelo decidió entonces que había llegado el momento de ir a por él para que Hunter derribara su primera gran pieza, pero el venado no volvió a dejarse ver, como si un sexto sentido le hubiera advertido del peligro. Tardaron dos años en dar de nuevo con él y, durante todo ese tiempo, su abuelo no le permitió disparar a ningún otro ciervo. La cabeza de aquel venado fue el primer trofeo de Hunter y le sirvió para aprender algo que no olvidaría nunca: la importancia de respetar a la presa. Y perseverar.

Hunter declina la oferta con determinación. Por muy espléndida que sea la pieza, no quiere distraerse de su objetivo. Si más adelante se encapricha con ese león, ya volverá a por él.

—A lo mejor dentro de unos años... De momento, resérvamelo. Un ejemplar tan joven solo puede mejorar con el tiempo.

Con un leve gesto de la cabeza les indica a los guías que pueden reanudar el camino. En pocos minutos, los chicos adquieren de nuevo una ventaja considerable, y eso que Hunter se encuentra en un estado de forma excelente. Si hay algo que le repugna son esos hombres blancos de mediana edad e incipiente barriga que van por ahí echando el bofe, caminando a trompicones tras sus rastreadores con la cara hinchada. Esos tipos que, si pueden, le piden al chófer que los acerque en el *jeep* hasta tener a la presa dentro del radio de alcance de su arma. Él entrena todo el año para estar en forma en la temporada de caza. A pesar de que no le gusta correr, al menos tres veces por semana sale a dar vueltas al parque o a trotar por el paseo marítimo. Y de vez en cuando, aunque de mala gana, se apunta a una media maratón. La resistencia física es la clave del éxito en la caza mayor, pues el ser humano parte ya de por sí con desventaja frente a los animales salvajes. A fin de cuentas, no hay ningún otro depredador que se pase el día entero encerrado en una oficina y solo salga a cazar durante sus vacaciones. Y, sin embargo, a pesar de tanto sacrificio y tanto entrenamiento, siempre acaba capitulando ante los guías, que avanzan sin dificultad alguna a un ritmo constante, si hace falta durante muchos días seguidos. Esa gente lleva esta forma de vida en las venas. Es como si el calor y las interminables caminatas no tuvieran efecto en ellos. Al final del día se los ve tan frescos como por la mañana antes de partir. Hasta el propio Van Heeren tiene ya también manchas de sudor en la camisa. Hace ya un buen rato que han dado las doce del mediodía. El sol cae a plomo sobre ellos y el horizonte se ha transformado en una interminable línea ondulada y voluble, como si se estuviera derritiendo. La hierba de elefante ha dado paso a una superficie seca y compacta de tierra roja, lo cual no facilita de ningún modo el rastreo. El sol ha endurecido tanto el suelo que no dejan huella ni las pisadas de un rinoceronte. Y si las dejan, apenas son perceptibles. Los guías, sin embargo, parecen seguir un rumbo fijo, como si lo tuvieran muy claro. Es más, han incrementado el ritmo, de lo cual cabría deducir que se aproximan a su objetivo. De pronto, uno de ellos se detiene y, con una sonrisa de satisfacción en el rostro, señala una rama rota en un pequeño arbusto.

—Ese rinoceronte suyo es un *gourmet.* Mire, en todas partes elige los brotes verdes y deja las hojas viejas.

El guía coge la rama y trata de exprimirla haciéndola rodar con fuerza entre sus dedos. Al principio no ocurre nada, pero al cabo de un instante, cuando aprieta más cerca del corte, sale una gota de savia.

—Calculo que nos lleva una media hora de ventaja, poco más.

—¿Y cómo sabes que es mi rinoceronte?

—No lo sé, solo confío en que lo sea —dice el guía mirando a Hunter muy risueño—. Pero tengo la corazonada de que lo es. ¿Apostamos algo?

—Veinte dólares —contesta Hunter estrechándole la mano.

—Cincuenta si lo encontramos en menos de una hora.

—Trato hecho.

Van Heeren sacude la cabeza.

—Acabas de perder ese dinero —le dice a su cliente.

Hunter se encoge de hombros. Está claro que el guía solo ha hecho la apuesta porque tiene la certeza absoluta, pero si es verdad que han encontrado el rastro de su rinoceronte, esos cincuenta dólares estarán bien gastados.

Y en efecto, poco después, los guías encuentran una huella fresca a la sombra de los arbustos, donde la tierra aún está blanda. Los tres dedos del rinoceronte bien perfilados en la tierra roja, con bordes irregulares, como agrietados, que delatan la edad avanzada del ejemplar. Hunter da por supuesto que sus guías son capaces de distinguir las huellas de distintos individuos con la misma precisión que el vendedor de una tienda de ropa deportiva distingue las huellas de zapatillas de distintas marcas, por lo que, en cuanto los ve asentir, se descuelga el rifle del hombro y le quita el seguro. Su cuerpo, al igual que su arma, entra inmediatamente en estado de máxima alerta. A partir de ese instante, mientras trata de desplazarse con el mayor sigilo posible, sus sentidos reaccionan al menor sonido, el menor movimiento en un arbusto, el menor crujido de una rama. Van Heeren, que camina delante de él en sandalias, apenas hace ruido. ¿Cómo diablos se las arregla para avanzar de forma tan silenciosa? Hunter, por mucho que se esfuerce, tiene la impresión de moverse como un elefante por un campo de bambú. La maleza es cada vez más densa y su ropa se engancha a las ramas de los arbustos. Cada pocos pasos se tiene que parar para desengancharse con mucho cuidado y evitar así que se rompan las ramas. Los rinocerontes tienen un oído extraordinario y un olfato muy agudo, por lo que el éxito de la cacería depende en gran medida de su capacidad para pasar desapercibido. El crujido de una rama puede bastar para ahuyentar a la presa o provocar su embestida. Los guías han dejado de hablar entre ellos. Con gestos sutiles señalan los rastros que van encontrando, en función de los cuales determinan el rumbo. De vez en cuando, uno de ellos deja caer un puñado de arena para comprobar que siguen andando contra el viento. Si la presa los huele, todo habrá sido en vano. Al cabo de un rato, uno de los rastreadores vuelve a detenerse. Ahí, a la sombra de un arbusto, el rinoceronte se ha echado a descansar un rato. En el suelo se distingue el contorno de un inmenso cuerpo. Hunter se agacha junto a la marca, en la cual se observan aún claramente los pliegues de la piel. No puede hacer mucho que se ha ido de allí. Hunter siente un hormigueo en la punta de los dedos. Una mezcla de miedo y exaltación del ánimo inunda su sangre. Sería fantástico alcanzar su objetivo el primer día. Además, el terreno en el que se encuentran es mucho más propicio de lo que temía por la mañana. Si bien es cierto que hay arbustos, están distribuidos de tal forma que la vegetación ofrece más ventajas que obstáculos a los cazadores, pues les permite ocultarse a la vista de la presa y, al mismo tiempo, oírla en caso de que se acerque a ellos. Los rastreadores inician un movimiento de circunvalación en torno a un conjunto más grande de arbustos. Hunter siente la adrenalina corriendo por sus venas. Con lentitud exasperante, el grupo sigue avanzando centímetro a centímetro. Cada pocos pasos hacen una breve pausa para comprobar que la presa sigue sin percibir su presencia. De repente, Hunter cree ver una sombra negra entre la maleza, pero antes de que le dé tiempo a mirar mejor, la vegetación vuelve a cerrarse. En ese preciso instante, los rastreadores se detienen súbitamente. El mayor de los dos se vuelve hacia Hunter y, con una sonrisa burlona, frotando la yema del pulgar sobre el corazón y el índice, hace el gesto internacional del dinero. *Paytime!*

Hunter se acerca con precaución. ¿Será posible?, se pregunta. Y entonces, como si alguien le hubiera quitado de pronto una venda de los ojos —¡sorpresa!—, lo ve. En medio de un pequeño claro, a treinta metros escasos de él, hay un rinoceronte negro mordisqueando un arbusto. Desde el punto donde se encuentra, Hunter oye claramente las muelas del animal triturando las ramas de la acacia. Sus pulsaciones se disparan, la sangre zumba en sus oídos. Sumamente impresionado por el volumen de la bestia, trata de calmarse respirando hondo dos veces seguidas. Es mucho más grande de lo que creía. Hunter calcula unos tres metros de longitud. Una cosa es cierta: el rinoceronte no los ha olido todavía. Con el cuerno, tira de una rama hacia abajo, la rompe y sigue comiendo plácidamente. Su fiel compañero, un pequeño picabueyes que vive de sus garrapatas y, a cambio, monta guardia desde su espalda, tampoco los ha visto. Todo está en paz. Silencio absoluto.

Hunter estudia al rinoceronte detenidamente. Todo en él, desde su voluminoso cuerpo hasta sus rudas patas, parece un mero boceto, un primer esbozo que escapó a la atención del Creador y quedó sin perfeccionar, un prototipo olvidado de una especie que nunca se llegó a desarrollar por completo. Gruesos pliegues de piel caen sobre sus hombros como una cota de malla demasiado grande. La piel es tan gruesa que casi parece una coraza de escamas. Hay algo en él que recuerda a un reptil prehistórico. Las lorzas de grasa en torno a su cuello parecen la gorguera de un dinosaurio y su hocico, con ese labio superior tan pronunciado que parece dudar entre boca y pico, también le da un aire de animal primitivo. Sus ojos negros y cristalinos, sin embargo, enmarcados por delicadas pestañas, transmiten una misteriosa forma de ternura que contrasta poderosamente con el aspecto burdo del animal. Sí, casi se diría que hay algo melancólico en su mirada. Una extraña sensación se apodera de Hunter y, por un breve instante, la excitación fruto de la caza da paso a algo distinto, aunque no necesariamente enternecimiento, sino más bien una forma de respeto ante la presencia de esa criatura tan imponente, ese animal de origen mucho más remoto que el suyo. Nunca se había sentido tan próximo al comienzo de la evolución, como si se hubiera trasladado en el tiempo a una era anterior a la aparición del ser humano.

El rastreador le da un golpecito con el codo. ¿A qué diablos espera? Hunter se rehace y dirige sus prismáticos a las orejas de la bestia. Los rinocerontes tienen orejas pequeñas que pueden mover de forma independiente para captar sonidos procedentes de cualquier punto de su entorno. Sus dos orejas, orladas por un espeso pelaje marrón oscuro, apuntan hacia delante en actitud relajada. El rinoceronte está con todos los sentidos puestos en su comida y elige las ramas más verdes y jugosas con tanto esmero que se diría que es consciente de estar disfrutando de su última cena. Concentrado, Hunter desliza su mirada por la cabeza del animal. Los dos rastreadores están convencidos de que este es su ejemplar y su instinto le dice que están en lo cierto. Pero desde este ángulo no se ve el corte en la oreja mutilada, y lo que diga su intuición no basta. Para tener certeza absoluta, necesita corroborar visualmente que se trata del individuo correcto. Van Heeren, que también está mirando por sus prismáticos, tampoco parece tenerlas todas consigo y, al cabo de unos instantes, niega con la cabeza. Tendrán que acercarse un poco más, con el riesgo de ahuyentar a la bestia o, más probable aún, provocar su embestida, pues los rinocerontes no suelen huir, sino que buscan la confrontación. Hunter siente un sudor frío en el cuello. Todos los músculos de su cuerpo se tensan como alambres, sus cinco sentidos se agudizan al máximo. El lastre de la civilización cae de sus hombros. Aquí, tan cerca del auténtico peligro, puede ser quien realmente es. Él, Hunter, el hombre.

Con el mayor sigilo posible, el grupo retrocede unos metros para, a continuación, iniciar un nuevo movimiento de circunvalación. No es lo ideal, porque a esa hora de la tarde el viento cambia de dirección continuamente. Hunter puede leer la indignación de los rastreadores en la brusquedad y el laconismo de sus gestos. ¿Por qué no ha disparado, cuando podría haber derribado al rinoceronte sin correr ningún riesgo? ¿Acaso está loco? ¿Quién deja escapar una ocasión así? Hunter se pregunta si es simple incomprensión o están ofendidos por el hecho de que su juicio no sea suficiente. Para ellos, los blancos son unos imbéciles y actúan de acuerdo con reglas absurdas. Cazar no es una ciencia exacta como la contabilidad. Cazar es cuestión de instinto. Y, mirado objetivamente, lo cierto es que es absurdo armar tanto lío por un único rinoceronte. En los años cuarenta del siglo pasado, el famoso cazador profesional J. A. Hunter los mataba como moscas. El récord mundial de caza de rinocerontes sigue estando a su nombre. Y no lo hacía por deporte, sino por encargo de las autoridades, como forma de control de la población de animales salvajes. El gobierno colonial reubicó a una serie de tribus locales y, para evitar que cazaran, había que empezar a cultivar la tierra. Lo primero era eliminar la maleza, lo cual reportaba un doble beneficio, pues ese era el hábitat de la mosca tse-tse, que causaba numerosas víctimas entre el ganado. Por desgracia, esos boscajes de matorrales eran también el territorio predilecto de los rinocerontes, por lo que antes de nada había que acabar con ellos, pues, de lo contrario, serían ellos quienes acabarían con los encargados de desbrozar el campo. En poco más de un mes, J. A. Hunter derribó a más de mil rinocerontes. Luego, sin embargo, resultó que la masacre había sido inútil, pues el territorio era inhabitable. Mil rinocerontes muertos. A Hunter le basta con tratar de imaginárselo para que le sobrevenga la misma inquietud y el mismo desasosiego que experimentaba de niño cuando su abuelo le hablaba del África de su juventud, donde había cazado con el otro Hunter, un continente pletórico de vida salvaje, aún virgen e inmensamente rico. Ya por entonces, oyendo las historias de su abuelo, tenía la impresión de que se le había denegado algo. A pesar de su temprana edad, enseguida tomó conciencia de que la vida lo había privado de algo a lo que se consideraba con derecho y que nunca conocería la auténtica África, aquel continente que tanto anhelaba, por la sencilla razón de que ya no existía. Poco a poco fue comprendiendo que su abuelo tenía exactamente la misma impresión, y descubrió que hasta el propio J. A. Hunter escribía con nostalgia de un África desaparecida, el África de antes de que llegaran los blancos, cuando los elefantes y los rinocerontes permanecían impasibles al ver acercarse a alguien, pues nunca habían sido objeto de caza y no se sentían amenazados, mientras que en su época, tras más de cien años de caza a discreción, desconfiaban de cualquiera que se cruzara en su camino. Ahora, desde que cuentan con protección oficial, cada vez se atreven a acercarse más al ser humano. La capacidad de adaptación de los animales salvajes nunca deja de sorprender a Hunter. Algunas especies parecen saber exactamente dónde termina la reserva y comienza el territorio de caza. Pero una masacre como la que causó J. A. Hunter sería imposible hoy en día, pues, sencillamente, no hay tantos ejemplares. Mil colosos de esos. Muertos. A Hunter se le revuelven las tripas cuando trata de visualizar la montaña de cadáveres. Es algo demencial. Hasta el viejo Hunter sufría pesadillas a causa de ello. En sueños veía manadas de cientos de rinocerontes corriendo desbocados hacia él. Poco después, para compensar, pusieron en marcha un programa de cría en un territorio escasamente poblado. J. A. Hunter ya mostró entonces su profunda indignación ante las incomprensibles veleidades del ser humano, que primero lleva a una especie al borde de la extinción en el plazo de cuatro semanas escasas y luego hace todo lo posible por proteger a esa misma especie e incrementar el número de ejemplares. Desde entonces, piensa Hunter, la paradoja no ha hecho sino adquirir proporciones aún más absurdas. Aquí, donde el gobierno concede cada año un número limitado de licencias de caza, la población de rinocerontes vuelve a crecer, mientras que en los países vecinos, donde la especie es objeto de una estricta protección, los cazadores furtivos tienen vía libre y derriban rinocerontes como si fueran conejos. Todos los años caen al menos mil ejemplares víctimas de la caza furtiva. En el mercado asiático, según algunas estimaciones, el cuerno de rinoceronte molido puede alcanzar un precio de ochenta mil dólares el kilo, más o menos el doble que el valor del oro. En esas circunstancias, a ver quién es el guapo que protege a ese animal con una simple prohibición de la caza en un país donde tres cuartas partes de la población vive por debajo del umbral de la pobreza y la corrupción es la forma de gobierno tradicional. Es como dejar un montón de lingotes de oro en medio de una reserva natural y, como única medida de protección, poner un letrero pidiendo amablemente que nadie se los lleve. En países como este, las licencias de caza a precios exorbitantes son la única forma de financiar las labores de conservación, pues solo compensa conservar aquello que tiene valor económico. Aquí, en África, a nadie le importa un carajo el león Cecil y sus congéneres. Si no fuera porque tienen un precio, se cargarían sin pensárselo dos veces a esos corpulentos mininos, bien para la cazuela o bien para exportar lo que sea exportable. La ternura con que algunos miran a los animales salvajes en el mundo occidental es un sentimiento moderno, un pasatiempo de ricos. La autoridad local, corrupta por definición, solo hace algo por combatir la caza furtiva si la protección de los animales salvajes proporciona más ingresos que los sobornos por permitir cacerías clandestinas. Y los *rangers* —los guardas de las reservas—, que son los encargados de combatir sobre el terreno a cazadores furtivos armados hasta los dientes, tienen que recibir un salario mucho más elevado para que les compense poner su vida en juego en vez de mirar hacia otro lado. Si hay algo que ha aprendido Hunter es que la ética tiene el mismo color en todo el mundo: el color del dinero. Y, por eso, nos guste o no, la caza de trofeos con licencia es la única forma realista de conservación de la naturaleza y la única posibilidad de supervivencia del rinoceronte. Con el importe de seis cifras que ha pagado él a cambio del permiso para derribar a ese macho concreto, Hunter no solo financia el programa de cría para garantizar la subsistencia de la especie, sino que ofrece una protección digna al resto de la manada. Pero eso es algo que los ecologistas, en su afán de «proteger» la naturaleza, no quieren entender.

Una mano se posa en su brazo y Hunter despierta con un sobresalto de sus pensamientos. Uno de los rastreadores señala en dirección al claro a través de un hueco en la maleza. Mire. Ahora. El rinoceronte forcejea con una rama que se resiste a desprenderse, sacude la cabeza, lucha con el arbusto rebelde y, aunque de forma muy fugaz, Hunter ve claramente la oreja mutilada. Van Heeren, que está a su lado, asiente. Hunter se lleva el rifle al hombro y apunta. Pero antes de disparar se concede un brevísimo instante para disfrutar de la belleza del animal. Grande y majestuoso, un espectro de otra era, un tiempo remoto en que eran este tipo de colosos los que dominaban el mundo, mucho antes de que el ser humano inventara los artilugios que le permiten matarlos sin ningún esfuerzo. Su posición es perfecta. Desde donde se encuentra, puede hacer blanco fácilmente entre la oreja y el ojo. El rinoceronte morirá al instante sin llegar a saber nunca lo que ha pasado. Pero... ¿es eso lo que quiere? ¿Ha viajado hasta aquí para matar a un animal tan imponente de pasado milenario sin darle siquiera la oportunidad de advertir al depredador que lo acecha? Algo en su interior se alza en rebeldía, lo cual se manifiesta en un intenso deseo de establecer contacto visual con su presa. Necesita un indicio de que el rinoceronte es al menos consciente de su presencia. En lo más profundo de su ser se siente inclinado a provocar un ataque. Quiere admirar el poderío del animal, sentir la amenaza. Esto es demasiado fácil para él. Su deseo es comparable con el de los fotógrafos de safaris: los primeros días se dan por satisfechos con plasmar imágenes de animales durmiendo plácidamente, pero tarde o temprano quieren captar a una fiera en el momento de lanzar un ataque, aunque eso implique que un cazador profesional se vea obligado a derribarla para salvarles a todos el pellejo. Porque el auténtico poder de un elefante o un león solo se experimenta cuando el animal se siente amenazado y se lanza a por ti, no cuando vaga tranquilamente por la planicie. Un cazador de verdad no se conforma nunca con una presa fácil, por mucho que la presa en cuestión pese una tonelada.

Los rastreadores empiezan a dejar traslucir su impaciencia. ¿Por qué no dispara? Y no les falta razón. El cliente no tiene derecho a ponerlos en peligro; ha pagado por un trofeo, no por una experiencia cercana a la muerte. De modo que Hunter se acomoda el rifle en el hombro, apunta, toma aire. En un fogonazo, a cámara rápida, se proyecta en su retina la película de lo que va a ocurrir a continuación: cuando apriete el gatillo, el cartucho atravesará el cañón, en una fracción de segundo cubrirá la distancia que lo separa de la presa y alcanzará al animal en su punto más vulnerable. El rinoceronte oirá la detonación y tratará de apartarse de la trayectoria del proyectil, pero su reacción llegará demasiado tarde. La bala es siempre más rápida. Antes de que le dé tiempo a completar su movimiento, el coloso caerá derribado. Los rastreadores se acercarán a él con precaución y, en cuanto comprueben que está muerto, Van Heeren tomará las fotografías pertinentes —no como trofeo, sino como material probatorio— e informará a las autoridades. Luego tendrán que esperar al camión encargado de trasladar el cadáver al taller del taxidermista contratado para preparar el trofeo, lo cual supondrá un gasto adicional considerable. Se tomarán muestras de ADN del animal y, en cuanto se hayan cumplido todos los requisitos legales, desollarán y trocearán al rinoceronte para vender su carne. No se puede desperdiciar nada. Con esa idea en la cabeza, Hunter apunta a su presa. Sería una lástima desaprovechar esta oportunidad.

Pero de pronto, saliendo de la nada, aparece un segundo macho en escena. Un ejemplar aún joven. Con solo tres pasos, resoplando y bramando, se sitúa entre él y su presa. Hunter, atónito, baja su arma. Ahora, aunque el rinoceronte joven se quite de en medio, no puede arriesgarse a disparar. La detonación lo asustaría y, si ataca —lo cual hará sin ninguna duda, tanto más considerando lo furioso que está por la presencia de un rival—, se vería obligado a matarlo. Ha dejado escapar su ocasión. Descorazonado, Hunter mira a Van Heeren, que se encoge de hombros en actitud flemática.

—Así es la caza. Las mejores ocasiones se presentan cuando no puedes aprovecharlas.

—¿Roosevelt?

—No, Hunter. El otro. Venga, vámonos de aquí.

Sin esperar respuesta, Van Heeren desaparece entre los arbustos. Hunter titubea, se queda un instante mirando a los rinocerontes. Su instinto protesta contra la decisión de dejar marchar a su presa ahora que la tenía a punto de caramelo. Los dos colosos están ahora muy cerca el uno del otro. El joven se ha aproximado a su rival y, a dos metros escasos de él, lo reta escarbando en la tierra con el cuerno. El rinoceronte de Hunter ha dejado de comer y mueve las orejas inquieto. Lentamente, como si todavía no hubiera decidido entre ignorar al provocador o darle una lección, se vuelve hacia él. Por un instante, los dos animales permanecen inmóviles, casi nariz contra nariz, hasta que el recién llegado hace un amago de embestir que el veterano ignora por completo. El joven, ofendido por la indiferencia con que es recibido su desafío y dispuesto a que la cosa no quede así, trata de embestir contra el hombro del otro, pero este esquiva el golpe con sorprendente agilidad y se aleja trotando como si nada hasta el otro lado del claro. El rinoceronte desafiante sale inmediatamente tras él, pero su oponente se da la vuelta al instante y resopla con fuerza para advertirle que no se acerque más. Hunter observa el espectáculo fascinado. Esos dos animales salvajes que hace solo un instante parecían simples estatuas de grasa seca ejecutan ahora una auténtica danza. Qué criaturas más asombrosas. Qué portentos de fuerza. Alguien le tira del hombro. Van Heeren, con la escopeta en ristre, le indica con un gesto de la cabeza que se ponga en marcha de una vez. Tienen que largarse de ahí cuanto antes. Hunter da un paso atrás, pero su movimiento es demasiado abrupto, demasiado rápido, y una rama seca se parte bajo el peso de su pie con un crujido que, en el silencio de la sabana, suena como un disparo. Las pequeñas orejas cóncavas del rinoceronte añoso se mueven hacia él en busca del origen del sonido. Hunter se encoge en vano, pues la fiera ya lo ha visto. Por un segundo, cazador y presa se miran a los ojos, pero justo en ese momento embiste de nuevo contra su costado el rinoceronte bisoño, por lo que la presa de Hunter vuelve a poner todos sus sentidos en el combate. Empujando con todo su peso, el rinoceronte experimentado obliga al novato a retroceder. Cabeza contra cabeza, con el rabo bajo y el cuerno apuntando al frente, permanecen de nuevo inmóviles, tercos y ariscos como todos los miembros de su especie. Pura acritud sobre cuatro patas. Bestias salvajes que, en un mal día, son capaces de dejar un *jeep* para el desguace solo para demostrar su fuerza. Pero el veterano no tiene ganas de pelea. Hoy no, en cualquier caso. Indolente, le da la espalda al provocador y se aleja en dirección a los arbustos con esos andares propios de los rinocerontes. Su enorme trasero gris meneándose de un lado a otro es lo último que ve Hunter de su carísimo trofeo. Se acabó lo que se daba. El macho joven, desconcertado, se queda clavado en el sitio y, al cabo de unos instantes, sin saber qué hacer con tanta adrenalina en la sangre, se pone a trotar al azar por el claro en busca de algo con lo que aplacar su frustración. Hunter contiene el aliento. Si el rinoceronte percibe su presencia con cualquiera de sus sentidos, no dudará en atacar. Finalmente, sin embargo, el animal sacude la cabeza varias veces decepcionado y desaparece entre los arbustos del lado opuesto.

Hunter permanece inmóvil hasta que tiene la absoluta certeza de que los dos rinocerontes se han marchado definitivamente y, tras ponerle el seguro de nuevo a su rifle, sale al claro con el arma echada al hombro. Van Heeren, que lo está esperando a la parca sombra de un árbol raquítico, señala con el cañón de su rifle el punto por el que se ha alejado el ejemplar joven.

—Dale las gracias a tu ángel de la guarda. Esto podría haber acabado muy mal.

Solo ahora comprende Hunter que, si hubiera disparado a su rinoceronte desde donde lo vieron la primera vez, el macho joven podría haberlos atacado por la espalda. Los dos hombres intercambian una mirada muy significativa, conscientes de la suerte que han tenido, y vuelven a reunirse con los rastreadores. Hoy ya no pueden hacer más. Continuar la cacería con un rinoceronte joven tan cerca sería una locura. Sin embargo, a pesar de lo amargo que le resulta a Hunter que se le haya escapado así su trofeo, el fabuloso espectáculo del que ha sido testigo no ha hecho sino aumentar el respeto que le infunde su presa.

El grupo vuelve al herbazal, donde los espera el *jeep*. Un rinoceronte recorre fácilmente más de veinte kilómetros al día, por lo que, independientemente de dónde pase la noche, la búsqueda empieza cada mañana desde el principio. En estas circunstancias, cualquier otro cazador volvería al *lodge*, le pediría al mayordomo que llenara la bañera, se sentaría a la mesa recién bañado a disfrutar de un aperitivo mientras consulta las opciones del menú de cinco platos y, después de la cena, pasaría unas horas junto a la hoguera intercambiando anécdotas con los demás huéspedes para, finalmente, retirarse a su confortable bungaló y meterse en la cama, pero Hunter, como siempre, insiste en acampar en la sabana hasta que concluya la caza. Al principio, Van Heeren ponía todo tipo de objeciones, pues semejante capricho no solo es sumamente inusitado, sino que, además, supone un auténtico quebradero de cabeza logístico para el organizador del safari, cuyo paquete de responsabilidades se ve ampliado de golpe con tareas que van desde improvisar un campamento y una cocina de campaña hasta garantizar la seguridad de su cliente por la noche. Gradualmente, sin embargo, a medida que se fueron conociendo mejor y quedó claro que Hunter no necesitaba cenas lujosas en mesas con mantel de damasco, dormir sobre el terreno se acabó convirtiendo en uno de los ingredientes fijos de cada cacería, una especie de acampada entre amigos de la que Van Heeren disfruta al menos tanto como él.

El hecho de que Hunter quiera dormir a la intemperie no es cuestión de nostalgia —aunque es consciente de que, al igual que todos los cazadores que viajan a África, él tampoco es inmune a cierta idea romántica de un pasado legendario de libertad sin límites en un continente salvaje y todavía virgen—, sino que responde sobre todo a su necesidad de mantenerse alerta y garantizar que todos sus sentidos estén puestos en la caza. En el *lodge*, rodeado de tantos lujos, corre el riesgo de abandonarse a la molicie, mientras que dormir al aire libre despierta en él un viejo instinto, un profundo deseo de localizar a la presa antes de que ella lo localice a él —como si su supervivencia dependiera de ello—, y un intenso prurito de cazar, lo cual no parecería tan urgente con el estómago lleno, un buen vino y una buena cama, circunstancias en las que, cual león saciado tras el festín que sigue a la caza, se sentiría irremediablemente inclinado a pasarse el día dormitando, sin estirar las zarpas más que para volver al cadáver de la pieza derribada con el único fin de pegarse el siguiente atracón. La falta de confort y las carencias propias de una acampada le ayudan a crear la ilusión de que caza por necesidad, y no solo por obtener un trofeo.

Aunque bien sabe él que todo eso no son más que patrañas con las que se engaña a sí mismo, autenticidad artificial sin nada de auténtico. En la práctica, ni siquiera hace falta que esté alerta. Aquí no puede ocurrirle nada, pues los rastreadores montarán guardia por turnos durante toda la noche, y en el *jeep* hay comida para una semana, de modo que hambre tampoco va a pasar. Ni siquiera puede decirse que vaya a sufrir alguna forma, por leve que sea, de síndrome de abstinencia. Alguien se encargará, como siempre, de que haya café para él por la mañana. Tal vez un moka etíope, pues Van Heeren no cree que la autenticidad esté reñida con el lujo. La primera y última vez que Hunter puso reparos al respecto, Van Heeren zanjó el debate con el argumento de que, comparados con los cazadores de la era colonial, ellos eran unos muertos de hambre, y que el hecho de que los ingleses comieran *foie gras* y codornices rellenas durante sus primeras expediciones al Everest no le restaba heroicidad a la escalada.

La aventura de Hunter es una entelequia. Pero una entelequia en la que uno cree de verdad es en muchos casos más atractiva que la realidad. Sobre la base de ese principio está cimentada su fortuna. Igual que la de Van Heeren, pues los cazadores profesionales también son comerciantes de ilusiones: su éxito no depende tanto de suministrar la presa adecuada como de escenificar el sueño africano de sus clientes de la forma más verosímil posible. Unos quieren una aventura de alta tecnología, con medios que permitan registrar en vídeo cada minuto del safari para dejar algo a sus descendientes o impresionar a sus socios; otros prefieren el trajín de la primitiva caza con arco. Hacer realidad esos deseos es el secreto de una expedición africana. Van Heeren entiende su profesión mejor que nadie. Un sexto sentido le permite identificar de manera infalible la motivación de sus clientes, ya estén allí por vanidad o por compensar la inevitable pérdida de virilidad a causa de los años. De modo que, consciente de que no van a volver al *lodge*, le da una fraternal palmadita en el hombro a Hunter y dice:

—Tengo hambre. Hazme un favor, anda. Vete con uno de los chicos a cazar algo para la cazuela. Un antílope o lo que sea. Corre por cuenta de la casa.

Mientras los rastreadores desuellan la pieza y Van Heeren asa la carne —pues, al igual que todos los cazadores profesionales, además de animador, enfermero, mecánico, experto en armas, psicólogo y fotógrafo, también es cocinero—, Hunter charla con el joven chófer, que está preparando los gin tonics en una mesa de camping. Con una amplia sonrisa, el chaval le entrega su copa.

—¡Salud! —exclama—. Creo que aún no nos han presentado. ¿Cómo se llama?

Horror, piensa Hunter. Ya estamos con lo de siempre. De mala gana, le tiende una mano al chófer.

—White. Hunter White.

El chaval se echa a reír sin el menor disimulo.

—¿En serio? No puede ser... ¿A quién se le ocurre un nombre así?

No falla. Siempre la misma reacción. Hunter se encoge de hombros.

—Me lo puso mi abuelo. Hace mucho tiempo, antes de que tú nacieras, incluso es probable que antes de que nacieran tus padres, vino a África a cazar con John Hunter, un famoso cazador profesional. Luego, cuando nací, insistió en que me pusieran de nombre John Hunter en honor a su amigo, pero todo el mundo me llama Hunter. Y White es el apellido de la familia.

El chófer suelta una carcajada más estruendosa todavía.

—No, en serio... Lo de Hunter puedo entenderlo, pero no conozco a ningún blanco que se apellide White, salvo el profesor de Química ese de *Breaking Bad* que fabrica metanfetamina en un laboratorio casero. Eso no es un apellido, es un chiste malo.

Ahora que Hunter se fija mejor en su interlocutor y su insolente sonrisa burlona, comprende por qué no lo había visto antes. No es un chico de la sabana, sino alguien que ha venido de la ciudad. Generación Netflix. En su mirada no hay el menor rastro de la cortés modestia con que los muchachos locales saludan a los huéspedes del *lodge*. Lo más seguro es que sea un joven delincuente que ha causado problemas en el colegio. Típico de Van Heeren, contratar a ese tipo de elementos. Oportunidades de reinserción para todo el mundo.

—Pues así es como me apellido yo. Supongo, entonces, que tú no te llamas Driver Black.

El chaval suelta una carcajada y se da una palmotada en los muslos con las dos manos.

—No, me llamo Jeans —contesta—. Pero si quiere puede llamarme míster Cooper.

Jeans, pues así es como se llama de verdad el muchacho, resulta no ser tan urbanita como Hunter pensaba en primera instancia. En realidad procede de un poblado próximo al *lodge* y sus padres también trabajan para Van Heeren. Al igual que los demás jóvenes, ha aprendido inglés en la escuela que Van Heeren construyó en el poblado «como contraprestación por la generosidad del país». Jeans no tardó en mostrar talento para los idiomas y le gustaba darles palique a los clientes, de modo que, cuando Van Heeren se quedó sin chófer, no dudó en ofrecerle el puesto. Según él, es una vida muy cómoda, una sinecura, a pesar de lo cual sueña con irse de aquí algún día, tal vez a Europa, o mejor aún, a Estados Unidos.

—El destino no me importa, con tal de largarme del tercer mundo, ¿comprende? Lo único que quiero es una casa sin serpientes y una vida mejor para mis hijos.

En su sueño de futuro, la civilización occidental brilla como un río de oro líquido, tentador y engañosamente próximo. Engañoso en todos los sentidos, de hecho, aunque Hunter no dice nada, porque según afirma Jeans con una rotundidad que no admite réplica, quien aprovecha la oportunidad de una vida al otro lado del océano se asegura un futuro de prosperidad eterna.

A continuación llega la pregunta inevitable:

—¿Y usted a qué se dedica, míster White?

Hunter, como casi siempre, opta por la respuesta más sencilla posible: el comercio de valores. Títulos —en ambos sentidos del término— a cambio de dinero. Su trabajo, que poco o nada tiene de ético, consiste en crear espejismos financieros cuidadosamente urdidos y mantener la ilusión durante un periodo de tiempo lo bastante largo como para maximizar el beneficio antes de que estalle la burbuja. No importa cuáles sean los ingredientes de la burbuja. Eso da igual. Créditos, valores, acciones..., no merece la pena enumerarlos todos. Lo que él vende no existe en realidad, no ha existido nunca y no existirá jamás. Aquí, en medio de la sabana africana, sus explicaciones suenan más inescrutables aún que en otras ocasiones. Jeans lo mira con expresión de lástima. Para no dejar al joven en la inopia, Hunter añade que también invierte en bienes inmuebles, grandes proyectos como las exclusivas urbanizaciones cerradas que se ven junto a la carretera del aeropuerto. El negocio inmobiliario es una de las pocas cosas que han surgido en su vida de manera fortuita, sin ningún tipo de premeditación. Hace unos años, uno de sus mejores clientes le pidió que diversificara sus inversiones con la compra de bienes inmuebles. Tras aquella primera experiencia decidió mantener un ojo en el mercado, para gran satisfacción de su mujer, pues el tema inmobiliario es más fácil de explicar cuando sus amigas le preguntan a qué se dedica exactamente su marido. Después de la crisis bancaria, además, sonaba mejor, menos problemático desde un punto de vista ético.

Lo uno lleva a lo otro y sus pensamientos divagan hacia su mujer. Para su sorpresa, Hunter constata que, pese al carrusel de emociones de su aventura africana, la echa de menos. Y eso que están acostumbrados a pasar mucho tiempo separados, pues así es como están organizadas sus vidas. Es más, podría decirse que es ahí donde radica el éxito de su relación, en la dosificación del tiempo que pasan juntos. Porque todo, incluido el amor, está sujeto a la primera ley de la economía: la escasez de un bien incrementa su valor. Cuando se ven, se entregan mutuamente con pasión. Y cuando no están juntos, ella vive su vida y él se dedica a vender humo. Pero el caso es que ahora la echa de menos, un sentimiento inusual que lo pilla por sorpresa. ¿Le habría gustado que lo acompañara en este viaje? A ella le habría parecido un tostón. La caza no le dice nada a su mujer. Lo único que le interesa es el trofeo. Pero de la misma forma que ella respeta su felicidad, él respeta la de ella, aunque no la comprenda. ¿Qué estará haciendo ahora?, se pregunta Hunter. Lo más probable es que haya visitado dos o tres galerías de arte por la mañana y ahora esté tomando el vermú junto a la piscina del hotel. Es como si la estuviera viendo, recostada en una tumbona con una pierna estirada y la otra doblada, coqueta como una adolescente pero sin la inseguridad propia de la pubertad, plenamente consciente del impacto de su elegancia. Sus movimientos son lentos, perezosos, mínimos bajo un calor abrasador. Con los ojos ocultos tras sus gafas de sol y un brazo en alto haciendo pantalla para protegerse de la intensa luz meridional, leerá hasta que el calor la lleve a cerrar el libro para meterse en el agua. Pero ella, al contrario que la mayoría de las mujeres en ese tipo de hoteles, que tras dos torpes brazadas se apresuran a salir de la piscina para volver a tumbarse al sol, sufrirá una prodigiosa metamorfosis tan pronto como se sumerja en el agua, pues allí, en el medio líquido, es donde se encuentra en su elemento. Durante la próxima media hora, o tal vez más, surcará la superficie del agua en estado de máxima concentración, con la velocidad y la potencia de un depredador que solo necesita una fracción de segundo para transformar su perezosa elegancia en efectividad letal. Esa es precisamente la combinación de cualidades que lo atrajo la primera vez que la vio y su fascinación no ha remitido, por mucho que sigan siendo personas completamente distintas. Cuando alguien le pregunta a qué se dedica exactamente su mujer, suele contestar que su trabajo es la variante femenina de lo que hace él, lo cual es al mismo tiempo indiscutible y completamente absurdo. Mientras él especula con valores financieros, ella vende arte moderno y colecciona antigüedades, actividades que a Hunter no le interesan lo más mínimo. Sus conocimientos de los mecanismos que rigen el mercado del arte moderno son demasiado limitados como para predecir fluctuaciones en la cotización, por lo que la mercancía carece por completo de valor para él. Lo que sí comprende es el atractivo de las antigüedades para su mujer. Dado que su vida laboral, al igual que la de él, consiste en comprar y vender bienes cuyo valor depende por entero de la credibilidad del vendedor, la escasez real o ficticia, los posibles incrementos del precio en el futuro y la especulación derivada de dichas expectativas, no le resulta extraño que en su tiempo libre anhele algo más auténtico, más real. Algo con una historia reconstruible y un valor fijo bien definido. En cierto sentido, las antigüedades de su mujer difieren muy poco de los bienes inmuebles que ha añadido él a su cartera de inversiones, con la única diferencia de que, para ella, las piezas de su colección tienen valor emocional, mientras que él no siente ningún apego por sus propiedades. O, dicho de otra forma, solo le interesa su valor. Salvo en el caso de sus parques naturales. Si definimos el acto de coleccionar como la compra de bienes u objetos por amor a los mismos, podría decirse que Hunter colecciona espacios naturales.

Mucho antes de que los estudios científicos sobre el deshielo de los glaciares, las perforaciones en el permafrost y el miedo al cambio climático estimularan a los superricos a invertir en pistas de aterrizaje en Nueva Zelanda y complejos turísticos de montaña muy por encima del nivel del mar, Hunter ya había empezado a comprar grandes extensiones de naturaleza virgen. Entrenado para percibir el más mínimo movimiento en las tendencias del mercado, comprendió con más de dos décadas de anticipación que, una vez que se hubiera edificado hasta el último metro cuadrado de terreno urbanizable, los espacios naturales se convertirían en el nuevo oro. La divisa del futuro. Cuanto mayor fuera la huella de la civilización en el mundo, mayor sería el valor de la naturaleza virgen. Ahora se da cuenta de ello hasta un niño. La ilusión de aventura y autenticidad es ya un próspero segmento de mercado en la sociedad de consumo, mientras que la verdadera evasión es cada vez más un privilegio solo al alcance de los *happy few*. Pero cuando Hunter compró sus primeras hectáreas de espacios naturales aún no existían los conceptos de *ecoturismo*, *vuelta a la naturaleza* o *economía de subsistencia*, y *paleo* era todavía un término relativo a la Edad de Piedra, no una moda dietética. Mientras el mundo financiero se volvía loco invirtiendo en el mayor castillo de aire de la historia —la burbuja de internet—, Hunter empezó a comprar tierras que nadie quería a cambio de calderilla. Hoy es propietario de desfiladeros en Creta, grandes extensiones de estepa y desierto en Kazajistán, un corredor en una selva tropical de Costa Rica y varias franjas de taiga en Rusia. Sus visionarias adquisiciones no solo lo han hecho inmensamente rico, sino también muy feliz. Pero no porque su valor se haya disparado hasta alcanzar niveles astronómicos, sino por la sencilla razón de que todas esas tierras son suyas y, por tanto, permanecerán vírgenes. Porque su motivación, en este caso, no es la especulación, sino la conservación, proteger al mundo de los avances de la civilización, aunque, obviamente, es su talento como especulador lo que explica el acierto de sus inversiones en espacios naturales. Su olfato le permitió percibir una tendencia del mercado mucho antes que sus competidores, de la misma forma que predice de forma infalible subidas en la cotización de ciertas acciones.

Ese talento, que constituye el secreto de su éxito, se lo debe a su padre y a su abuelo. Pero no tanto al hecho de que ellos también fueran grandes comerciantes —aunque de bienes más tangibles—, sino a que los dos fueron excelentes cazadores y, durante la caza, esa capacidad de predecir o al menos intuir el futuro puede suponer la diferencia entre la vida y la muerte. No obstante, piensa Hunter con una sonrisa, comparado con su trabajo de analista financiero, predecir el comportamiento de los animales salvajes es cosa de niños. Un león mueve tres veces la cola antes de atacar. El día que las acciones empiecen a hacer eso, la Bolsa sufrirá un crac épico. El hecho de que, a pesar de la falta de señales, Hunter sea capaz de pronosticar con acierto los altibajos en las cotizaciones no es cuestión de suerte, como creen a menudo sus compañeros, sino de experiencia, profesionalidad y capacidad de observación. Un buen cazador conoce a su presa y sabe cómo piensa, lo cual le permite ir siempre un paso por delante de ella. Lo demás es cuestión de coraje, agallas para esperar hasta el último segundo y, llegado el momento exacto, apretar el gatillo con plena convicción.

A Hunter le gusta su trabajo por la misma razón que le gusta cazar. No es la potencial ganancia económica lo que lo atrae, sino el riesgo. En el hipercivilizado mundo moderno, la Bolsa es uno de los últimos sectores —al margen del crimen organizado— que recompensa de verdad la audacia. El subidón de adrenalina producto de una transacción ganadora en la Bolsa es, para él, muy parecido al chute de endorfinas que siente al abatir a una presa. El título concreto objeto de la transacción le trae sin cuidado. Lo único que cuenta es el hecho de adelantarse a sus competidores. Y lo mismo ocurre con la caza. La motivación no es la presa en sí, sino el acto de abatirla, la confrontación con una criatura mucho más grande y peligrosa que él y el hecho de salir victorioso de dicha confrontación. Lo cual no quiere decir que Hunter experimente la muerte de la presa como un triunfo, sino más bien como un efecto secundario tan trágico como inevitable de su victoria. Una vez derribada, la presa pierde todo su interés para él. Al contrario que la mayoría de los cazadores, él nunca posa con la pieza, y si lleva sus presas a un taxidermista es únicamente por su mujer. Y esta vez no será distinta. Cuando vuelva a casa, llevará en su equipaje un trofeo para ella. Un *souvenir* con el que estrechar el vínculo que los une. Satisfecho, Hunter desliza la vista por el paisaje de sinuosas colinas tras las cuales empieza a ocultarse el sol. Una breve pero incisiva notificación acústica —¡ping!— lo devuelve a la realidad. Un mensaje de su mujer. «He tenido una pesadilla. Este safari me da mala espina. Ten mucho cuidado.» Con dedos ágiles, Hunter teclea rápidamente una respuesta: «No te preocupes. Oficialmente estoy aquí cazando búfalos. No me va a pasar nada. Hace un tiempo espléndido, por cierto. Hasta las acacias están en flor. Deberías haber venido». Con una amplia sonrisa, se pone de espaldas a la puesta de sol y, sobre un fondo de tonos naranjas, mirando a la cámara con confianza, se hace un selfi para enviárselo a su mujer.

Más tarde, cuando ya descansan junto al fuego en sus sacos de dormir y el mundo a su alrededor ha quedado reducido a un juego de sombras en las que no se distingue color alguno, Hunter escucha con atención los sonidos de la sabana en la oscuridad. A pesar de todos los safaris en los que ha participado a lo largo de los años, sigue sin ser capaz de identificarlos todos. Oye animales que no conoce y lo sorprende el silencio de otros que sin duda están cerca. La noche se llena de ruidos, unos próximos y otros lejanos. Sobre el permanente coro de fondo de grillos y cigarras se distinguen todo tipo de aves, vanidosas solistas, cada una con su propia melodía, y en algún punto distante tiene que haber una pareja de chacales cazando. Hunter los oye comunicarse con aullidos, señales con las que se indican mutuamente su posición. De pronto, elevándose por encima de todos los demás sonidos de la noche, ruge un león. No es fácil calcular la distancia. El miedo amplifica los ruidos, la serenidad de ánimo los amortigua. En cualquier caso, el bramido de un león nunca deja de impresionar, aunque a Hunter no lo inquieta demasiado, pues supone que es uno de los miembros de la manada que han visto hoy protegiendo su caza frente a ladrones nocturnos. Poco después, un grupo de hienas hambrientas se mezcla en la discusión, lo cual confirma sus sospechas. Seguramente han intentado arrebatarles la cebra a los leones, pero han cometido el error de subestimar la resistencia que iban a encontrar. Puede que intimidar a un león solitario sea factible, pero robarle la comida a toda una manada es un plan condenado al fracaso. Hunter se queda escuchando un buen rato con los ojos cerrados. Los sonidos de la naturaleza constituyen en sí mismos un mundo extraño y asombroso, pero nunca le infunden miedo. Parece más bien un serial radiofónico en un idioma que solo entiende a medias, un viejo dialecto que dominaban sus antepasados en un tiempo ya remoto, una lengua primigenia que forma parte de su herencia genética desde mucho antes de su nacimiento, pero que, a pesar de todos los libros sobre África que devoró durante su infancia, nunca ha llegado a aprender en condiciones.

Aunque la sabana africana es en cierto sentido un entorno donde se encuentra más en su elemento que en Wall Street, aquí siempre será un extraño. Por mucho que se funda con el paisaje y por mucho que aprenda a moverse por la naturaleza sin hacer el menor ruido —lo cual empezó a practicar de niño entre el bambú del jardín de la casa familiar cuando leyó en un libro de Beryl Markham que quien no desarrolla esa habilidad durante la infancia ya no la desarrolla nunca—, Hunter White siempre será una especie exótica en el continente africano. Jamás hará suya la facilidad con que se mueven los rastreadores, la naturalidad con que se deslizan por la sabana, aparentemente sin esfuerzo. De pronto se siente muy solo, como si una barrera invisible lo separara de los demás. A pesar de compartir un mismo sueño y un mismo objetivo con el resto de los integrantes del grupo, y a pesar de dormir bajo un mismo cielo, no tiene nada en común con ellos. Nada, y al mismo tiempo todo, al menos mientras dure la cacería. Mientras sigan juntos el rastro del rinoceronte, sus vidas confluyen en un único caudal, pero luego cada uno retomará su camino y sus diferencias volverán a ser tan insalvables como la distancia entre las dos orillas de un río desbordado. Para Van Heeren y los rastreadores, la sabana es su hábitat natural. Aquí están en casa. Ellos se quedarán aquí, no solo después de este safari, sino toda su vida, mientras que él volverá a su país y su trabajo, su vida confluirá durante un tiempo con la de su mujer, hasta que sus caminos tracen un nuevo meandro que los vuelva a separar temporalmente. Porque vivimos como soñamos: solos. Eso también lo ha leído en algún sitio, no recuerda dónde. Tampoco importa demasiado, la cuestión es que es verdad. Su anhelo más profundo, el auténtico móvil de sus actos, no lo comparte con nadie. Eso es algo que lleva oculto en lo más hondo de su ser, a mucha mayor profundidad de la que es capaz de alcanzar una relación humana. En última instancia, piensa Hunter, en algún lugar entre el sueño y la vigilia, siempre estamos solos, durante toda nuestra vida. Nadie sabe quiénes somos ni por qué hacemos lo que hacemos, y es probable que nosotros mismos menos que nadie. Pero en este momento, envuelto por la oscuridad de la noche africana, Hunter siente más que nunca que todas las piezas encajan, que todo su ser y todos sus deseos convergen en este preciso lugar del mundo, y que abatir al rinoceronte es su misión ineludible. Aquí y ahora, en esta oscuridad misteriosa y aterciopelada, la caza, esta caza, ya no se le antoja como una breve interrupción de su vida ordinaria, sino como su destino. El denso rumor de los sonidos de la sabana lo envuelve como un manto, Hunter se queda adormilado, ya se ha dormido, se sobresalta brevemente a causa de un ruido impropio de la noche que no ha oído nunca, pero sin llegar a despertarse del todo, porque una voz en su cerebro le susurra en tono tranquilizador que los rastreadores montan guardia y que, sea lo que sea ese ruido, no es de su incumbencia, de modo que se deja deslizar de nuevo a un sueño profundo del que no recordará nada.

Por la mañana, cuando vuelve a la vida, no sabe si lo que lo ha despertado ha sido el olor del café o las voces agitadas de los rastreadores, que discuten algo con Van Heeren en una lengua melodiosa para él incomprensible. Hunter abre los ojos y mira a su alrededor. Buscando como un gatito que aún no ve bien, vuelve la cabeza hacia el lugar de donde vienen las voces y pestañea varias veces seguidas. La imagen se va enfocando poco a poco. Un escarabajo de aspecto metálico camina por los restos ya extinguidos de la hoguera. En un segundo plano cimbrean hierbas amarillentas acariciadas por una suave brisa. El sol acaba de rebasar el horizonte. La niebla matinal cubre la sabana como un delicado velo.

—Despierte, míster White. Han localizado a su rinoceronte.

El olor del café recién hecho es ahora más cercano. Con una sonrisa oblicua, Jeans le entrega una taza humeante. Por lo visto, el rinoceronte ha aparecido junto a una charca en una de las cámaras web, unos treinta kilómetros al oeste. Lo más probable es que el conflicto territorial con el otro macho lo haya movido a marcharse a otro sitio. Orgullosos, los rastreadores le muestran las imágenes en un portátil abierto encima del capó del *jeep*. Con pasos dóciles, el rinoceronte pasa por delante de la cámara. A pesar de ser imágenes muy granuladas y, además, en blanco y negro, se distingue claramente el corte en la oreja derecha. Hunter no es muy partidario de todos esos medios de última tecnología, pero ha acabado aceptando que prácticamente todos los cazadores profesionales hacen uso de cámaras para localizar a sus presas, especialmente en territorios abiertos, sin vallas que los delimiten. No se puede decir que sea muy deportivo, pero si no quieres pasarte seis meses rastreando a la presa —algo que en el fondo le encantaría, pero no se puede permitir—, es la única forma de acelerar un poco las cosas. Además, tampoco es que sean medios tan modernos. Hace setenta años, los cazadores profesionales ya usaban avionetas de reconocimiento para localizar a sus presas desde el aire y determinar sus rutas.

Menos de una hora después, Jeans los deja junto a la charca y los rastreadores localizan sin ninguna dificultad el rastro del rinoceronte. Sus huellas son tan visibles en la arena húmeda que es casi como si les hubiera dejado flechas indicando la dirección que ha tomado. Su forma de desplazarse, zigzagueando con toda calma de un grupo de árboles a otro, hace pensar que su rival no lo ha seguido. En general, los rinocerontes suelen respetar sus territorios mutuos. Lo más probable es que ayer se encontraran en una zona fronteriza entre uno y otro dominio, lo que dio lugar al conflicto del que fueron testigos. No es inusual que los territorios de los rinocerontes se solapen pero, aunque ese tipo de visitas vecinales pueden causar tensiones, es raro que deriven en una auténtica pelea. En la mayoría de los casos, los contendientes resoplan un poco y, una vez hecha la advertencia, cada uno se va tranquilamente por su lado. En la sabana hay sitio para todos, sobre todo ahora que la población de rinocerontes se encuentra en situación crítica. En realidad, piensa Hunter, deberían alegrarse de encontrarse con un congénere.

El rastro es fácil de seguir y el grupo no tarda en ganarle terreno al rinoceronte, que según todos los indicios avanza sin prisa alguna. Las huellas son cada vez más detalladas, el viento no ha tenido tiempo de empezar a borrarlas. Deben de estar ya pisándole los talones. Sin embargo, al llegar a una zona de colinas cubierta de hierba alta, el rastro desaparece de forma abrupta. Los rastreadores se dispersan en busca de alguna pista que permita retomar la persecución. Por un instante, Hunter sospecha que todo ha sido en vano y que no quedará más remedio que dar el día de nuevo por perdido, pero entonces oye el grito de un rastreador. Recorriendo el terreno con la mirada, lo localiza a cierta distancia haciéndoles señales con la mano junto a dos grandes arbustos de lechetrezna. Uno de sus compañeros sale disparado hacia él seguido de Van Heeren, que también se lanza a la carrera. Desde que lo conoce, hace ya años, nunca lo había visto correr —Van Heeren es de esos hombres que prefieren no desperdiciar energía innecesariamente—, por lo que un terrible presentimiento se apodera de él. Y, en efecto, cuando llega junto a ellos, el rastreador alza dos dedos manchados de sangre.

—¿Está herido?

—Eso parece —contesta Van Heeren señalando un rastro de sangre en la arena—. A juzgar por el color de la sangre, una herida superficial, pero aun así...

Hunter se agacha junto al rastro. ¿Podría ser que hubiera vuelto el otro macho y, a pesar de todo, hubieran acabado peleando? No parece probable. La ventaja que les lleva el rinoceronte no puede ser tanta, y no han visto ni oído nada. Además, habrían encontrado huellas del ejemplar joven. Pero entonces... ¿qué ha podido ocurrir? ¿Cazadores furtivos? La mera idea le oprime la garganta como una mano gélida. No puede ser. Es imposible, después de todas las medidas que han tomado. A veces ocurre que, de manera involuntaria, los preparativos para la caza de un trofeo ponen a un grupo de cazadores furtivos sobre la pista de un rinoceronte. Pero, precisamente por eso, Hunter insistió en que se evitaran rastreos llamativos con helicópteros o *jeeps*. Aún queda la posibilidad de que lo hayan estado siguiendo y que él mismo los haya conducido hasta la presa, pero tan pronto como se plantea esa hipótesis la descarta, pues nadie sabe que ha comprado la licencia. Tiene que haber otra explicación. ¿Lo habrá herido otro animal, tal vez un búfalo? Porque lo cierto es que no han estado atentos a la presencia de huellas de búfalo... Van Heeren lo arranca de sus pensamientos.

—Uno de los chicos te va a llevar al *jeep*. En cuanto sepamos qué ha pasado y evaluemos la situación, te aviso.

—Ni hablar. Yo voy con vosotros.

—Venga, Hunter, no jodas. No puedo llevar a un cliente tras las huellas de un rinoceronte herido. Ni siquiera a ti.

—Es mi rinoceronte. Y mi cacería.

Cabezón como es, Hunter mira fijamente a Van Heeren dispuesto a hacer valer su condición de cliente. Bajo ningún concepto quiere alejarse de su presa. Pero en realidad se está tirando un farol y nadie lo sabe mejor que él. Porque, por mucho que mande el cliente, en última instancia es el cazador profesional quien toma las decisiones críticas. Ninguna empresa de safaris permite a sus clientes involucrarse en este tipo de expediciones. Un animal herido es sumamente peligroso y las persecuciones entre la maleza acaban casi siempre con un ataque de la presa, lo cual obliga al cazador a actuar muy rápido. En una situación así, el menor titubeo puede ser mortal, y un cliente muerto es muy mala publicidad. Van Heeren lo mira un instante en silencio. Si fuera cualquier otro cliente, ya lo habría enviado al *jeep* sin admitir réplica. Pero Hunter no es un cliente cualquiera. Hunter es un amigo y un cazador extraordinario. Y las circunstancias son especiales, porque no es que Hunter haya dejado a la presa malherida con un disparo errado. Además, Van Heeren sabe tan bien como Hunter que si el rinoceronte está gravemente herido tendrán que darle el tiro de gracia. Enviar a Hunter de vuelta al *jeep* equivale a denegarle su trofeo. Hunter, al notar que Van Heeren duda, aprovecha para tratar de decantar la balanza a su favor.

—Vas a necesitar cobertura para enfrentarte a un rinoceronte encabronado. ¿O acaso pensabas encomendarte a esos, que ni siquiera llevan armas?

Los rastreadores esperan impacientes a unos metros de ellos. Van Heeren les echa una mirada y acaba cediendo.

—Por tu cuenta y riesgo.

A partir de ese momento aumenta el ritmo de la persecución. Los rastreadores van por delante siguiendo la pista como perros de presa. Ya no hay ninguna duda de que la cosa es seria. La secuencia de huellas es irregular, de lo cual cabe inferir que el rinoceronte renquea. Saben que no puede estar muy lejos, pero el terreno es cada vez más difícil. El animal busca el amparo de la vegetación y seguirlo entre la maleza es una empresa muy arriesgada. Avanzando en fila, el grupo se abre paso entre los matorrales tratando de hacer el menor ruido posible. Por la actitud protectora de Van Heeren, que va tras él, casi pegado a su espalda, Hunter sabe que se arrepiente de no haberlo enviado al *jeep*. Pero ya es demasiado tarde. Volver es ahora tan peligroso como seguir avanzando. La presa puede estar en cualquier sitio. Por primera vez en mucho tiempo, Hunter siente en el fondo de la garganta el sabor acre y metálico del auténtico miedo. Su presión arterial aumenta. Su respiración se hace audible. De manera instintiva, se agarra al rifle con más fuerza. En un fogonazo le viene a la memoria una cacería de venados con su abuelo. Él aún era un crío. En un momento dado tropezaron con un grupo de jabalís con varios jabatos. Para desconcertarlos, su abuelo y él salieron corriendo en direcciones opuestas, por lo que de pronto se vio solo, rodeado de zarzas más altas que él, en medio de un bosque impenetrable de helechos, plenamente consciente de que en cualquier momento podía salir por sorpresa de la vegetación un jabalí que no dudaría en hacerlo picadillo. Muerto de miedo, se encaramó a un árbol y permaneció inmóvil hasta que, tras unos minutos que parecieron eternos, oyó el disparo liberador del rifle de su abuelo. Ahora, con su propio rifle en las manos, se siente mucho más seguro, pero el sabor del miedo sigue siendo el mismo. Su instinto le pide a voces que se largue de allí porque, aunque no ve ni oye al rinoceronte, sabe que tiene que estar cerca. De pronto, saliendo de la nada, emerge fugazmente entre la maleza una voluminosa sombra gris. El rinoceronte. Hunter alza su arma, pero el animal desaparece con la misma rapidez que había aparecido. Resulta inconcebible que una bestia tan colosal sea capaz de moverse tan rápido y volatilizarse sin dejar rastro en cuestión de segundos. Los rastreadores se han quedado clavados en el sitio, con todos los músculos tensos como cuerdas. Hunter siente el aliento de Van Heeren en el cuello.

—Está malherido. La próxima vez ataca. No bajes la guardia.

Con mucha precaución, paso a paso, reanudan la marcha. Hunter tiene muchas dificultades para avanzar entre la maleza. Los matorrales se enganchan a su ropa y cada dos por tres tiene que detenerse a desenganchar una rama. Las espinas le causan arañazos en brazos y piernas. En este terreno el rinoceronte tiene mucha ventaja. Además, ya es consciente de la presencia del grupo y sabe que lo están acechando, pero mientras el animal espera en silencio entre la maleza, perfectamente camuflado, invisible para ellos, los cazadores se ven obligados a desplazarse para seguir acercándose a él. El rinoceronte los oye y los huele, y lo único que tiene que hacer es esperar el momento justo para atacar. Hunter oye un crujido muy cerca de ellos y mira hacia atrás, pero no ve nada. En la fracción de segundo que tarda en volver a girar la cabeza y fijar la mirada en el camino, los dos rastreadores desaparecen entre los arbustos y, de pronto, todo se mueve a su alrededor. Ya no ve nada, solo fragmentos de cielo y tierra. Van Heeren le ha dado un empujón con todo el peso de su cuerpo. Hunter se tambalea y, antes de caer al suelo, oye un disparo. Y luego otro. ¡El muy cabronazo está disparando a mi rinoceronte! Antes de que le dé tiempo a formular bien ese pensamiento, siente la tierra retumbar. Una nube de polvo le impide ver lo que está ocurriendo. Aturdido, permanece por un instante en el suelo cubriéndose la cabeza con los brazos en un reflejo instintivo. Al cabo de unos segundos, sin incorporarse, mira con precaución por debajo del brazo y ve al rinoceronte desplomado en el suelo a escasos metros de él. Van Heeren le ha acertado en el cerebro. Hunter sabe que le debe la vida al hecho de que su amigo, al igual que él, tiene una marcada preferencia por la munición de gran calibre y caza con un rifle doble del calibre .577. Si el coloso ha seguido dando tumbos incluso después de esos dos disparos, con cualquier otro cartucho los habría aplastado en su caída. Hunter siente un escalofrío, una mezcla de rabia, decepción y miedo producto de la constatación simultánea de dos hechos: que Van Heeren le ha salvado la vida y, para ello, ha tenido que derribar su trofeo. Con equilibrio aún precario, se incorpora. Al mismo tiempo, los rastreadores salen de la maleza y se van corriendo hacia el cadáver para asegurarse de que la presa está muerta. A juzgar por las voces que pegan, ellos también están muy alterados. Van Heeren, con la escopeta aún en ristre, masculla una blasfemia. Hunter respira hondo dos o tres veces seguidas y, en el tono más neutro posible, dice:

—No pasa nada. No tenías otra opción.

Pero Van Heeren niega con la cabeza.

—No es el tuyo. Es otro.

Hunter tarda un instante en procesar el significado de sus palabras. Estupefacto, vuelve la mirada hacia el cadáver. ¡Cómo es posible que no se haya dado cuenta antes! Este ejemplar tiene las dos orejas intactas.

—Y lo peor es que ya tenía un disparo —farfulla Van Heeren señalando con la barbilla al rinoceronte.

Una profunda herida los contempla desde el hombro derecho del mastodonte. Alguien le ha disparado al corazón, pero ha errado el tiro. A Hunter se le hiela la sangre. Cazadores furtivos. A pesar de lo que creyó en primera instancia... Eso lo explica todo, incluida la presencia de dos machos en un mismo territorio. Para atraer a sus presas, los cazadores furtivos imitan la llamada de la hembra. Los machos se han buscado la perdición siguiendo los dictados de su pulsión sexual. Van Heeren se arrodilla junto al cadáver y se pone a hurgar con una navaja en la herida. Al cabo de unos instantes, saca a la luz una bala.

—Un .458. Justo lo que me temía. Esto es obra de unos aficionados. Los furtivos profesionales trabajan por la noche con helicópteros, focos y dardos sedantes, y solo necesitan dos minutos para tumbar al rinoceronte, cortar el cuerno con una sierra eléctrica y salir por patas. Con un poco de suerte hasta sobrevive el animal. Pero esto... —dice mirando ofendido el cadáver—, esto es una chapuza impresentable de un grupo de chavales de algún poblado de la zona que se han hecho en algún sitio con un CZ ilegal y se creen que pueden dar el gran golpe, pero ni siquiera son capaces de disparar en condiciones.

Van Heeren seca la bala frotándola en su pantalón y se la guarda en el bolsillo de la camisa.

—Últimamente hay rifles checos hasta debajo de las piedras. La puta que los parió. Cualquier idiota puede comprar uno. Como esto siga así, en cinco años no queda aquí ni un rinoceronte.

Con un gesto de la cabeza les pide a los rastreadores que se acerquen.

—Avisad a los *rangers* y acompañad a Hunter al *jeep*. Yo me quedo aquí esperando a la patrulla. Esta cacería ha terminado.

—Espera.

No es una solicitud, sino una orden. Aunque Hunter habla con voz tranquila, casi en un susurro, su tono es el de alguien que no admite réplica, el mismo que emplea para impedir que los brókers de su sociedad compren antes de tiempo, un tono en el que no hay la menor sombra de duda —porque no presiente o sospecha lo que va a ocurrir, sino que lo sabe con absoluta certeza— y con el que, al mismo tiempo, deja claro que asume la responsabilidad de las eventuales consecuencias de la decisión adoptada.

—Si lo han dejado ahí tirado es porque alguien o algo los ha alarmado. De lo contrario, no se explica que hayan renunciado a los cuernos. Lo más probable es que nos hayan oído acercarnos. Y no pueden estar muy lejos, porque no se ha oído ningún motor.

Van Heeren niega escéptico con la cabeza.

—Tranquilo, *cowboy*. Sé muy bien cómo te sientes. Yo también estoy que echo humo y no dudaría en tumbar personalmente a esos desgraciados, pero no estoy tan loco como para salir corriendo tras un grupo de criminales armados hasta los dientes. Si es verdad que nos han oído, podemos dar las gracias por el hecho de que no nos hayan acribillado. Este trabajo es para los *rangers*, no para nosotros. Olvídalo.

Van Heeren saca el teléfono pero, antes de que pueda llamar, Hunter le pone una mano en el brazo.

—¿Y el otro macho, qué? Es evidente que van a ir a por él. Cuando quieran llegar los guardas será demasiado tarde.

Ese argumento lo deja perplejo. En un segundo de clarividencia, Van Heeren comprende que

Hunter tiene razón. Si es cierto que los furtivos no han huido y se han ido a por el otro rinoceronte, cada segundo cuenta. Sin más dilación, levanta su rifle del suelo y le hace una señal de asentimiento a Hunter.

—¡Vamos, corre!

Los rastreadores solo necesitan dos palabras. Sin dudar un instante, salen corriendo en busca del punto donde los cazadores furtivos han herido al rinoceronte. En un boscaje oculto a la vista por la ondulación del terreno, encuentran efectivamente huellas que se dirigen al sur, de vuelta al herbazal donde perdieron la pista del rinoceronte de Hunter. Van Heeren se detiene un segundo sin saber hacia dónde tirar, pero uno de los rastreadores pega un silbido. ¡Aquí! Con la punta del pie empuja una pila fresca de excrementos de rinoceronte y señala un rastro en la arena seca: las huellas con bordes agrietados de un ejemplar viejo. Van Heeren suelta una maldición.

—Ha sido tu rinoceronte el que los ha asustado, no nosotros. Por eso han disparado apresuradamente al otro macho y se han ido a por tu presa. Sabían que el rinoceronte herido no llegaría lejos y habrán pensado que ya lo encontrarían después. Más fácil eso que perseguirlo entre matorrales.

A Hunter le hierve la sangre solo de pensar que el rinoceronte se habría arrastrado aún varias horas por la sabana, aturdido a causa del dolor y el miedo, desangrándose lentamente, acosado por leones y hienas, hasta sucumbir debilitado por el agotamiento. Su mirada se cruza fugazmente con la de Van Heeren, que en ese momento le quita el seguro a su rifle con cara de pocos amigos.

—Que quede clara una cosa: en caso de duda, todo es legítima defensa. Olvídate de la ley. Los *rangers* también disparan antes de hacer preguntas.

Sin tiempo que perder, el grupo se lanza a la persecución. Difícil decir cuánto tiempo caminan. Con cada paso que dan aumenta la angustia de Hunter. Tienen que impedir a toda costa que su rinoceronte caiga en manos de los cazadores furtivos. Tienen que salvarlo. Luego, por la noche, Jeans se burlará de él: «¿Cómo que salvarlo? ¿Salvarlo para después matarlo tú? ¿No te parece un poco *crazy*?». Hunter tratará de explicarle en vano que la caza legal y la caza furtiva son polos opuestos, por mucho que algunos furtivos sean buenos cazadores, y el chaval responderá una y otra vez con su lógica africana. «Al rinoceronte le da igual quién apriete el gatillo. En ambos casos va a acabar igual de muerto.» Pero se equivoca. Hasta un niño entiende que no es lo mismo un disparo que otro. Sobre ese tipo de convenciones está erigido el orden mundial. Cuando un guarda de una reserva mata a un cazador furtivo, lo hace por causa de fuerza mayor, como ha explicado antes Van Heeren, pero cuando un furtivo mata a un guarda, hablamos de asesinato. Y precisamente por eso, la caza legal es una forma de conservación, un deporte noble respetuoso con los animales, mientras que la caza furtiva es un delito abominable. La simple idea de que una banda de desalmados derribe a su rinoceronte con un mal disparo con el único fin de cortarle los cuernos y venderlos en el mercado negro le hace echar espuma por la boca. Él y nadie más que él tiene derecho a matar a ese rinoceronte. Poseído por esas reflexiones, Hunter corre tras los rastreadores. Su motivación es tan fuerte que es como si estuviera anestesiado. Ya no siente cansancio. Ya no siente los terribles arañazos que le producen las zarzas en brazos y piernas. Por no sentir, ya no siente ni miedo. Cada vez que sus pies hacen contacto con la tierra, se reafirma en la esencia de lo que tratará de explicarle a Jeans en vano por la noche: que no da igual quién dispare la bala que mata al animal. Es más, se trata de una cuestión de vital importancia, porque es ahí donde radica la diferencia entre el bien y el mal.

Un rastreador se detiene de forma súbita y señala hacia arriba. Hunter casi choca con él. Doscientos o trescientos metros más adelante, varios buitres dan vueltas en el cielo, pero la maleza impide ver qué es lo que tienen en el punto de mira. Antes de que Van Heeren pueda detenerlo, Hunter echa a correr por el herbazal. A cierta distancia, medio oculta por un boscaje de lechetrezna, yace en la arena una masa de color gris mate. Piel gruesa con manchas. Un cuerpo portentoso desplomado como un saco de huesos. Un animal muerto. Hunter se detiene un instante, incapaz de procesar lo que está viendo. Con mucha precaución, como si el animal pudiera volver a la vida y levantarse en cualquier momento, se acerca al cuerpo sin vida del rinoceronte. El viento arrastra hacia él un olor dulce y húmedo. El olor de un cadáver aún caliente. Un animal herido de bala luchando por su vida presa del pánico desprende un olor muy distinto, aunque ya se haya desangrado. Por muy próxima que esté la muerte de un animal, mientras haya algo de vida en sus venas, el olor acre del miedo prevalece por encima de todo. Pero tan pronto como se consuma la muerte, la mezcla de orina, sangre y vísceras calientes se funde de manera instantánea en un penetrante olor a cadáver imposible de confundir con ningún otro olor del mundo. Una vez que alguien descubre ese tufo, ya no lo olvida nunca. Y el aire que Hunter respira ahora, el cual conoce desde niño, no deja lugar a la menor duda. Han llegado demasiado tarde. El rinoceronte —su rinoceronte— está muerto. Definitivamente muerto.

Con las manos en las rodillas, tratando de recuperar el aliento, Hunter espera a que se disuelvan las manchas negras que le nublan la vista. La pechera de su camisa está empapada de sudor. Bajo el tejido húmedo, siente el corazón golpeando con fuerza el interior de las costillas. Su garganta aún quema de la carrera y su lengua es un trapo pegajoso y seco en el interior de su boca. Aunque con dificultad, consigue tragar saliva un par de veces y escupe en la arena. Muy despacio, con una cautela diametralmente opuesta a la frenética carrera de un momento antes, se aproxima al cadáver. El ojo negro y brillante que lo miró ayer lleno de vida se ha convertido en una bola ciega y mate cubierta por una fina capa de polvo y rodeada de moscas. El noble y poderoso animal cuya mirada lo abrumó por completo menos de veinticuatro horas antes está tan mutilado que cuesta trabajo reconocerlo. Su cabeza es una masa desfigurada y sangrienta, abierta y desgarrada con el cuchillo de la codicia más ciega. Su preciado trofeo ha quedado reducido a un trozo de carne sin ningún valor. Hunter lanza un bramido. Su grito resuena en la planicie. Las aves que descansan en los árboles alzan el vuelo y las gacelas que pastan en el entorno se quedan congeladas por el miedo. No es un grito de terror o compasión, sino el rugido primigenio de un depredador a quien le han robado su presa. Pura furia animal. En un baldío intento de reclamar lo que le corresponde, agarra la cabeza del animal y se la lleva al pecho. Así lo encuentra Van Heeren, arrodillado en un charco de sangre en la arena, con el rifle a su lado y los brazos en torno a los restos mortales del que fue uno de los animales más poderosos de la Tierra, como un perro rabioso decidido a no soltar nunca más a su presa.

II

EL ACTO DE CAZAR

La tramitación administrativa de la desafortunada muerte de los dos rinocerontes resulta ser más compleja de lo esperado. Durante los últimos días, Hunter ha prestado declaración junto a Van Heeren ante el ministerio responsable de zonas protegidas y fauna salvaje, la policía local y otros tres organismos competentes, y las autoridades han insistido en que no abandone el país mientras dure la investigación, aunque no está claro qué es exactamente lo que hay que investigar. La muerte del ejemplar joven fue un caso evidente de defensa propia. Es más, Van Heeren le evitó una larga y dolorosa agonía al pobre animal, que habría acabado pereciendo de todas formas a causa de sus heridas. Y sobre la causa de la muerte del otro no hay la menor duda. Que ahora pongan en marcha una investigación para determinar si fue la expedición de Hunter lo que permitió a los furtivos localizar a los rinocerontes y si, por tanto, hay motivos para imputarle cargos como responsable indirecto de su muerte no solo es absurdo, sino pura corrupción. Así de claro. Con el fin de agilizar el proceso, Hunter ha ofrecido voluntariamente una modesta cantidad para ayudar a financiar la búsqueda de los cazadores furtivos. El ministerio se dio por satisfecho, pero la policía no. Si hubiera puesto trescientos o cuatrocientos dólares más encima de la mesa, a estas horas ya estaría en casa, pero no lo hizo por una mera cuestión de orgullo. Hunter está dispuesto a dejarse estafar, siempre y cuando el estafador se muestre al menos tan creativo como él en la búsqueda de una solución admisible para todos. Pero si el otro no hace el más mínimo esfuerzo y la estafa adquiere un sospechoso tufillo a chantaje, él se planta y no da su brazo a torcer. Ahora, sentado en una mecedora en la terraza de su bungaló, descansa con los ojos cerrados y espera acontecimientos.

Pero su cabezonería no es lo único que lo retiene aquí. Hay otra cuestión importante. Aunque bajo ningún concepto se siente responsable de la matanza, no puede evitar tomarse el caso como algo personal. Todas las noches se le aparece el rinoceronte en sueños. No la pila de carne sangrienta que encontró entre los arbustos de lechetrezna, sino el majestuoso animal que lo miró con orgullo un día antes. La cosa suena más sentimental de lo que está dispuesto a admitir, pero, de una u otra forma, el fugaz instante en que el rinoceronte lo miró a los ojos bastó para forjar un vínculo entre ellos, como si cazador y presa hubieran tomado conciencia de que sus destinos estaban irremisiblemente unidos y que uno acabaría con la vida del otro, con lo cual estaban los dos de acuerdo. Era como si hubieran establecido entre ellos un pacto que solo podía resolverse de dos formas posibles: bien con un disparo de Hunter o bien con una carga mortal del rinoceronte. La intromisión de los cazadores furtivos, sin embargo, violó los términos del convenio y dejó a Hunter con la sensación de haber incumplido una promesa. El rinoceronte, en contra de lo acordado, murió sin él. Por absurdo que sea, Hunter tiene la impresión de no haber estado a la altura y se siente en deuda con el rinoceronte, por lo que considera su obligación quedarse aquí hasta que sus asesinos paguen por lo que han hecho. Ese es el auténtico motivo por el que ha ofrecido dinero para financiar la búsqueda de los cazadores furtivos. Porque quiere que los capturen y los ajusticien.

Pero es que además hay algo que le roe las entrañas, algo similar al hambre pero de un orden muy superior, una especie de insatisfacción implacable. La adrenalina generada durante la caza, la tensión acumulada que debería haberse liberado con un disparo certero, no ha encontrado una vía de escape y ha empezado a envenenarle la sangre. A ningún cazador le gusta volver a casa con las manos vacías y la infeliz circunstancia de que no exista la posibilidad de resarcirse no hace sino ahondar en la herida, a lo cual se suma el agravante de no poder llevarle a su mujer el regalo que le había prometido. Ella, por cierto, ya se ha enterado del fiasco. Alarmada por la noticia, lleva varios días tratando de hablar con él, pero sus mensajes se han ido acumulando sin respuesta en el contestador de Hunter, que al final le ha enviado un escueto pero tranquilizador mensaje. Para llamarla, sin embargo, no se siente aún con fuerzas. No sabría qué decirle. No sabría cómo explicarle que se ha dejado robar su presa y que va a volver a casa sin trofeo.

Porque, en lo más profundo de su ser, aún confía en que se produzca un milagro. Una segunda oportunidad. Una nueva caza. Eso es lo que lo retiene aquí. Un perro de presa que ha olido sangre no se deja arrastrar fácilmente de vuelta a su jaula. Sin embargo, sabe muy bien que esperar no tiene sentido. Obtener una nueva licencia para otro rinoceronte es del todo inviable. Tendrán que pasar muchos meses para que las aguas vuelvan a su cauce y las autoridades consideren la posibilidad de expedir un nuevo permiso. El *lobby* anticaza ha aprovechado el incidente para culpar de la matanza a la política actual en materia de caza de trofeos, lo cual es un disparate, pues, tarde o temprano, los cazadores furtivos habrían acabado localizando y matando a los rinocerontes, con la única diferencia de que, en tal caso, nadie habría dicho esta boca es mía. Una organización estadounidense de protección de derechos de los animales ha presentado incluso una demanda contra el Safari Club International, la asociación que subastó la licencia, y la prensa internacional ha vertido ríos de tinta sobre el caso, por lo que el debate sobre la caza mayor ha vuelto con fuerza a la actualidad en todo el mundo. En las tertulias televisivas, los ecologistas han calificado la caza de trofeos de *hobby* perverso para psicópatas millonarios y caprichosos con inclinaciones asesinas, e incluso han comparado el caso con el escándalo de hace unos años en torno al león Cecil —cuyo desafortunado fin fue fruto de una construcción semilegal—, por lo que las autoridades locales tienen que andar con pies de plomo, cuando lo cierto es que la cacería de Hunter era perfectamente legal. La continua manipulación y tergiversación de la realidad le resulta desalentadora. Como las cosas sigan así, el rinoceronte acabará extinguiéndose por falta de protección. Porque si se seca la fuente de ingresos procedentes de la caza de trofeos, las autoridades empezarán a admitir de nuevo sobornos a cambio de hacerse los locos y los cazadores furtivos tendrán vía libre. Y esa es la razón por la que Hunter aún no ha reclamado el dinero de su licencia, a pesar de que, de conformidad con el principio de *no prey, no pay* —según el cual el cazador solo paga si derriba a la presa prometida—, está legitimado para hacerlo, pues sabe que sin medios financieros serían los rinocerontes los que acabarían pagando los platos rotos. Pero, sobre todo, porque mientras no exija la restitución de sus tasas, las autoridades le seguirán debiendo un rinoceronte.

De pronto, el rojo cálido tras sus párpados se torna negro. El cielo lleva todo el día despejado, sin rastro de la menor nube, por lo que el repentino eclipse solo puede ser la sombra de alguien que se ha acercado en silencio y se ha interpuesto entre el sol y él. Van Heeren, sin duda, que está muy afectado por la situación y hace todo lo posible por animar un poco a su cliente.

—¿Hay noticias? —pregunta Hunter sin abrir los ojos, aunque sabe que la respuesta es negativa.

Si hubiera noticias, ya se lo habría comunicado.

Sin responder a su pregunta, Van Heeren empuja suavemente la mecedora.

—Ven, levántate.

—¿Por?

Van Heeren se marcha sin responder y el sol vuelve a teñir de rojo el interior de los párpados de Hunter. Cuando abre los ojos, lo cual hace de mala gana, ve a su amigo subiéndose al *jeep*, que lo espera aparcado delante de su bungaló.

En contra de todas las expectativas de Hunter, el *jeep* se dirige hacia la frontera, una zona que normalmente prefieren evitar. Van Heeren hizo campaña durante años para que las autoridades retirasen las vallas eléctricas y se acabó saliendo con la suya. Ahora, los animales entran y salen del país a su antojo. Hunter nunca ha estado allí. Van Heeren no caza nunca en la zona fronteriza, pues hay demasiado riesgo de que, como consecuencia de la persecución, la presa se meta en el país vecino, donde no están autorizados a cazar. La apertura de la frontera, en cualquier caso, ha resultado beneficiosa para Van Heeren, pues los mejores pastos están de su lado y atraen a los animales, por lo que ahora puede ofrecer a sus clientes ejemplares de especies que hacía años que no se veían por aquí. Lo único malo es que los cazadores furtivos también cruzan la frontera a su antojo, lo cual dificulta la lucha contra la caza ilegal. Por un instante, Hunter abriga la esperanza de que alguien haya visto por allí a los responsables de la muerte de su rinoceronte y que esa sea la razón del viaje, pero justo antes de entrar en la ciudad fronteriza —en realidad, un pueblo que ha crecido de forma desordenada y, al igual que todas las localidades de frontera, atrae a todo tipo de chusma—, han girado hacia el oeste y han seguido durante un rato una carretera paralela a la frontera. Pocas casas han visto, apenas unas cuantas cabañas repartidas de forma aleatoria a lo largo del camino. Jeans parece conocer bien la zona, pues de vez en cuando lo saluda alguien con la mano en alto. En un pequeño poblado, poco más que unas cuantas barracas y un muelle, han cruzado al otro lado del río en una balsa que hace las veces de transbordador, pero solo cuando los dos hombres responsables del servicio se han decidido a salir del camión oxidado donde estaban charlando plácidamente a la sombra. Ahora el *jeep* avanza a trompicones por un camino que alterna tramos de piedras con tramos de barro. En algunos puntos la vegetación casi les cierra el paso y Jeans tiene que esquivar continuamente ramas bajas. En una ocasión, Van Heeren se ve obligado incluso a bajar del *jeep* para desbrozar el camino con un machete. Bastante tiene Jeans con conducir. Una cosa está clara: pocos coches se aventuran por ese sendero. Hunter contempla en silencio el paisaje. Estas tierras inhóspitas son cualquier cosa menos aptas para la caza. Lo último que querría un cazador sería tener que enfrentarse aquí, en un lugar con tanta vegetación, a un elefante o un búfalo. Crispado, Hunter se pregunta por qué demonios lo trae Van Heeren a este lugar. Un leopardo sería un consuelo demasiado magro como compensación por el rinoceronte perdido. Pero Van Heeren, encerrado en un silencio hermético, no parece dispuesto a soltar prenda. El único ruido en el interior del *jeep*, además de la radio, es el tamborileo de Jeans en el volante marcando el ritmo de la música.

Finalmente, Jeans aparca a la sombra de un inmenso árbol. Van Heeren se baja y empieza a hurgar en el maletero. Hunter echa una mirada a Jeans y, en vista de que este no parece tener intención de moverse de su asiento, se baja también del vehículo y estira las piernas. Van Heeren, con su rifle al hombro, le entrega un arma a Hunter y se adentra por un estrecho camino en dirección al bosque. Hunter mira asombrado el arma desconocida que le ha puesto su amigo en las manos, un rifle deportivo ligero con un aparatoso visor telescópico. ¿A cuento de qué viene esto? Solo un imbécil dispararía con un arma que no conoce. El desvío es impredecible. Pero ni siquiera tiene ocasión de preguntar o poner objeciones, porque Van Heeren se aleja a grandes pasos sin mirar atrás. Si no quiere perderle la pista, no tiene más remedio que apretar el paso. Durante un buen rato caminan entre los árboles por terreno ligeramente ascendente, adentrándose cada vez más en el bosque. Van Heeren no busca un rastro, sino que parece saber adónde va. Hunter está cada vez más desconcertado. ¿Habrá puesto un cebo en algún sitio? Van Heeren debería conocerlo lo bastante como para saber que él aborrece esas prácticas. Disparar desde un escondite a un animal que se acerca a comer de un cadáver puesto allí a propósito es algo que está muy por debajo de la dignidad de Hunter. Durante su primer safari estuvo a punto de llegar a las manos con el líder de la expedición cuando se enteró de que los leones que ofrecía la empresa eran felinos de corral, por así decir, animales criados en cautividad que soltaban en terreno completamente desconocido poco antes de la cacería para que los clientes los abatieran como si de faisanes se tratara, a veces con fusiles automáticos. Más que un safari, aquello parecía una tarde en la feria. Los leones, acostumbrados al contacto con sus cuidadores, se acercaban a los cazadores pensando que les iban a dar de comer. Nada más lejos de lo que entiende Hunter por cazar. Para él, hasta el uso de un visor telescópico es poco ético. Quien no tiene agallas para acercarse a su presa no es digno del trofeo. Hunter concibe la caza como una medición de fuerza física entre el hombre y el animal, un combate que, en la medida de lo posible, debe celebrarse en condiciones de igualdad, una lucha que tanto para el hombre como para el animal exige llegar al límite de sus fuerzas, una lenta coreografía de acecho y evasión que, si hace falta, se prolonga durante varios días, hasta que el cazador consigue acercarse lo bastante a la fiera como para derribarla con un único disparo certero. Disparar a un animal sin llegar a matarlo no solo es falta de pericia, sino una deshonra y, cuando por desgracia ocurre, Hunter insiste en seguir al animal entre la maleza con el cazador profesional para rematarlo personalmente. Sin embargo, pocos organizadores de safaris saben apreciar esa actitud deportiva. La mayoría dan prioridad al confort y la seguridad de sus clientes, por lo que tratan de crear condiciones óptimas hasta para la caza de los *big five*, es decir, con el menor riesgo posible para el cazador. Esa es la razón por la que Hunter ya solo caza con Van Heeren. Porque, al igual que él, Herbert Van Heeren también desciende de una estirpe de cazadores y, por radicalmente distintas que sean sus vidas, comparten los mismos principios. Van Heeren tampoco quiere saber nada de aficionados que hieren a un ejemplar fabuloso para, a continuación, dejar a los rastreadores la responsabilidad de encontrarlos para liberarlos de su sufrimiento. Porque, si bien es cierto que la norma dictamina que el cazador paga de su bolsillo los animales que alcanza con su arma —pieza que sangra, pieza que se paga—, Van Heeren le tiene demasiado aprecio a su personal como para someterlos una y otra vez al peligro de una persecución, y él, por su parte, ya empieza a ser un poco mayor para andar jugándose el tipo en la maleza. Y si hay algo que le resulta abominable a Van Heeren, más si cabe que a Hunter, son esas empresas que permiten a sus clientes derribar ejemplares fabulosos sin licencia y luego aducen defensa propia. Hace unos años, Van Heeren llegó a intervenir en un juicio contra un millonario saudí que había abatido a un rinoceronte sin licencia, demostrando de manera irrefutable que el ángulo desde el que el animal había recibido el disparo descartaba por completo la coartada de la defensa propia. Aquello le ganó la animadversión de muchos de sus compañeros de profesión, pero a ojos de Hunter se convirtió en un auténtico héroe.

No, no puede ser que Van Heeren quiera llevarlo a un puesto de caza. Pero entonces, ¿qué hacen ahí, en ese bosque desconocido? ¿Y adónde van? Por si acaso, Hunter mira de vez en cuando hacia arriba. En caso de que sea un leopardo lo que los ha llevado hasta allí, más le vale estar en guardia. Esas fieras traicioneras tienen la fea costumbre de lanzarse sobre sus presas desde los árboles. Hunter les tiene tirria a esos asesinos subrepticios que atacan por sorpresa, sin previo aviso y a veces incluso sin motivo alguno, aunque no tengan hambre. El leopardo es uno de los pocos animales que matan por placer. Como el ser humano. Él ya cazó uno, obviamente, de lo contrario no podría decir que solo le falta el rinoceronte para completar sus *big five*, pero nunca disfrutó de esas cacerías. ¿Cómo era eso que dicen...? Un león se caza con el corazón, un elefante con los pies, un búfalo con cojones y un leopardo con paciencia. Se pasaron una eternidad rastreando al felino sin que este se dejara ver en ningún momento. La fiera era siempre un poco más lista que ellos. Y, de pronto, tras más de una semana de búsqueda, el leopardo atacó de forma imprevista lanzándose a por Hunter desde una roca. Si no fuera porque es un excelente tirador y tiene la vieja costumbre de cazar con el rifle en ristre, aquella mancha amarilla que se le vino encima habría sido lo último que habría visto en su vida. Pero le acertó en pleno vuelo. El leopardo cayó de espaldas y murió antes de que sus patas volvieran a tocar el suelo. El trofeo yace ahora junto a su cama, del lado de su mujer, que es lo primero que pisa todas las mañanas sin saber que ese felpudo estuvo a punto de dejarla viuda.

El follaje empieza a perder densidad y la luz es cada vez más intensa. Se acercan a un claro. Cuando Hunter baja la cabeza y fija la mirada de nuevo en el camino, advierte que Van Heeren ha desaparecido. Desconcertado, se detiene y explora con la vista el entorno. Al cabo de varios minutos descubre por fin la *boma* construida en uno de los pequeños árboles al borde del claro. Está hecha con ramas del propio árbol, por lo que apenas llama la atención. Un puesto de caza perfectamente camuflado, una atalaya desde la que se abarca fácilmente el entorno. Ideal para cobardes y fracasados. Indignado, se encarama al árbol y asoma la cabeza a la entrada de la *boma*.

—¿Se puede saber qué significa esto?

Van Heeren, concentrado, escudriña el paisaje a través de una estrecha ranura en la caseta. Sin mirar hacia atrás le indica con una señal que entre. Hunter se mete en la *boma* a regañadientes y se sienta a su lado. A sus pies se extiende una hondonada en forma de cráter donde la vegetación es mucho menos densa. Hasta donde alcanza la vista, todo está cubierto de una hierba amarillenta que llega aproximadamente hasta la rodilla y en el horizonte se divisan las líneas sinuosas de una hilera de colinas verdes. Hace ya un buen rato que ha pasado el mediodía y un orondo sol rojo preside el paisaje desde lo alto del cielo. Parece la portada de una revista sobre safaris. La belleza del panorama es tan abrumadora que Hunter olvida su mala uva y se queda contemplando extasiado la escena que se despliega ante sus ojos. Así debió de sentirse más o menos J. A. Hunter cuando vio por primera vez el cráter de Ngorongoro. Aquello tiene que estar lleno a la fuerza de animales salvajes, pero Hunter sigue sin comprender qué hacen allí. Van Heeren no caza nunca a pie en la zona fronteriza y nunca dispara desde un puesto de caza. Sin embargo, le basta con mirarlo para comprender que no tiene la menor intención de darle explicaciones. Tiene los cinco sentidos puestos en lo que pueda ocurrir ahí fuera.

El tiempo pasa lentamente. La temperatura asciende en el interior de la *boma*, decenas de insectos zumban a su alrededor. Hunter, inquieto, no deja de moverse. Van Heeren, sin embargo, permanece inmóvil, impasible. Así son los cazadores. Unos días hablan por los codos, hilvanando historias hasta que cae la noche, y otras veces se pasan horas sin abrir la boca. Su abuelo era igual. A veces se pasaba el día entero hablando y le enseñaba al joven Hunter a reconocer huellas y calcular la ventaja de una presa estudiando los excrementos, pero también era habitual que no dijera ni una sola palabra a lo largo de toda la jornada y que todas las preguntas de Hunter quedaran sin respuesta, por mucho que insistiera. Más tarde, Hunter comprendió que aquello también formaba parte de su instrucción. Con aquellos largos silencios, su abuelo le proporcionó las herramientas necesarias para hacer frente a la soledad de la caza, el mutismo forzoso durante el acecho de la presa y los interminables silencios en los que cada hombre debe tomar sus propias decisiones. Además, era una forma de entrenar la capacidad de resistencia, porque, al cabo de varios días, aquellos silencios pesaban más en el ánimo que los kilómetros recorridos en las piernas. Todas las preguntas e ideas inexpresadas que bullían en su cabeza quemaban más que las ampollas en sus pies. Durante aquellas largas marchas en silencio descubrió lo que se siente cuando te acosan tus propios pensamientos, dudas y remordimientos, y aprendió que el miedo y la inseguridad causan mucho más estruendo cuando no tienes a nadie que te dé réplica, que es más fácil abandonar cuando no hay nadie que te infunda ánimo. Aprendió, también, a plantarles cara a sus demonios y a pensar y juzgar por sí mismo. De todo lo que le enseñó su abuelo, aquella fue acaso la lección más difícil, pero también la más valiosa.

En busca de algún indicio, Hunter desliza su mirada por la planicie. Durante mucho tiempo no ve nada, pero finalmente vislumbra un número indeterminado de puntos marrones en el horizonte. Alguna especie de antílope, piensa. Tal vez elands, a juzgar por su complexión. En un acto reflejo se lleva la mano al pecho en busca de sus prismáticos, pero entonces se da cuenta de que no los ha traído, de modo que agarra el rifle y estudia la manada a través del visor telescópico. En efecto, antílopes eland. Con su característica papada y su figura un tanto tosca, siempre le han parecido una especie de vacas pardas con cuernos. Hunter no puede creer que Van Heeren lo haya llevado hasta allí por ese animal. Veintiséis hembras cuenta en la manada. Debe de ser la época de celo, porque a cierta distancia hay un grupúsculo de machos pastando, incluido un impresionante ejemplar de fabulosa cornamenta con tirabuzones de al menos cuatro bucles, tal vez cinco. Difícil de ver desde tan lejos. No obstante, aunque se tratara de un animal excepcional digno de un récord, a él seguiría sin decirle gran cosa. Hunter no es el tipo de cazador cuya autoestima depende del tamaño de los cuernos del animal derribado. No hay honor en matar a un animal indefenso cuya única estrategia consiste en huir. No es una prueba de virilidad, sino únicamente de vanidad. Hunter prefiere los animales peligrosos. El combate es más justo si la presa también tiene la posibilidad de matar al cazador. Por lo que a él respecta, esos antílopes se pueden ir tranquilamente. Justo cuando baja el rifle, Van Heeren le da un toque con el codo y señala con la barbilla en dirección opuesta al lugar de donde viene el viento con respecto a la manada.

—Mira... allí.

Hunter se lleva el rifle de nuevo al hombro y explora el terreno en busca de un depredador al acecho. La gran extensión de hierba agitada por el viento dificulta el rastreo. Todo parece moverse, no hay ningún asidero para la vista. Tras mucho rato mirando distingue por fin una mancha un poco más oscura en el herbazal, pero antes de que le dé tiempo a fijar la vista en ella, el animal, o lo que sea, ya se ha vuelto a desplazar. Donde hace solo un segundo se arrastraba algo, no hay ahora más que una superficie de hierba encrespada. Su instinto cazador se pone en guardia. Metro a metro, Hunter escanea sistemáticamente la planicie en busca de una sutil diferencia de color, un tono distinto, un mínimo indicio. Pero no encuentra nada. El depredador incógnito parece dominar a la perfección el arte del camuflaje. ¿Un guepardo, tal vez? Durante un brevísimo y esperanzador instante, Hunter concibe grandes expectativas. ¿Habrá localizado Van Heeren a un guepardo en esta zona? Un guepardo es al menos tan exclusivo como un rinoceronte. Eso sí le motivaría. Pero un segundo después se desvanece su entusiasmo. Los guepardos no cazan ese tipo de antílopes. Ni siquiera los leopardos comunes se atreven con un eland. ¿Será un león, entonces? Con el rabillo del ojo percibe un leve movimiento por la zona izquierda de su campo de visión. Automáticamente vuelve la mirada hacia allí y en ese preciso momento, justo en la cruz de su visor, un hombre alza la cabeza. Hunter se queda petrificado. En su cerebro se produce un cortocircuito. Con un gesto rápido de la mano, el hombre le hace una señal a alguien. No muy lejos de él, Hunter distingue entonces a un segundo cazador oculto en la hierba. ¡Furtivos! Con la cruz de su visor bailando en la sien de su inesperada presa, Hunter contiene el aliento. Desde donde se encuentra, podría matarlo de un solo tiro. La idea recorre su cuerpo como una sacudida eléctrica y alcanza la punta de sus dedos en forma de gélido hormigueo. Mecánicamente, le quita el seguro a su rifle, pero cuando se dispone a tirar del cargador, Van Heeren empuja el cañón hacia abajo.

—No tan rápido, *cowboy*.

—Un disparo de advertencia. Están cazando en tu territorio.

—Con mi autorización. Mira y aprende.

Hunter vuelve a mirar por el visor y, ahora que se fija mejor, observa que ninguno de los dos va armado. No son cazadores furtivos, sino chavales medio desnudos.

—¡Son niños!

Van Heeren se echa a reír. Le hace gracia la ingenuidad de su amigo.

—Sí, son niños. Pero no por mucho tiempo. La caza del eland es un ritual de transición. Si consiguen cazar a un macho, pasan a ser hombres. Cuanto más grandes sean los cuernos, más los respetarán en la tribu y mayor será su atractivo como candidatos matrimoniales.

Hunter no puede evitar acordarse de la jirafa que le ofreció a su mujer como regalo de pedida de mano. Durante un viaje a Europa, la futura señora Hunter vio una jirafa en un gabinete de curiosidades de Berlín donde el curador había colocado estratégicamente varios animales exóticos disecados entre las demás piezas de la exposición. Una de las composiciones que más le agradó fue un conjunto formado por un pavo real albino y una pintura de una mujer desnuda —obra de una artista cuyo nombre Hunter no es capaz de recordar ni con la mejor voluntad del mundo— en la que también predominaba el blanco. Pero lo que cautivó de verdad su imaginación fue la jirafa, que, desde la atalaya de su cuello, observaba todo lo que había a sus pies como si ninguna de aquellas creaciones humanas fuera digna de ella. Porque ella estaba allí por lo que era, no por lo que representaba. Porque aquella jirafa no era el intento de un artista de captar un ápice de belleza en su obra, sino la mismísima encarnación de la belleza. Y por eso era superior. Al menos, algo así fue lo que le contó a Hunter. Él, sin embargo, no otorgaba demasiado valor a aquella explicación intelectualoide y sospechaba que la fascinación de su mujer por aquel gigante disecado era más bien de carácter físico. Un animal disecado, especialmente si se trata de un ejemplar grande, despierta un impulso primigenio en el ser humano, le recuerda su triunfo sobre la vida salvaje, la doma de lo indomable.

Pero le recuerda, sobre todo, su posición dominante. La jirafa, o mejor dicho, el busto de jirafa, pues el taxidermista había optado por conservarla solo desde el pecho hacia arriba, era un ejemplar impresionante que, incluso mutilado y reducido a menos de la mitad, irradiaba fuerza y libertad. Su mujer, que por entonces no era más que su novia, dijo entre risas que le gustaría tener una jirafa como esa en casa. Pocos meses después, Hunter derribó una para ella durante uno de sus primeros viajes a África y le entregó el trofeo como si de un ritual primitivo se tratara, como una prueba de que cumplía los requisitos de virilidad necesarios para conquistar su corazón. El deseo carnal que sentía por ella se había entretejido en su interior durante la caza, como si no solo estuviera cazando a un animal, sino también a una mujer, por lo que se pasó el día entero en un indefinible estado de excitación sexual. Ahora, el mero recuerdo le provoca de nuevo la misma sensación y la delgada tela de su pantalón se tensa en torno a su entrepierna. De la forma más discreta posible, Hunter cambia de posición y vuelve a mirar a los jóvenes cazadores, que siguen acechando con cautela a los antílopes. Uno de ellos, observa ahora, lleva un pequeño arco hecho a mano y el otro arrastra por la hierba una flecha muy delgada, poco más que un junco. ¿De verdad se proponen atacar a los elands con esos medios? Mientras observa los avances de los dos muchachos, Hunter recuerda una historia que contaba su abuelo sobre un ritual similar de los masáis en el que, para demostrar su valor, los *moran* —jóvenes guerreros— cazaban leones armados únicamente con lanzas, escudos y pequeños cuchillos. Quien conseguía agarrar al león por la cola era el héroe del día, y quien lo conseguía cuatro veces a lo largo de su vida adquiría el rango de *melombuki* o jefe de la tribu. La simple idea era completamente descabellada, pues un león es capaz de tensar la cola y producir con ella una fuerza suficiente como para lanzar fácilmente por los aires a un hombre adulto. O partirle el cráneo. Pero nada arredra a los jóvenes masáis. Las cacerías de leones son para ellos una gran fiesta caracterizada por la euforia y el júbilo generalizados. Hay algo en su forma de cazar que raya en el desvarío, algo que provoca en ellos un éxtasis desbordante, como si no conocieran el miedo. Hunter no ha olvidado nunca cómo describía su abuelo esas cacerías, una de las cuales tuvo ocasión de presenciar en persona junto a J. A. Hunter. Según él, aquello era una enorme carnicería. Los jóvenes masáis la emprendían a cuchillazos con la cabeza del león hasta dejarla hecha jirones, sin que parecieran notar las terribles heridas que sufrían también ellos durante el combate. Completamente colocados de adrenalina, seguían apuñalando a la fiera, por mucho que esta les desgarrara los hombros con sus imponentes zarpas. Uno de ellos siguió arremetiendo incluso después de que el león le arrancara un enorme trozo de carne de la espalda. El abuelo de Hunter ayudó después a coser la herida. Lo que nunca le quedó claro a Hunter fue qué opinaba su abuelo de aquello. Nunca llegó a saber si le parecía abominable, heroico, o un poco de lo uno y de lo otro. Cuando Hunter le preguntaba, su abuelo se encogía de hombros y, saliéndose por la tangente, se limitaba a decir que «la naturaleza es cruel», a lo cual añadía que, por lo que a él respectaba, los masáis formaban parte de la naturaleza, por lo que no era posible emitir un juicio ético. Nadie es quién para decir cómo debe cazar un animal a otro. Hunter, por su parte, no tiene ninguna necesidad de presenciar cómo masacran a una fiera tan majestuosa y elegante como el león, pero al mismo tiempo siente un respeto infinito por el coraje de los jóvenes cazadores que se enfrentan al rey de la selva a pecho descubierto. Comparado con aquello, esta cacería de elands es un pasatiempo de colegiales. Los antílopes, en definitiva, ni siquiera atacan. Solo huyen. Lo peor que les puede ocurrir a estos chavales es que vuelvan a casa con las manos vacías.

Sus pensamientos retornan a la jirafa. Más de veinticinco años después, sigue recordando con nitidez cristalina cada detalle de aquella cacería, desde el sol abrasador quemándole el cuello hasta el olor a pólvora que quedó en el aire tras el disparo. El macho, un ejemplar ya viejo con manchas oscuras de perfiles rojos, se encontraba a poco más de quince metros de él, pero aún no era consciente del acecho al que lo sometía la partida de caza. Tenía todos los sentidos puestos en el árbol del cual ramoneaba. Hunter esperó, pues no le parecía decente abatir a una presa mientras comía, pero en cuanto la jirafa bajó la cabeza, a la señal de uno de los guías, le descerrajó un tiro mortal de necesidad en una vértebra cervical, a pesar de lo cual la jirafa fue capaz aún de dar varios pasos, incluso se diría que de correr, para poco después, trazando un amplio arco, derrumbarse como la chimenea de una fábrica en demolición. Durante un breve instante, Hunter se sintió abrumado por un sentimiento de euforia, pero ver cómo se desploma una jirafa macho es un espectáculo muy triste, por lo que la caza le acabó dejando un regusto agridulce. Le incomodaba la desigualdad entre cazador y presa. Al contrario que otras especies de gran tamaño, como los búfalos o los grandes felinos, una jirafa es relativamente inofensiva y, en la práctica, su presa se encontraba indefensa ante él, que venía armado con un rifle.

Mientras cavila sobre todo eso, sigue en tensión las evoluciones de los dos jóvenes aborígenes. Paso a paso avanzan por la hierba, con lentitud enervante, acechando a sus presas con mucha cautela. Hunter tiene la impresión de estar siendo testigo de una escena de otra era, un pasado remoto que su mente ha olvidado pero su material genético aún recuerda. Sabe cómo se sienten los dos cazadores, cómo se tensan sus músculos, cómo bombea sangre su corazón. Es consciente de su impaciencia, de su deseo por derribar a la presa, que ya casi tienen al alcance de la mano. Todo lo cual le hace recordar su primera cacería de venados, que en cierto sentido fue también un ritual de transición. ¡Cuántas noches soñó con ese momento! ¡Cuánto tiempo pasó imaginando ese día! Por fin podría poner en práctica todo lo que le había enseñado su abuelo y demostrar que era digno de ser cazador; un buen tirador, capaz de matar a su presa de forma rápida y limpia, sin causarle dolor. Hunter estudia inquieto las armas de los aborígenes. La lanza al menos tiene una punta de metal, pero el arco y las flechas parecen de juguete.

—¿Cómo pretenden tumbar a un coloso de esos con semejantes flechas? Es imposible que el disparo alcance la velocidad y la fuerza necesarias.

Van Heeren sacude la cabeza.

—Las puntas de las flechas están impregnadas con una sustancia tóxica a base de larvas de escarabajo cocidas, veneno de escorpión y diversas plantas. La composición exacta varía en función de la presa y el tipo de caza. Es uno de los secretos de la tribu. En cualquier caso, se trata de una neurotoxina de efecto retardado. Una jirafa adulta, por ejemplo, tarda tres días en morir. Pero el veneno no afecta a la carne, de forma que la presa sigue siendo comestible. Según parece, ni siquiera deja residuos detectables mediante autopsia. Además, cuando cazan para comer, eligen siempre a un animal ya débil o herido. De esa forma, no solo derrochan menos energía en la caza, sino que contribuyen a reforzar la manada. Su forma de vida está en perfecta sintonía con la naturaleza, todo lo que hacen favorece la conservación del ecosistema y redunda en beneficio de la fauna.

—¿Y por eso permites que cacen en tu territorio?

Van Heeren suelta una risa burlona.

—Desde un punto de vista histórico, yo diría que es más bien al contrario. Somos nosotros los que cazamos en su territorio. La estirpe de la que descienden esos chavales vive aquí desde hace más de veinte mil años. Nuestros antepasados los relocalizaron, lo cual es una forma eufemística de decir que les robamos sus tierras. Cuando los obligamos a vivir en ciudades, los mejores cazadores del continente degeneraron en borrachos y drogadictos en solo tres generaciones. Y si el alcohol y las drogas no los matan, acaban sucumbiendo al sida. Pero hay esperanza, porque hemos observado que cuando vuelven a sus tierras de origen, las comunidades muestran una capacidad extraordinaria de recuperación.

—O sea, que esto es algo a medio camino entre un trabajo de gestión medioambiental y una obra de caridad —murmura Hunter mirando a Van Heeren con escepticismo.

Hunter sabe que su amigo invierte de vez en

cuando medios y esfuerzo en proyectos de desarrollo, pero raras veces por caridad. La escuela y el consultorio médico que ha abierto en el poblado junto al *lodge*, por ejemplo, le proporcionan un flujo continuo de personal barato y fiable. Y a cambio de agua y semillas, la población local le suministra fruta y verdura y deja en paz a los animales salvajes que necesita para ofrecer como presas en sus safaris. Van Heeren tiene buen corazón, pero, por encima de todo, es un hombre de negocios y a Hunter le resulta difícil creer que permita cazar en sus tierras a unos jóvenes de la zona por puro amor al prójimo. Podría ser, incluso, que llevara a sus clientes de vez en cuando a ver ese tipo de cacerías como una especie de atracción. Cazadores prehistóricos. *Jurassic Park* en vivo y en directo. Pero el modo en que Van Heeren mira a los chicos —con el mismo respeto y admiración, casi se diría que amor, con que mira a los grandes depredadores durante la caza— revela algo más. De modo que, quién sabe, a lo mejor su acuerdo con la tribu es realmente desinteresado. Una deferencia de un cazador a otro.

Hunter vuelve la vista a los jóvenes cazadores, que han ido ganando terreno y se encuentran ya muy cerca de los elands. Aunque hace ya un buen rato que los tiene localizados, le sigue resultando difícil seguir sus movimientos entre la hierba. A pesar de la poca protección que ofrece la sabana abierta, tienen una habilidad asombrosa para fundirse con el paisaje. Dando un rodeo para que el viento no delate su posición, acechan a la manada. ¿Qué ejemplar habrán elegido? ¿Cuál elegiría él? Hunter estudia a los elands. El portentoso macho que le llamó la atención antes se ha separado un poco del grupo para pastar en una pequeña elevación del terreno. Es evidente que se trata del macho dominante. Con la superioridad de quien se sabe más grande que sus congéneres, vela por la manada desde su atalaya. Ese. Ese es el ejemplar que elegiría Hunter. Pero no es fácil, porque se ha ubicado en una posición estratégica. Desde donde se encuentra controla la mayor parte del valle y, además, tiene el viento a su favor. Lo que no puede ver, lo huele. No parece probable que los cazadores vayan a poder acercarse a él lo suficiente como para derribarlo con las armas de las que disponen. Hunter los vuelve a localizar con la vista. Con mucha precaución, centímetro a centímetro, siguen acercándose a la manada, hasta que el que va delante hace un gesto con la mano para indicarle a su compañero que se detenga. Desde su posición en el puesto de caza, Hunter trata de calcular la distancia que los separa de su presa. No da la impresión de que su objetivo sea el mismo macho que hubiera elegido él. Desde donde están, ni siquiera un cazador armado con una ballesta moderna tendría garantizado un tiro certero. Hunter desliza la mirada por el resto de la manada. Dos machos jóvenes que han sido tan incautos como para apartarse para pastar en una zona más baja del valle constituyen un blanco mucho más sencillo. Bastaría con que uno de los cazadores los ahuyentara, pues su ruta de escape los conduciría inevitablemente hacia el campo de tiro del otro, lo cual le brindaría una ocasión inmejorable de alcanzarlos en el costado. Pero no parece que los jóvenes aborígenes tengan intención de separarse para provocar la estampida de los elands. Mientras el de la lanza pone todos sus sentidos en vigilar a la manada, el otro saca una flecha de la aljaba, retira cuidadosamente el paño que protege la punta impregnada de veneno y tensa el arco. ¿De verdad se propone disparar desde esa distancia, y encima hacia arriba?

Hunter contiene el aliento. La tensión de la caza se siente también allí, en la *boma*. De nuevo experimenta la sensación de estar siendo testigo de algo místico, un ritual de una era primigenia, cuando el hombre aún cazaba como un animal más, y de pronto comprende lo que quería decir su abuelo cuando hablaba de los masáis. En esta cacería también hay algo salvaje, lo cual le confiere una nobleza absoluta y la sitúa por encima del bien y del mal, por encima de cualquier juicio de valor sobre su presunta crueldad. Más no se puede acercar el ser humano a su esencia. Más cazador no puede ser un cazador. Desprovisto el hombre de todo medio tecnológico, la contienda entre cazador y presa queda expuesta en toda su belleza natural. El enfrentamiento rezuma el mismo tipo de sensualidad que algunos ven en la fiesta de los toros, pero de forma mucho menos perversa, porque Hunter no ha visto nunca la menor belleza en la tortura de un animal de conformidad con reglas fijadas de antemano. Esta caza, por el contrario, es tan elemental, tan pura y tan física, que no puede dejar de mirar fascinado. A través del visor telescópico de su rifle observa cómo se tensan los músculos del joven cazador. Su cuerpo entero, desde el abdomen hasta la punta de los dedos, es un cable tensado hasta al límite de su elasticidad. El cazador es el arma. La expresión de máxima concentración en su rostro, la mirada fija en un punto, sus cinco sentidos puestos en el eland. Una gota de sudor se descuelga de su ceja y rueda por su rostro dejando un rastro brillante sobre la superficie mate de su piel oscura. Un rápido pestañeo. Sus fosas nasales se ensanchan, el cazador inspira hondo y, con mucha calma, con pleno control de sus movimientos, apunta. Un ardor físico de carácter casi erótico se desborda por el interior de Hunter. Esa primitiva escena de un animal sometiendo a otro en virtud exclusiva de su fuerza despierta en sus entrañas un intenso pero innombrable anhelo, un deseo prohibido que Hunter se esfuerza por reprimir tan pronto como toma conciencia de él. Pero con cada movimiento que hace, el joven cazador prende de nuevo el fuego que le abrasa las entrañas. Hunter siente erizarse los vellos de sus brazos. Un escalofrío contrae su piel. La belleza del joven cazador es abrumadora. Una combinación perfecta de poder muscular y agilidad. Sus movimientos son al mismo tiempo gráciles y letales. Ese muchacho es un depredador. Un depredador espléndido justo antes de lanzar su ataque.

El eland, inconsciente de su inminente fin, sigue pastando con toda serenidad. Hunter lo mira a través de los ojos del joven y se deja absorber hasta tal punto por lo que ve que es como si su cuerpo se fundiera con el del atlético cazador africano. El aire llena sus pulmones, el oxígeno fluye por sus venas y llega a sus músculos. Una erección espontánea ejerce presión contra su muslo. Con el brazo estirado por completo y los pies bien plantados en el suelo, alza el arco y tensa la cuerda con la flecha, listo para disparar. Pero el cazador —y en eso radica la diferencia entre el hombre y el animal— se resiste a atacar sin ser visto. Con mucha precaución, se yergue un poco más y, deslizando la mirada por la planicie, trata de establecer contacto visual con el eland. El antílope siente el peligro, gira la cabeza y ve fugazmente al cazador. Su cuerpo reacciona al punto tensando los músculos; súbitamente alarmado, el eland pasa de su anterior estado de reposo a la posición previa a la estampida, pero durante un brevísimo instante, no más de una fracción de segundo, su mirada queda prendida de la del joven arquero. En ese momento, en ese presente solidificado, solo existe el aquí y ahora. Hunter. El aborigen. El antílope. En torno a ellos el mundo sigue girando, de la misma forma que la vida seguirá su curso una vez que haya pasado todo, pero en este instante, el cazador y la presa son dos estatuas; distancia y tiempo confluyen en ese fugaz y singular momento en que la vida da paso a la muerte. En un fogonazo tan abrupto y deslumbrante como un rayo de sol que se abre paso entre las nubes y alcanza los ojos marrones del animal, la presa toma conciencia de la condición efímera de su existencia. Hunter experimenta una corta pero intensa punzada de envidia. ¡Qué plácida la vida de quien no es consciente de su mortalidad hasta el momento de consumarse la muerte! Ahora, piensa. Ahora. Y justo en ese instante, la voz de Van Heeren arruina la magia.

—La caridad es mala para el amor propio de las tribus locales. Por eso ponemos condiciones a la relocalización de indígenas en la sabana. ¿No has oído hablar de los *big six*?

Unos ochocientos metros al este de su posición, con una facilidad pasmosa, el cazador suelta la cuerda del arco. De forma prácticamente simultánea, el eland dobla las rodillas y, en un mismo movimiento, vuelve a enderezarse y echa a correr. La manada sale en estampida. Las hembras huyen en todas las direcciones. Y entonces, en el preciso instante en que los dos cazadores emergen de la hierba e inician la persecución, Hunter vislumbra con efecto retardado el significado profundo de las palabras de Van Heeren. Una viscosa sensación de mareo se apodera de él. ¿Cómo puede saber Van Heeren lo que ha sentido mientras miraba al joven africano a través del visor de su rifle? ¿Cómo puede conocer su anhelo de enfrentarse a ese cazador como si de un animal salvaje se tratara? Porque no puede negar que por un instante ha mirado al aborigen de la misma forma que el aborigen miraba al eland: como una presa. Por un instante, en vez de ver a un ser humano, ha visto un espléndido y codiciable trofeo.

Aparentando indiferencia, Hunter le devuelve la mirada a Van Heeren. Su trabajo de analista financiero le ha enseñado a no mostrar emoción alguna en las situaciones más extremas. Quien deja traslucir su miedo pierde el control de la situación, mientras que quien es capaz de fingir autodominio maneja los hilos para aprovechar cualquier circunstancia en su beneficio. Con toda calma, Hunter se baja las mangas de la camisa y se echa el rifle al hombro.

—Vámonos. Aquí ya no hay nada que ver.

Sin esperar la reacción de Van Heeren, Hunter baja la escalera. Tan pronto como pone los pies en el suelo, acelera el paso y, una vez que entra en el bosque y se sabe fuera del alcance de la mirada de Van Heeren, echa a correr. Su instinto le pide a voces que se vaya de allí. Lejos del puesto de caza, lejos de la abominable pero seductora propuesta de Van Heeren, lejos de sí mismo y su innombrable anhelo, que aún reverbera en el interior de su pecho.

Sorteando árboles tan rápido como le permiten sus piernas, sin mirar hacia dónde va, Hunter huye a través del denso bosque con el único objetivo de poner tierra de por medio entre él y lo que acaba de ocurrir. Cada pocos metros, jadeando por el esfuerzo, tiene que agacharse para evitar ramas bajas. Los pájaros, asustados, alzan el vuelo a su paso graznando con gran estruendo. La maleza se enreda en sus piernas y Hunter tropieza, cae, se hace un corte en la rodilla. El repentino latigazo de dolor le devuelve la razón. En su pantalón se forma una mancha húmeda y oscura. Sangre. Mascullando una blasfemia se incorpora, respira hondo varias veces seguidas y reanuda el camino hacia el *jeep* avanzando ahora más despacio. Su sentido de la orientación le ayuda a encontrar el camino de forma intuitiva. Pocos minutos después vislumbra entre la maleza la silueta del todoterreno. Con la camisa pegada al cuerpo como un trapo húmedo y la rodilla chorreando sangre, sale finalmente del bosque. Jeans, que estaba hojeando una revista, alza la vista alarmado.

—¿Qué ha pasado? ¿Dónde está el jefe?

Sin responder, Hunter mete el rifle en el maletero y se apresura a subirse la pernera del pantalón. Justo debajo de su rodilla derecha tiene un corte pequeño pero profundo; no es grave, pero la sangre fluye en abundancia. Jeans se acerca a él con el botiquín. Se podrá decir lo que sea de él, pero no se puede negar que el chaval tiene sentido práctico. Mientras trata de atajar la hemorragia con una compresa, Hunter ve llegar a Van Heeren con toda parsimonia, como si nunca hubiera ocurrido lo que acaba de ocurrir en el puesto de caza. Tras intercambiar unas palabras con Jeans en un idioma ininteligible para Hunter, se pasa de nuevo al inglés.

—Jeans te va a llevar al *lodge*. Allí te atenderán enseguida. Ese corte va a necesitar varios puntos de sutura. Además, aquí todo se infecta muy rápido, así que más vale que te limpien la herida cuanto antes. Yo me quedo aquí a resolver un par de asuntos. Luego nos vemos.

Dicho eso, le vuelve la espalda y desaparece en el bosque en dirección opuesta al sitio por el que habían llegado.

Jeans ha conectado su teléfono a la radio del *jeep*. El *afropop* condimentado con influencias *reggae* es tan abominable como el estado de la carretera y, aunque es cierto que el chaval elude con pericia los socavones más grandes, el *jeep* no deja de zarandearse al compás de la música. Así, dando trompicones y bandazos, avanzan por un camino que no parece tener fin mientras los altavoces escupen una sucesión interminable de canciones que resuenan en el interior del todoterreno con un eco metálico. Los ritmos festivos de cadencia monótona y enlatada empiezan a atacar de los nervios a Hunter, que, a pesar de la creciente distancia que lo separa de Van Heeren y los jóvenes cazadores africanos, sigue sin recuperar la calma. De pronto cae en la cuenta de que lleva ya un rato tirando obsesivamente de una esquina suelta del revestimiento de la puerta, desgarrando la tela centímetro a centímetro, tratando de arrancar el escay como si de esa forma pudiera extirpar también el horrible pensamiento que se le ha clavado en la mente como una molesta astilla y le produce un persistente y agudo dolor. Cazar al cazador. Atormentado por la idea, Hunter aprieta los ojos y al instante se le aparece de nuevo la cruz del visor telescópico bailando en la sien del joven africano, como si la imagen hubiera quedado grabada a fuego en su retina; jamás, ni en lo más remoto, se le había pasado por la cabeza la posibilidad de matar a un ser humano, pero ver a ese aborigen como potencial presa a través de su visor ha despertado su instinto cazador y, por inconcebible que parezca, una vez que la idea ha tomado forma en su mente, no encuentra la manera de deshacerse de ella. Una pulsión primigenia se ha apoderado de él. Nada más frustrante para un cazador que tener una presa en el visor y verla escapar antes de tener ocasión de disparar. El deseo insatisfecho, esa especie de *coitus interruptus* cinegético, es insoportable, una fuerza que vuelve temerario al cazador y lo lleva a seguir durante días a la presa que ha visto escapar en el último momento, aunque tenga que ir hasta el último rincón de la sabana y poner en riesgo su vida. Es el mismo delirio que experimenta hasta el montañero más avezado a la vista de la cima del Everest y, por muy adversas que sean las circunstancias, lo impulsa a seguir escalando rumbo a una muerte segura; un cortocircuito cerebral que elimina de un plumazo cualquier argumento racional, pues, una vez que ha prendido, no sabemos extinguir la llama del deseo. El hombre, acostumbrado a ser siempre dueño y señor de todas las cosas, no soporta la idea de que se le niegue aquello que considera suyo. Nunca había estado tan cerca de matar a un hombre. Y nunca había experimentado una excitación tan poderosa. Incluso ahora, solo con pensar en ello, vuelve a sentir el deseo ardiendo en su interior. Ya sabe cuál es la presa que quiere. Ese chico. Tiene que conseguirlo a cualquier precio. Asustado por sus propios pensamientos, Hunter abre los ojos. La intensa luz del día da a su fantasía un matiz aún más detestable. Siente una arcada. Un sabor ácido llena su boca.

—Conduce con más calma, ¿quieres?

—Disculpe, míster White.

Durante mucho tiempo permanecen en silencio. Mientras tanto, sigue retumbando la insufrible música de Jeans, todo el rato en el mismo compás de cuatro por cuatro, unas veces más lenta y otras más rápida, pero siempre con ese inaguantable tono festivo. Hunter se pregunta si ese chico tiene alguna preocupación y sospecha que no. Qué preocupaciones va a tener con ese trabajo sin responsabilidad. Todos los días un poco de carretera con su música favorita y, al final de la jornada, una buena propina. De pronto, la apacible sonrisa de Jeans enerva a Hunter tanto como su música. «Disculpe, míster White.» Puto país de mierda. Puta basura. Un poco más adelante, a través del polvo que cubre el parabrisas, emerge un poblado, aunque hasta esa denominación parece demasiado para cuatro barracas destartaladas.

—Para un momento a comprar cerveza, ¿quieres? Te invito.

Jeans niega con la cabeza.

—No, aquí no.

Hunter lo mira atónito. ¿Qué cojones se ha creído este mocoso?

—Quiero una cerveza. Ahora. Aunque no sea de la nevera.

Jeans, terco como una mula, insiste en su negativa.

—Luego. Ya casi hemos llegado al río.

—¿Por qué?

—Porque aquí vive gente mala.

Es obvio que no tiene intención de parar. Es más, tan pronto como se acercan al poblado, pisa un poco más el acelerador. Hunter observa impotente cómo quedan atrás las barracas. Para él no hay ninguna diferencia visible con cualquier otro poblado, un triste conjunto de chabolas de placas onduladas y una tienducha con tres o cuatro hombres sentados a la puerta en sillas de plástico rotas con camisetas ya muy gastadas que en otro tiempo debieron de tener colores vivos, camisetas con lemas y logotipos que aquí, en la sabana, no significan nada y solo remiten a un mundo remoto donde todo es mejor. L. A. LAKERS. J'ADORE PARIS. Y los hombres en sí tampoco parecen mejores o peores que los encargados de la balsa transbordadora.

Por lo que se ve, nadie ha hecho uso del servicio de transbordo desde que cruzaron ellos. La balsa sigue esperando su regreso a la otra orilla en el mismo sitio donde la dejaron por la mañana y los dos hombres siguen sentados debajo del mismo árbol. Sin bajarse del *jeep*, Jeans les hace una seña y les entrega unos billetes. El más alto de los dos, un tipo flaco y fibroso con un polo amarillo chillón, se echa a reír y niega con la cabeza. Aunque Hunter no entiende nada de la conversación, nota la irritación en la voz de Jeans. Por lo visto discuten por dinero, porque, tras un breve intercambio de palabras, Jeans, de mala gana, saca otro billete del bolsillo y se lo entrega al hombre de la balsa. En respuesta a la mirada inquisitiva de Hunter, Jeans se encoge de hombros y dice en tono de resignación:

—Mala gente. —Y antes de que Hunter pueda replicar, añade—: Esto es lo que hay. Nosotros tenemos que cruzar el río y ellos tienen la balsa. Así es como funcionan las cosas en África.

Una vez en la balsa, Jeans sube aún más el volumen de la música y cierra los ojos hasta llegar a la otra orilla, donde se pone en marcha inmediatamente sin detenerse en la pequeña tienda que hay junto al muelle. Mala gente, supone Hunter. Ellos tienen cerveza y yo tengo sed, pero son mala gente. La renuncia de Jeans a aceptar el abuso de aquellos que gozan de una posición monopolística —un pequeño gran acto de resistencia contra el sistema imperante— hace que el joven gane enteros a ojos de Hunter. La balsa era imprescindible, pero pagar un precio de usurero por una cerveza es algo por lo que no está dispuesto a pasar, aunque sea con el dinero de un blanco. Prefiere morirse de sed. Y el hecho de que Hunter hubiera estado encantado de pagar el doble por un trago no va a hacerle cambiar de opinión. Por suerte, en el siguiente pueblo parece vivir buena gente, porque Jeans se detiene junto a una pequeña barraca sin necesidad de que Hunter diga nada y le compra cuatro botellines de cerveza del tiempo a una mujer con un niño en los brazos. La ropa de Jeans —pantalones vaqueros recién estrenados y zapatillas amarillas— contrasta poderosamente con los harapos de los hombres que charlan a la sombra sentados en cajas de cerveza, pero Hunter observa que aquí el tono de la conversación es amistoso. Los hombres parecen conocer a Jeans y lo saludan con un apretón de manos. Alguien hace una broma. Cuando se vuelve a sentar al volante, Jeans está otra vez insoportablemente alegre. Con un truco tan sorprendente como creativo que en un bar de Nueva York le habría reportado una propina adicional, entrechoca dos botellines de tal forma que las chapas saltan simultáneamente.

—Salud, míster White.

La cerveza, aunque está calentorra, enjuaga el sabor ácido de su boca, pero no impide que siga sintiendo un peso abrumador sobre su conciencia. A través del espejo mira de soslayo a Jeans, que conduce con una mano apoyada en el volante —la misma con la que sujeta el botellín de cerveza entre el pulgar y el índice— y la otra colgada por fuera de la ventanilla. Hunter se pregunta si Jeans sabe qué se trae su jefe entre manos por aquella zona y sospecha que sí, porque, si no, de qué iban a conocerlo los hombres del pueblo. O a lo mejor no hay misterio alguno y, sencillamente, Van Heeren viene de vez en cuando a controlar la población de animales salvajes.

—¿Traes a muchos clientes por aquí?

Jeans hace un gesto impreciso que puede significar cualquier cosa.

—¿Tú sabes por qué me ha llevado Van Heeren a ese puesto de caza? —insiste Hunter.

El joven chófer se encoge de hombros.

—Yo voy adonde me dice el jefe.

Hunter lo mira con fastidio. No tiene la menor idea de qué puede haber en la cabeza de ese muchacho que oculta su mirada tras unas gafas de sol y contempla el mundo con perpetua expresión de serenidad. Todo su ser irradia una abulia rayana en la indiferencia que ya le llamó la atención el primer día, cuando fue a buscarlo al aeropuerto, como si su vida actual no fuera más que la antesala donde espera pacientemente a que llegue ese día que está convencido que acabará llegando tarde o temprano, ese momento en que dará comienzo una vida distinta, una vida mejor, y todo lo que ocurra hasta entonces careciera de importancia. Mientras piensa en ello, Hunter siente el repentino impulso de hacer añicos su irritante serenidad.

—El señor Van Heeren me ha ofrecido a un joven.

Basta con pronunciar esa frase para que Hunter se sienta más ligero, como si se hubiera quitado un peso de encima. Al expresar en voz alta lo impensable, la insensatez de la idea resulta tan evidente que el hechizo queda conjurado de inmediato. Es algo tan inconcebible y absurdo que ni siquiera merece consideración. Aliviado, Hunter mira hacia fuera. Ya han dejado atrás las colinas y a ambos lados de la carretera aparecen los primeros estribos de la ciudad fronteriza, que ya se había anunciado en forma de una creciente cantidad de plásticos y residuos en la cuneta. La basura como primer indicio de la proximidad de una gran población. Las pequeñas casas y barracones, todavía muy dispersos y cada uno con su propia parcela de arena, le recuerdan a Hunter a los parques de tráilers de Estados Unidos, con la diferencia de que aquí, aparentemente, cada uno ha plantado su vivienda donde le ha dado la gana, sin orden ni concierto, en vez de formar hileras perfectamente alineadas. A medida que se acercan al centro, el tamaño de las parcelas va disminuyendo. La aglomeración de casas, cabañas y barracones va creciendo de forma progresiva hasta, finalmente, formar una ciudad. Aquí, en este banal entorno de tiendas de telecomunicaciones y puestos de fruta y verduras, en este centro urbano de calles rectas y perpendiculares dispuestas a modo de damero, la propuesta de Van Heeren resulta tan grotesca que queda reducida a una broma perversa: caza de trofeos como forma de conservación de la naturaleza, caza de seres humanos como forma de ayuda al desarrollo. Venga, cuéntame otra.

Hunter observa entonces que Jeans no solo ha dejado de tamborilear en el volante, sino que incluso ha apagado la música. Entre ellos se abre un silencio tenso. Jeans lo mira con una mezcla de desaprobación y recelo.

—Conmigo ni se le ocurra intentar algo, míster.

Hunter tarda unos segundos en comprender lo que quiere decir el chaval con eso, pero de pronto lo entiende. ¡Claro! La realidad es tan delirante que Jeans no se lo puede ni imaginar y le parece más lógico pensar que su jefe se dedica al proxenetismo.

—¡No para eso, imbécil! ¡Como pieza de caza!

Para sorpresa de Hunter, en el rostro de Jeans aparece una amplia sonrisa.

—¡Ah! Ya decía yo que usted no tiene pinta de maricón. Aunque con los blancos nunca se sabe...

—¿Y bien?

—¿Y bien qué?

No lo entiende, piensa Hunter. Todavía no lo ha comprendido.

—Me ha ofrecido a un chico como presa. Para que lo mate.

Sin el menor asomo de vergüenza, Jeans tira por la ventana su botellín de cerveza y uno de los niños que hay jugando en la cuneta sale corriendo a por él. En esta parte de la ciudad todo puede ser útil para algo.

—¿Y usted qué...? ¿Ha aceptado?

Hunter lo mira estupefacto.

—Pero ¿tú estás mal de la cabeza o qué?

La indignación que Hunter había esperado provocar en él brilla por su ausencia. Con la misma conformidad indolente que mostró al pagar a los estafadores de la balsa transbordadora, Jeans se encoge de hombros.

—Si no lo hace usted, ya se encargará de hacerlo otro.

—Ah, claro... Porque así es como funcionan las cosas en África, ¿verdad?

Jeans se vuelve hacia él y se sube las gafas de sol.

—Con todo el respeto, míster White, pero usted no sabe nada de África. Usted no conoce este continente. ¿O acaso se cree que el *lodge* es África? Los únicos africanos que hay en la burbuja esa donde se alojan ustedes son el mayordomo, el cocinero y las camareras.

Hunter mira hacia fuera con sentimiento de culpa. El chico tiene razón. A él ni siquiera le gusta África. Le parece un continente ruidoso, polvoriento y demasiado caluroso. Pero puesto que allí es donde se encuentran los mejores territorios de caza del mundo, ha aprendido a respetarlo e incluso a quererlo un poco en contra de lo que le dicta el instinto, de la misma forma que se quiere a un hijo no deseado que ha crecido contra tu voluntad en el vientre de la mujer de tu elección, a quien uno acaba viendo el lado bueno pero de quien se prefiere no saber nada cuando se trata de soportar las cargas. Para él, África es una enorme reserva natural creada por Dios para darle gusto, y el hecho de que allí también viva gente, con todo lo que ello implica, es algo que no ha llegado a calar nunca del todo en su conciencia, no digamos ya que se haya interesado alguna vez por sus condiciones de vida. África es su parque temático personal, su coto privado de caza. Todo lo demás es irrelevante para él.

De pronto, el tráfico se detiene. Jeans pisa el

freno bruscamente profiriendo una maldición. Un camión que ha iniciado una torpe maniobra bloquea el paso un poco más adelante. Una motocicleta consigue colarse en el último momento entre el parachoques del camión y una barraca pegada a la acera; las gallinas que lleva en una jaula atada de mala manera al portaequipajes cacarean histéricas. Jeans toca el claxon varias veces con el codo, pero acaba desistiendo y se vuelve hacia atrás para agarrar otra cerveza.

—En una ciudad como esta —dice señalando a su alrededor con un amplio gesto—, si te detienes más tiempo de la cuenta en la calle te roban hasta los calzoncillos. Si se baja usted aquí, le doy menos de diez minutos, incluso con el rifle que lleva en el maletero. Aquí su vida vale menos que sus zapatos. —Jeans echa entonces un vistazo a las botas a prueba de serpientes de Hunter (cuero de ciervo cosido a mano, hechas a medida, compradas durante un viaje a Londres realizado únicamente con ese motivo, mil cien libras esterlinas) y se echa a reír—. En su caso, dos minutos. Pero no crea, porque aquí son capaces de matar a alguien hasta por un par de Nike gastadas. Sin ningún problema. *You're not in Kansas anymore*, míster White. ¿No es eso lo que dicen ustedes?

Hunter mira hacia fuera. Esto está empezando a resultar embarazoso. El instinto le dice que Jeans tiene razón. En esta ciudad rige la ley del más fuerte, pero hasta en el salvaje Oeste hay unas reglas del juego. De lo contrario, la humanidad estaría perdida.

—No se puede ir por ahí matando a gente a cambio de dinero.

Jeans bebe un trago de su segunda cerveza. Su apatía se ha disipado; la conversación parece haberle insuflado vida.

—¿Y qué cree usted que va a pasar con los cazadores furtivos que se han cargado su rinoceronte? Tanto da que los atrape la policía o los *rangers*. Su sentencia de muerte está ya firmada. El ejército mata todos los años más furtivos para proteger a las presas de cazadores como usted que rinocerontes matan los furtivos. Por orden de las autoridades, como medida de protección de la economía local. La caza de seres humanos es un producto residual de la caza de trofeos. ¿Y quién lo financia? —pregunta Jeans con gesto triunfal—. Usted, con cada dólar que destina a la conservación de la naturaleza.

El sabor ácido vuelve a la boca de Hunter, y esta vez no basta la cerveza para enjuagarlo. No le gustan los derroteros que está tomando esta conversación. Lo que él quería de Jeans era indignación, ira, hostilidad. Cualquier cosa menos esto.

—La diferencia es que los cazadores furtivos violan la ley, mientras que la policía y el ejército son la ley.

Jeans esboza una sonrisa sarcástica desafiándolo con la mirada.

—Si hubiera tenido ocasión de hacerlo, usted mismo se habría cargado a esos tipos. ¿O no?

Desde el techo del camión, dos hombres le dan instrucciones a gritos al conductor. Del otro lado de la calle llega un continuo y cacofónico concierto de bocinazos. Los neumáticos del autobús que espera delante de ellos están tan gastados que se ven los hilos. En medio del caucho ha quedado expuesta una raya de un tono más pálido. Con la carretera húmeda, esas ruedas tienen menos adherencia que un trozo de tocino. A su lado hay un motorista con una camisa tan vieja que cuelga hecha jirones de su espalda. En la fachada de una peluquería, dibujos de colores chillones anuncian los extravagantes peinados especialidad de la casa. Un niño le roba una tarjeta rasca-y-gana a un viejo que ofrece sus mercancías en una manta tendida en el polvo y, mientras el hombre sale renqueando tras él, otro mocoso aprovecha para birlarle unas batatas. Nada de lo que ve ofrece a Hunter un asidero en el remolino que lo arrastra progresivamente hacia el fondo de la demencial ciénaga a la que parece haber ido a parar, cada vez más cerca del anhelo que trata de reprimir con todas sus fuerzas.

—Los cazadores furtivos son criminales. Pero esa tribu de cazadores...

—Bosquimanos.

—¿Cómo dices?

—Bosquimanos. Son bosquimanos.

—Vale, lo que sea. Pero el caso es que son seres humanos.

—Bueno, depende de cómo lo veas. Aquí todo el mundo quiere deshacerse de ellos —dice abarcando vagamente con un gesto el atasco que los rodea—. La policía anda siempre tras ellos. Cualquier motivo es bueno para detenerlos. Y cuando les echan el guante, no se vuelve a saber nada de ellos. El año pasado murió misteriosamente la población entera de un campamento próximo a la frontera. Por ahí decían que el gobierno había envenenado el agua.

—¿Un campamento?

—Bueno, llámelo *poblado* si quiere, pero eso no es lo que parece. Además, no están allí de forma voluntaria. Ustedes, o bueno, perdón, sus antepasados los echaron de sus tierras y los recluyeron en reservas, guetos, campamentos, tanto da el nombre que le ponga... Y ni siquiera ahí los deja en paz la policía. El señor Van Heeren se ha encargado personalmente de que vuelvan a sus tierras y puedan cazar. Su tierra de nacimiento y la caza son sagrados para ellos. Sin tierra no son nadie.

—¿Y eso significa que cualquiera puede cazarlos como si fueran conejos? —replica Hunter con voz atiplada. Su indignación suena impostada, como si sintiera la necesidad de convencerse a sí mismo.

Jeans se encoge de hombros y antes de contestar vuelve a tocar el claxon varias veces, no sea que el camión se olvide de completar la maniobra si nadie le recuerda el monumental atasco que está causando.

—En los campamentos su vida vale menos todavía. Si usted pone encima de la mesa una buena cantidad de dinero a cambio de matar a uno de los suyos, al menos la comunidad sale ganando. Usted mismo me enseñó que la cosa es muy diferente en función de quién apriete el gatillo.

Hunter, furioso, da un golpe en el salpicadero y al instante se maldice por haberlo hecho. No ser capaz de controlar sus emociones es un signo de debilidad.

—¡Yo hablaba de rinocerontes! Un ser humano no es un animal salvaje.

—Así es. Los animales salvajes cuentan casi siempre con mejor protección.

El cinismo de Jeans le sienta como un tiro. Aunque no está seguro de que sea cinismo, porque la expresión de su rostro denota la misma indiferencia de antes. La misma conformidad. *Qué quieres que le haga. Así es como funcionan las cosas en África.*

Antes de que Hunter pueda responder, el tráfico se pone por fin en marcha y, como si alguien hubiera descorchado una botella, el caos circulatorio estalla de nuevo en toda su gloria. En medio de un pandemonio de bocinas, todos los vehículos retenidos por el camión tratan de abrirse camino al mismo tiempo, sin consideración alguna con las normas de tráfico. Dos camionetas los adelantan simultáneamente, a derecha e izquierda. Las cabras que transporta la de la izquierda balan asustadas cuando el chófer, a los pocos metros, pega un volantazo para esquivar a un autobús que se le viene encima en dirección contraria. Jeans, sin embargo, no pierde la calma y se deja arrastrar por el flujo de vehículos que salen de la ciudad. A ambos lados de la calle principal, los barrios se van desplegando como un abanico. Las casas son cada vez más escasas, y los espacios entre ellas cada vez más amplios. De vez en cuando se ve una hoguera al aire libre; las llamas naranjas lamen el cielo azul oscuro. En breve, mucho más rápido que en Occidente, el crepúsculo dará paso a la oscuridad. Aquí la noche cae de forma abrupta, como si alguien hubiera apagado la luz sin avisar. En la penumbra de última hora de la tarde, la ciudad adquiere un carácter amenazador. Los transeúntes se transforman en sombras sin rostro que parecen dar vueltas en torno al *jeep* como una manada de hienas. ¿Qué hace aquí ese todoterreno tan caro? ¿Y quién es ese blanco? «*Muzungu, muzungu*», oye Hunter como un zumbido en torno a él, la única palabra africana que conoce, porque es como lo llaman por todas partes. En su condición de único blanco aquí presente, tal vez en varios kilómetros a la redonda, tiene la inquietante sensación de haber dejado de ser el cazador y, con la caída de la noche, haberse convertido en presa. Pero entonces el tráfico se disuelve y, con la misma rapidez que se había formado, se deshace el atasco. Ante ellos se despliega el paisaje como la palma de la mano de Dios, con el sol aún sangrando por encima de las colinas. Jeans pisa el acelerador mientras, con la mano libre, manipula la pantalla de su teléfono en busca de una nueva lista de reproducción. El resto del viaje, hasta llegar al *lodge*, una música insoportablemente festiva llena el hueco dejado por el silencio.

Golpe a golpe, como machetes enloquecidos, las aspas del ventilador desbrozan el denso calor de la noche africana. Hunter está tumbado en la cama mirando cómo dan vueltas las hélices de madera mientras trata de poner orden en sus pensamientos. Durante las pasadas horas ha profundizado en la historia del pueblo del que forman parte los dos jóvenes cazadores que le ha llevado a ver Van Heeren. De la misma forma que no sabía nada sobre este país, tampoco sabía nada sobre ellos. Hunter siempre ha sido partidario del conocimiento selectivo. Especialización. El exceso de información es un lastre. Es más eficiente liberar la máxima cantidad posible de capacidad cerebral con el fin de absorber hasta el último detalle de aquello que sea relevante de verdad para nuestro objetivo. En lo tocante a esta región, su formación se había limitado hasta ahora a un estudio exhaustivo de la legislación internacional en materia de caza, armas y trofeos, un análisis somero pero suficiente de las características del terreno y la flora, y una acumulación obsesiva de información relativa a las armas y la fauna salvaje, de modo que, si por un lado es capaz de indicar con absoluta precisión en qué punto del cuerpo hay que disparar a cada tipo de gacela para que el trofeo sufra el menor daño posible, por otro no sabe prácticamente nada de la historia local. La política, salvo por los contactos que pueda proporcionarle para obtener las licencias necesarias, nunca le ha interesado. Pero ahora, por primera vez en su vida, ha profundizado en un tema sin que los conocimientos adquiridos reporten beneficios concretos —aunque para ello ha tenido que reprimir la idea de que su interés en la cuestión pueda implicar que haya empezado a ver como presas a los dos cazadores africanos y que, por tanto, pueda estar considerando como una posibilidad real la cacería que le ha ofrecido Van Heeren—, y lo que ha extraído de sus lecturas no es precisamente grato. Desde el comienzo de la colonización europea, la población de estas tribus aborígenes, que en un pasado remoto constituyeron el pueblo más numeroso del mundo, ha sufrido un descenso tan dramático que hoy en día se encuentran al borde de la extinción. Al lado del acoso y arrinconamiento de los que ha sido objeto esta gente, la caza sistemática de rinocerontes de J. A. Hunter fue un juego de niños. Los pocos que sobrevivieron quedaron recluidos en reservas demasiado pequeñas para cubrir sus necesidades básicas, por lo que sus nuevas circunstancias los forzaron a cazar más de lo prudente para mantener una estabilidad saludable en la población de animales salvajes. O, dicho de otra forma, se vieron ante la disyuntiva de morir de hambre a corto o largo plazo. Y por si su situación aún no era lo bastante crítica, a lo largo de las últimas décadas les fueron arrebatando también esas tierras. El gobierno desmanteló sus poblados, cerró las escuelas y puestos de atención sanitaria, selló los pozos y deportó sin ninguna contemplación a los habitantes. Reacomodados en viviendas precarias, sin trabajo y sin derecho a cazar, los aborígenes, como ya le había explicado Van Heeren, cayeron muy rápido en una espiral de miseria. La desnutrición, el alcohol, las drogas y las enfermedades causaron nuevos estragos en la población. Jeans tenía razón: si fueran animales, su estatus en la Lista Roja de la UICN sería «crítico» y las autoridades tomarían todo tipo de medidas para protegerlos, pero como son seres humanos, a nadie le importa. Diversas organizaciones para la defensa de los derechos humanos informaron repetidamente sobre casos de violencia policial, intimidación e incluso secuestros y asesinatos, pero todas las denuncias caían en el saco roto del sobreseimiento judicial, los demandantes sufrían amenazas o desaparecían y los abogados internacionales que osaban inmiscuirse en el caso no volvían a ser admitidos en el país. Era evidente que las tierras de los aborígenes se encontraban en el epicentro de grandes intereses económicos y las antiquísimas costumbres nómadas de sus habitantes suponían un grave obstáculo para el progreso y, más en concreto, la minería. En los últimos años, sin embargo, diversas tribus indígenas habían empezado a ser objeto de estudios científicos. Su forma de vida basada en principios democráticos e igualdad de género despertó el interés de sociólogos y documentalistas, su régimen alimenticio formó la base para la moda de la dieta paleo y los departamentos lingüísticos de varias instituciones académicas de renombre pusieron en marcha proyectos para inventariar sus lenguas y dialectos antes de que fuera demasiado tarde, todo lo cual contribuyó a exponer la precariedad de su situación ante la opinión pública de los cinco continentes. Bajo la presión de organizaciones humanitarias y al amparo del derecho internacional, los aborígenes fueron volviendo a sus tierras en el marco de proyectos de relocalización. Pero ni siquiera en esas nuevas reservas tenían garantizada su seguridad. Lo que no tiene valor no recibe protección y, desde un punto de vista económico, los bosquimanos no eran más que una fuente de pérdidas. Van Heeren se habría hecho sin duda el mismo razonamiento y la fórmula que había encontrado para asignarles valor económico consistía en elevarlos a la categoría de piezas susceptibles de caza con un cupo muy limitado que permitiera maximizar el precio del trofeo. De esa forma conseguía ofrecerles cierto nivel de seguridad, bien es cierto que a un precio muy elevado. En esencia, el sistema era exactamente el mismo que el de los programas de conservación de rinocerontes. La relocalización sujeta a condiciones no solo salvaguardaba la vida de las familias implicadas, sino que también garantizaba la preservación de una cultura milenaria que de otro modo estaría condenada a desaparecer en poco tiempo. Al menos, si era cierto que dicho proyecto de «conservación» se gestionaba de común acuerdo con las autoridades, porque eso Hunter no lo había visto escrito en ningún sitio. Aunque tampoco le sorprende, pues esa misma tarde ya le ha quedado claro que, desde un punto de vista jurídico, esta cacería se encuentra en la misma zona gris que su contribución financiera a la búsqueda de los cazadores furtivos. En este país, la mayoría de las veces no son las leyes sino los billetes de dólar lo que determina dónde queda la línea que separa lo legal de lo ilegal. Lo más probable es que Van Heeren, junto a otros cazadores profesionales, se reservara el derecho a proteger a las tribus aborígenes que ocupan sus tierras sobornando a algún alto funcionario con el dinero obtenido de las licencias de caza.

Por enésima vez en pocos minutos, Hunter se seca el sudor de la cara. Va a llover, si no hoy, mañana, porque el aire está preñado de una humedad que hace el calor insoportable. El ventilador, que sigue girando sobre él incansablemente, apenas ofrece alivio. Las incesantes vueltas de las aspas le producen más que nada sensación de mareo. Aunque ya estaba mareado de por sí a causa de todo lo que acaba de leer, que gira en su cabeza mezclado con las palabras de Van Heeren y la risita sardónica de Jeans. Está empapado en sudor. Necesita un trago. Exhalando un suspiro, se pone en pie, se quita la camisa y se echa agua en la cara. A continuación se refresca el torso con una toalla húmeda y se pone debajo del ventilador para secarse. Un mosquito se posa en su hombro desnudo, pero consigue ahuyentarlo antes de que le pique. La agradable sensación de frescor cesa tan pronto como se evapora el agua de su cuerpo. Resignado, se pone una camisa limpia y sale de su bungaló.

Fuera, en una pequeña explanada de césped bajo la terraza, arde como siempre una hoguera, en teoría para mantener a distancia a los animales salvajes, aunque en la práctica es sobre todo una cuestión de nostalgia. Lo que garantiza la seguridad de los clientes es la valla eléctrica que protege el perímetro completo del *lodge*. En el interior de la valla solo andan sueltos animales inofensivos, más que nada como decoración. Recortada nítidamente sobre las llamas, Hunter reconoce la silueta de Van Heeren, un cuerpo largo y fibroso hundido en una silla de jardín demasiado pequeña con un vaso de whisky en la mano. De vez en cuando hurga en la lumbre con un badil o se lleva el vaso a los labios. Por lo demás, apenas se mueve. Hunter no sabe si está allí por costumbre o lo está esperando, pero en cuanto se acerca a él tiene la impresión de haber caído en una trampa. En la mesita junto a Van Heeren hay un segundo vaso ya preparado para él. Por un instante siente la tentación de dar media vuelta, aunque solo sea por no concederle a Van Heeren la victoria y admitir su propia predictibilidad, pero algo lo retiene, un impulso al que no es capaz de ofrecer resistencia y que ejerce la misma fuerza de atracción sobre él que el fuego sobre las polillas. De modo que se sienta, coge su vaso y hace girar el whisky con suaves movimientos circulares. Un intenso aroma a turba se eleva del vaso. Laphroaig. Su whisky puro de malta favorito. Al igual que él, Van Heeren sabe muy bien que la clave del éxito está en la capacidad de recordar pequeños detalles. Los dos hombres miran el fuego en silencio. En torno a ellos todo está oscuro salvo el rectángulo azul celeste de la piscina iluminada. En el césped suena el siseo de los aspersores. Hunter nunca se había parado a pensarlo, pero ahora, por primera vez, le llama la atención lo verde que es el césped en el *lodge* y lo antinatural que resulta por contraste con los tonos pajizos de la sabana. Su pequeña investigación sobre la historia de los aborígenes ha teñido la lente a través de la cual había mirado siempre el continente africano.

De pronto, de forma imprecisa pero lo bastante clara como para suscitarle un vago estado de desazón, toma conciencia de que las tierras que se extienden a su alrededor son mucho más que un parque natural. Bebe un trago. El sabor ahumado del whisky llena su boca para dejar a continuación un retrogusto suave y aterciopelado. Van Heeren, que acaba de encender un puro, arroja a las llamas la astilla de cedro que ha utilizado a modo de cerilla. Al instante, el palito se enrolla sobre sí mismo transformándose en un hilo de color naranja que, con la misma rapidez, se consume hasta quedar reducido a ceniza. Absorbiendo con fruición, le pega una larga calada al puro y, en actitud pensativa, como siempre que se dispone a contar una historia, echa el humo lentamente.

—Hace unas semanas vinieron dos jóvenes ingenieros a instalar un nuevo sistema de purificación de agua en un poblado de la zona, dos voluntarios de una conocida ONG que lleva mucho tiempo trabajando por aquí. El proyecto formaba parte de un gran acuerdo de colaboración y, para celebrarlo, el director ofreció una fiesta en su villa. El servicio corría por cuenta de varias mujeres del pueblo contratadas para atender a los invitados, ayudar en la cocina y esas cosas. Bien, pues el caso es que, la noche de la fiesta, uno de los ingenieros se va un momento a mear y, en la oscuridad del pasillo, se equivoca de puerta. ¿Y qué encuentra? Bingo. Unos cuantos capitostes de la ONG divirtiéndose con las africanas, una de las cuales era muy joven, mucho más joven de lo que puedas imaginar. Una niña, vaya, según las normas occidentales. El joven ingeniero se pone hecho un basilisco, provoca una pelea monumental, se lleva a la niña a rastras, llama a la policía..., en fin, el lío completo. El incidente sale en las noticias y el escándalo es descomunal. Abuso de menores. Prostitución infantil. Un proceso judicial. El director suspendido de empleo y sueldo... El ingeniero se considera un gran héroe, porque ha salvado a la niña. Magnífico, ¿no te parece?

Hunter no contesta. El instinto le dice que esa historia es un cebo tendido para hacerle picar, como el whisky. Pero tampoco se levanta. Hay algo en su interior que está deseando caer en las redes de Van Heeren, de modo que se queda allí mirando el fuego en silencio. Infatigables llamas rojas y naranjas ejecutan una danza en torno al tronco que acaba de echar Van Heeren a la hoguera. En torno al fuego, el paisaje se ha fundido definitivamente a un negro hermético y la noche se ha tragado el mundo visible, reduciéndolo todo a una amalgama de sonido. A lo lejos se oyen voces y risas. En algún lugar, una manada de chacales acosa a una presa. El volumen de sus ladridos aumenta progresivamente, se va concentrando en un punto, como un puño que se cierra. El círculo se estrecha. Sea cual sea la presa, sus minutos en este mundo están contados.

—Al fin de semana siguiente, como siempre, la niña llama a la puerta de la villa del director, pero los vigilantes la echan de allí de malas maneras. Lo último que necesitan es un nuevo escándalo. La niña no entiende nada. ¿Qué ha hecho ella? Sin trabajo, se acabaron los ingresos. ¿Cómo va a alimentar ahora a su familia? A casa no puede volver porque, tan pronto como las noticias llegaron al pueblo, el padre se vio obligado a expulsarla de la familia, a pesar de que siempre había sabido de dónde venía el dinero que su hija traía a casa. Ahora trabaja para mí en la cocina.

—Solo en la cocina, espero.

La voz de Hunter suena muy severa en la oscuridad. Demasiado, tal vez. ¿Qué le puede importar a él? En su país, a pesar de todo el polvo levantado por el movimiento #MeToo, tampoco se ha metido nunca en los asuntos de otros directores de empresas que, abusando de su poder, se tiran a sus becarias. ¿Por qué habría de erigirse aquí en guardián de la moral? Van Heeren hace caso omiso de su observación y continúa con su historia.

—A causa del escándalo, los ingresos de la ONG se redujeron a la mitad. Nadie quiere hacer donaciones a una organización con tufillo a abuso de menores, y ahora el proyecto de la purificadora de agua está parado. Lo único que ha conseguido el tío ese es privar al poblado de agua durante al menos un año más. Con esta sequía, eso quiere decir que la hambruna es inevitable, lo cual supondrá varias decenas de niños muertos.

Como si de esa forma quisiera subrayar su argumento, hace una pausa para mojar la perilla del puro en el whisky. A continuación se lo lleva a la boca, le pega una calada y exhala el humo con delectación.

—Con lo cual quiero decir que tu moral occidental es un producto de lujo que no todo el mundo se puede permitir. En otros sitios menos privilegiados, a la gente no le queda otra que tirar de pragmatismo. Lo que yo hago es la única forma posible de ayudar a esos cazadores que has visto.

—¿Y no sería mejor ofrecerles un trabajo como rastreadores?

Van Heeren da un respingo en su silla como si le hubiera picado un escorpión.

—¿Qué quieres, que los contrate como ordinarios perros de caza para rastrear animales salvajes que a continuación tienen que ceder a un cazador muy inferior a ellos y les pague en metálico para que compren en el mercado la carne que han cazado otros? ¿No entiendes que eso sería arrebatarles el último residuo de amor propio que les queda?

—Y convertirlos en presas es mejor para ellos...

Van Heeren echa otro leño al fuego. Con toda calma, sin dejarse intimidar por las llamas, le hace un hueco entre las brasas hasta encontrar una posición en la que pueda prender bien. Finalmente, cuando se da por satisfecho con su construcción, vuelve a mirar a Hunter.

—Quien caza corre el riesgo de ser cazado. Y quien no caza muere de hambre. Esos son los límites entre los que vive esta gente desde hace cientos de generaciones. La naturaleza es generosa, pero también inmisericorde. Este acuerdo entronca mejor con sus tradiciones que todas las formas de vida que hemos tratado de imponerles, como trabajar a cambio de dinero para comprar comida o ejecutar bailes rituales para un público de americanos gordos armados de cámaras de fotos.

Hunter mira a su amigo con escepticismo. Las llamas bailan en los ojos grises de Van Heeren pero, por lo demás, su rostro no refleja emoción alguna.

—¿Y tengo que creerme que han aceptado voluntariamente semejante acuerdo?

—No pensarás que puedo obligarlos, ¿verdad? Son hombres libres con voluntad propia.

—Hay muchas formas de coaccionar a alguien.

—Para ellos, el interés del grupo prevalece sobre el del individuo. No hay precio demasiado alto por la conservación de sus tierras y sus tradiciones.

—Pero ¿no habíamos quedado en que esas tierras son suyas? Tú mismo lo has dicho esta tarde. ¿No te parece problemático venderles algo que es suyo?

Con un sutil gesto de impotencia, Van Heeren arroja el resto del puro a la hoguera.

—Yo solo no puedo cambiar el mundo, Hunter. Lo único que podemos hacer es utilizar el sistema de la mejor forma posible. Las reglas son las que son, y tú deberías entenderlo mejor que nadie. El dinero que utilizas para comprar tus espacios naturales procede en gran medida de acuerdos con las mismas multinacionales que los amenazan, ¿o no?

Una media sonrisa asoma a los labios de Hunter. Justo ayer, a primera hora de la tarde, su notario lo llamó para confirmarle que ha completado con éxito la compra de las tierras de Pakistán por las que había hecho una oferta unas semanas atrás. Con ello, ha evitado que un flanco de una montaña caiga en manos de una empresa china que quería hacer excavaciones para extraer minerales, lo cual lo colma de una alegría solo comparable con la de un niño travieso que se ha salido con la suya. Ahora, sin acceso a su lado de la montaña, los chinos tendrán que dar carpetazo a sus planes, aunque sin duda le ofrecerán el oro y el moro, pues supondrán que Hunter tenía información sobre su proyecto y ha comprado esas tierras con la única intención de especular con ellas. Pero él rechazará su oferta, por muy alta que sea, con una sonrisa triunfante. Su idea consiste en establecer allí algún día un coto de caza exclusivo que permita preservar la población de cabras autóctonas de la región

—una especie única— y garantizar la subsistencia de los dos pequeños pueblos que colindan con su dominio.

El canto de los grillos llena la noche. Si se escucha con atención, el sonido es tan intenso, tan atronador y tan omnipresente que es como si el continente entero estuviera cubierto de grillos. Una enorme manta de insectos frotando sus alas, desde la costa del Mediterráneo hasta el cabo de Buena Esperanza. Un reclamo amoroso incesante, tan machacón como irresistible.

—¿Cuánto?

La voz de Hunter no parece proceder de él, sino de algún punto de la oscuridad que los rodea, como si fuera la noche quien habla. Y así es como se siente, como si sus contornos se hubieran diluido entre las sombras y su esencia humana hubiera pasado a formar parte de un orden superior, un orden primitivo en el que todo predador es a su vez presa de otro animal más fuerte, una cadena interminable en la que el final de una vida constituye el comienzo de otra y no hay diferencia entre nacer y morir, pues todo es una misma corriente de energía inagotable, algo más grande, más elevado, un equilibrio místico y natural en el que cada individuo forma parte indisoluble del todo.

—Medio millón.

La respuesta de Van Heeren, en toda su banalidad, liquida la cuestión moral y reduce la conversación de un plumazo a una simple transacción económica. Hunter cambia el chip por completo y se mete en su piel de negociador curtido en mil batallas.

—¿Y adónde va a parar ese dinero?

—La mayor parte es para el gobierno, a cambio de garantías y licencias de caza. Lo demás lo destino a financiar el puesto de asistencia sanitaria y ofrecer una educación escolar a los niños. Es más, me aseguro de que los mejores obtengan becas para estudiar en el extranjero. Tal vez te sorprenda, pero en general son buenos estudiantes. Los más veteranos insisten en que los niños aprendan las ancestrales técnicas de caza, pero no se oponen al progreso, o lo que nosotros entendemos por progreso. Son conscientes de la importancia de la formación académica, también para la comunidad.

—¿Y tú? ¿Cuánto te embolsas tú?

Van Heeren se ríe. Una risa distendida y auténtica que produce un efecto relajante en Hunter. Los dos se encuentran en terreno conocido, los dos dominan este juego entre hombres de negocios que quieren preservar su relación de amistad pero, con guante de seda y siempre dentro de los límites de un acuerdo de caballeros, tratan de arrimar el ascua a su sardina.

—¿Desde cuándo te interesan mis libros de contabilidad? Aunque, si de verdad quieres saberlo, menos que con tu rinoceronte. Esto no lo hago por mí.

—¿Cuál es el cupo?

—Una licencia cada tres años. Más exclusivo no puede ser.

—¿Y durante ese tiempo permanecen en sus tierras?

—Las tierras son mías. El gobierno no les concede derechos de propiedad. Pero sí, allí pueden hacer la vida nómada a la que están acostumbrados y tienen carta blanca para cazar, lo cual significa que pueden abatir todas las piezas que necesiten para alimentar a la comunidad.

No está mal, piensa Hunter. De acuerdo con su modo de vida tradicional y con el fin de no esquilmar la naturaleza, los aborígenes solo derriban animales enfermos o débiles. De esa forma, Van Heeren obtiene una triple ganancia: las tribus locales, con su experiencia milenaria, mantienen la población de animales salvajes a un nivel sostenible, lo cual repercute en beneficio de la calidad de las manadas; los mejores ejemplares quedan a disposición de los cazadores de trofeos y, una vez cada tres años, alguien le paga una pequeña fortuna por cazar a un joven aborigen. No se lo monta mal, eso tiene que admitirlo. Y medio millón de dólares es un montón de dinero, pero tampoco es que sea algo desorbitado. El apartamento de París que compró el mes pasado para su mujer le costó tres veces más. Santo cielo. Su mujer.

—Sin trofeo, supongo.

—No, hombre. ¿Cómo quieres que envíe a un cazador a casa con las manos vacías? Con trofeo. *Full mount*, si quieres. Montaje completo.

Hunter vuelve a ver al joven cazador emergiendo de la hierba. Una estatua viva. Pura fibra y elegancia. Mentalmente recorre su casa en busca de un lugar apropiado para el trofeo y de pronto, cuando apenas ha empezado a explorar el salón, toma plena conciencia de lo que implica todo esto y mira azorado a Van Heeren.

—¿Los disecas tú?

—No personalmente. Yo solo me encargo de que alguien embalsame el cuerpo. Eso es lo que hacen los aborígenes con sus muertos, con la única diferencia de que ellos luego los entierran y nosotros le entregamos el cuerpo al cazador. Lo único que se queda aquí es el corazón. Con eso les basta. El cuerpo lo consideran un envoltorio temporal sin ningún valor. Además, piensa que son nómadas, por lo que no suelen sentir apego por el lugar donde entierran a sus muertos.

Un búho ulula en algún lugar, no muy lejos de donde están. Con la barbilla apoyada en las manos, Hunter mira el fuego en silencio. Le ha bastado volver a pensar en el joven aborigen para que su anhelo cobre fuerza renovada y empiece a arder en su pecho con la misma incandescencia de las brasas. De algún modo, sabe que ese deseo lo acabará consumiendo por dentro. Si no se pliega a él y lo satisface, la idea de haber dejado escapar una presa lo atormentará una noche sí y otra también durante el resto de su vida.

—¿Y cómo resuelves la cuestión legal?

Van Heeren se encoge de hombros.

—Si te refieres a que no están regulados por la normativa CITES en materia de especies amenazadas, tienes razón. Pero esto es África y, donde hay voluntad, hay un camino. Con un puñado de dólares y un poco de mano izquierda para los trámites administrativos se pueden exportar como «antigüedad colonial».

Hunter lo mira asombrado.

—¿Todavía está permitido eso?

Aún recuerda la consternación de su mujer cuando, hace ya algunos años, retiraron de un museo español el cuerpo disecado de un africano que llevaba allí expuesto casi un siglo sin que nadie chistara hasta que, por algún motivo, se convirtió en objeto de una crisis diplomática internacional. Al final enviaron los restos mortales a África para darles sepultura. Su mujer hizo campaña para evitarlo, pero todo fue en vano. Según ella, la destrucción de aquel valioso artefacto —una pieza tal vez única— era un atentado contra el patrimonio arqueológico universal. La idea de desmontar y enterrar el cuerpo de uno de los pocos seres humanos disecados del mundo no solo le parecía una falta de respeto, sino también un acto de barbarie. Su indignación estaba tal vez motivada por el miedo a perder su colección de antigüedades exóticas, la cual incluía una cantidad nada desdeñable de *tsantsas* que le habían costado una fortuna. Se le abrían las carnes de pensar que hubiera que repatriarlas. Pero ahora que Hunter piensa en esas cabezas reducidas que tiene su mujer expuestas en una vitrina junto al bar en el salón de su casa, la idea del trofeo humano se le antoja menos absurda. Algunas de ellas se las regaló él en un cumpleaños o alguna Navidad, compradas de forma cien por cien transparente y legal en diversas subastas de antigüedades. Lo que más trabajo daba era corroborar su autenticidad, pues hay infinidad de ejemplares falsos en circulación. En los años treinta del pasado siglo, las *tsantsas* se convirtieron en una auténtica fiebre entre coleccionistas occidentales. Para satisfacer la demanda, falsificadores de toda laya se lanzaron a profanar tumbas para producir cabezas reducidas en masa, pero la calidad no se acercaba ni por asomo a las auténticas, las legendarias cabezas de enemigos vencidos por los jíbaros, meticulosamente disecadas como trofeo.

—Sí, bueno, hoy en día la cuestión es muy delicada en algunos casos —dice Van Heeren arrancándolo de sus pensamientos—. Para los países en los que la cuestión jurídica resulta demasiado compleja nos acogemos al término de «objeto destinado a la investigación científica», cuya regulación es más flexible. Pero Estados Unidos, en general, no pone grandes obstáculos. En tu país es más complicado meter rinocerontes.

Hunter asiente. Un conocido suyo que hace dos años se llevó en el último momento una licencia por la que él también había pujado para cazar un rinoceronte negro seguía envuelto en un litigio con la compañía aérea porque esta, a pesar de que toda la documentación estaba en orden, seguía negándose a fletar el trofeo. Una cosa delirante. Y hace poco, el museo de historia natural al que lo llevaba su padre de niño ha anunciado a bombo y platillo que va a reemplazar su colección de animales disecados por imitaciones realistas. La histeria colectiva que se ha desatado últimamente en torno a estas cuestiones es algo que escapa a su entendimiento. Una vez que un animal está muerto, no comprende por qué no podrías colgarlo de la pared si es eso lo que te apetece. A él, personalmente, los trofeos no le dicen nada —para él lo único que tiene valor es el recuerdo de la cacería—, pero a su mujer la vuelven loca. No solo le resultan agradables desde un punto de vista estético, sino que también tienen un efecto calmante en ella. Una vez disecados, los animales son inmunes al envejecimiento, lo cual, de alguna forma, alivia su miedo a la muerte. Esa es también la razón por la que, siempre que van a Londres, se lleva a Hunter a rastras a la sala de las momias del Museo Británico para «saludar al faraón». Para ella, esos restos medio podridos de reyes egipcios ancestrales son como viejos conocidos que visita desde la infancia, de la misma forma que el Negro llegó a convertirse en uno más para los habitantes de Banyoles, una especie de amigo. O una mascota. Menos mal que, de momento, a nadie se le ha ocurrido la infeliz idea de repatriar esas momias a Egipto para darles sepultura. En una ocasión, hace ya tiempo, Hunter trató de comprarle una momia a su mujer, pero desde la entrada en vigor de la nueva legislación internacional sobre comercio de artefactos arqueológicos, que prohíbe la exportación en casi todos los países del mundo, solo se encuentran momias en los turbios márgenes del mundillo de las antigüedades, aunque cada vez salen más a la superficie, porque casi todos los arqueólogos y buscadores de tesoros que se llevaron uno de esos *souvenirs* a casa durante la primera mitad del siglo XX son ya nonagenarios y, cuando los herederos subastan sus colecciones privadas después de su muerte, aparecen en el mercado toda suerte de objetos inverosímiles. Pero el caso es que aún no ha encontrado nada que reúna las condiciones necesarias. Casi todos los ejemplares están dañados o incompletos. Un cuerpo embalsamado en perfecto estado sería un objeto único, y la mera idea de que pueda conseguirle uno a su mujer con esta cacería lo colma de una súbita e intensa felicidad.

—¿Y eso es legal? —pregunta Hunter mirando a Van Heeren por encima del fuego, que entretanto ha quedado reducido a brasas incandescentes.

—Tan legal como el gobierno de este país.

El silencio que se abre entre ellos crea un vacío tan abrumador que absorbe todos los sonidos de la noche africana. El tiempo se detiene en la sabana y hasta las mantis religiosas contienen el aliento. Hunter inspira hondo. El silencio crece progresivamente hasta volverse ensordecedor, su peso enrarece la atmósfera como una espesa masa de nubes oscuras antes de la tormenta. Ahí, en ese vacío impenetrable para cualquier forma de luz o sonido, Hunter toma su decisión. Lentamente, deja escapar el aire de sus pulmones. Sus pulsaciones empiezan a bajar. El silencio da paso a un suave rumor al que poco a poco se van sumando nuevos elementos, hasta alcanzar el nivel acústico normal de la noche africana.

—Trato hecho.

Van Heeren alza su vaso.

—Por la cacería.

Hunter también alza su vaso, pero todavía no brinda.

—Con una condición. Que la contienda sea justa. El chico tiene que contar con posibilidades reales. Y tiene que ir armado.

Van Heeren lo mira ofendido. El brillo anaranjado de las brasas le da a su rostro un aspecto irreal, fáustico.

—Por supuesto. Pero esa no es la única condición.

—¿Ah, no?

—No. Primero tienen que aceptarte. Tendrás que demostrar que eres digno de esta cacería ofreciéndoles una pieza de caza que infunda respeto. Un animal que reúna aquello que más valoran: coraje, tenacidad y buena carne.

III

LA CAZA

Por la ventanilla entra una suave brisa que hace un poco más soportable el calor infernal. Las nubes preñadas de agua, que elevaron ayer la humedad hasta niveles insoportables, pasaron finalmente de largo sin descargar, por lo que la noche acabó siendo un suplicio sin redención. Ahora, a la luz del día, todo está envuelto en un fino velo de polvo suspendido en el aire. La tierra de tonos rojizos muestra grandes grietas a causa de la sequía. Jeans ha aparcado a la entrada del poblado y Van Heeren se ha bajado para anunciar su llegada. Hunter comprueba con fastidio que tiene las palmas de las manos húmedas. Jeans, sin embargo, no puede estar más relajado. Recostado con los ojos cerrados en el asiento del conductor, disfruta del frescor del cuero sintético mientras, igual que ayer, tamborilea despreocupadamente sobre su muslo al ritmo de la música.

—¿Quieres hacer el favor de parar?

Sorprendido por la acritud de Hunter, el chaval abre los ojos.

—Relájese, míster White. Está demasiado tenso. No piense tanto. Todos los blancos piensan más de la cuenta. Mañana es mañana, eso no lo puede cambiar nadie. Lo único que podemos cambiar es el presente. Y nuestro presente, en este momento, es que estamos aquí esperando.

Jeans tiene razón. Hunter se ha pasado todo el camino hasta el poblado dándole vueltas a la cacería de mañana, oscilando como un péndulo entre la excitación y las dudas. Por primera vez desde que empezó a cazar no sabe qué puede esperar, ni siquiera es capaz de hacerse una idea, y esa inseguridad lo envuelve como la oscuridad de la noche, le produce inquietud y, si ha de ser sincero, incluso le infunde miedo. Pero eso es justo también lo que le atrae. A fin de cuentas, la auténtica aventura es aquello para lo que no estás preparado. En ese momento, alguien golpea con los nudillos en la ventanilla.

—Joder, tío, me has dado un susto de muerte.

Van Heeren sonríe.

—Tenemos suerte. Están de fiesta. Al final los chicos cazaron al eland y hoy tienen *braai*.

Caminando unos pasos detrás de Van Heeren, Hunter entra en el poblado. En medio de un modesto círculo de cabañas que más bien parecen almiares con un agujero a modo de entrada, arde una hoguera. Junto a ella, sentado sobre la piel recién desollada del antílope, hay un joven con una ancha franja de ceniza en la nariz. Hunter lo reconoce al instante. Es el arquero de ayer. Dos mujeres provistas de grandes cuchillos le hacen cortes paralelos en los brazos e impregnan las incisiones inmediatamente con una pasta viscosa y oscura.

—Lo están tatuando —explica Van Heeren—. La sangre y la unción de las heridas forman parte del ritual de transición. A partir de ahora es un cazador. Un hombre.

Hunter se siente violento en su papel de espectador. En la atmósfera se respira una emoción muy particular y hay algo íntimo en el canto de las mujeres, lo cual le hace sentirse fuera de lugar, como si fuera testigo de un rito que no va con él. Van Heeren nota su embarazo.

—No te preocupes, somos sus invitados.

—Sí, pero me siento como en un zoológico.

—Pues deja de mirar con cara de bobo y siéntate. Somos cazadores y, según sus creencias, eso trae buena fortuna. Mediante el ritual de transición, el joven absorbe la experiencia de todos los hombres presentes, incluida la nuestra, y esa sabiduría acumulada en el pasado le servirá de protección. Dada tu hoja de servicios como cazador, en realidad les haces un favor con tu presencia.

Van Heeren, seguido de Hunter, se dirige hacia los hombres sentados en torno al joven objeto del homenaje. Sin volver la mirada, los aborígenes abren paso y, tan pronto como los dos blancos encuentran un sitio, vuelven a cerrar el círculo. El grupo se mueve como un único organismo, como si formaran parte de un mismo cuerpo que se desplaza con movimientos perfectamente coordinados. Van Heeren se sienta en el suelo con las piernas cruzadas.

—Pero entiendo lo que dices. Hay parques nacionales con una tribu de aborígenes como atracción de feria, e incluso conozco empresas que organizan safaris fotográficos y siguen a un joven aborigen durante su primera caza en un *jeep* lleno de turistas. Su primera pieza, el momento más sagrado de su vida, emitido en directo en YouTube. Y no les queda más remedio que aceptarlo; el gobierno se lo exige a cambio del uso de las tierras. De lo contrario, no obtienen licencia de caza. Y, a pesar de ello, apenas consiguen alimentar a sus familias porque el territorio que les asignan es demasiado pequeño, por lo que se ven obligados a cazar más de lo recomendable para la población de animales salvajes. Durante decenas de miles de años, esta gente ha vivido aquí sin perturbar el equilibrio ecológico y ahora, por causas de fuerza mayor, no les queda más remedio que tomar decisiones perjudiciales para su propio entorno. Yo les doy plena libertad para moverse por todas mis tierras, y la experiencia me demuestra que su forma de vida es beneficiosa para la biodiversidad, aunque el territorio del que disponen sigue siendo demasiado pequeño para un pueblo nómada. Antiguamente podían seguir a la lluvia, porque no tenían límites territoriales. Ahora, si la sequía dura demasiado, pasan hambre, como está ocurriendo este año. Hace ya varias semanas que debería haber empezado la temporada de lluvias, pero el cambio climático de las narices está alterando gravemente el ecosistema. Todo se ha vuelto impredecible. Las manadas ya no siguen sus rutas tradicionales, la época de apareamiento empieza cada vez más tarde, y a causa de la sequía tenemos un incendio forestal tras otro.

Los cantos alcanzan un clímax. La sesión de tatuaje ha terminado. Dos hombres toman al joven de la mano y lo conducen al puesto de honor junto al fuego, donde el homenajeado recibe el primer trozo de carne de eland. El resto lo reparten entre todos los presentes. Mientras Hunter prueba la carne asada, el joven aborigen empieza a interpretar una danza con la que narra el relato de su caza. Algunos de los hombres sentados en el corro se entrometen en la narración y se produce un intercambio de preguntas y respuestas en un idioma que no había oído nunca, una lengua cuyo sonido también es nuevo para él. Más que consonantes, producen una especie de chasquido con la lengua, casi un clic mecánico.

—¿Entiendes lo que dicen?

—No —contesta Van Heeren negando con la cabeza—. Es una lengua endemoniada y, encima, hay más de veinte dialectos. Apenas se entienden entre unas tribus y otras. Durante la caza, los hombres hablan una jerga propia con palabras compuestas casi exclusivamente por esos chasquidos, porque los animales los perciben como sonidos de la naturaleza. Para nosotros es imposible de aprender, y no digamos ya de pronunciar. Dawid, ese chico que ves ahí, suele hacer de intérprete. Está estudiando en nuestra escuela. Es un cerebrito.

Con un gesto, le pide al chaval que se acerque y, ahora que lo ve mejor, Hunter lo reconoce inmediatamente. Es el rastreador que condujo ayer al arquero hasta los elands.

—Mi amigo quiere saber lo que están diciendo.

—!Nqate cazó ayer su primer eland. Lo estuvo siguiendo durante toda la tarde a una distancia lo bastante próxima para evitar que los leones le robaran la presa y lo bastante amplia para que el eland no se sintiera acosado y se alejara demasiado del poblado, pues de esa forma le resultaría luego más fácil cargar con él hasta casa. Una vez que lo derribó, esperó hasta estar completamente seguro de que había muerto. A continuación hizo un fuego y ejecutó una danza para pedirles a los dioses que protegieran a su presa. Después volvió al poblado a descansar mientras el veneno hacía su efecto tanto en él como en la presa.

—¿En él? —pregunta Hunter.

—Según sus creencias —explica Van Heeren—, cazador y presa forman una unidad indivisible. Con el eland, que para ellos es un animal sagrado, tienen una especie de vínculo místico. Por eso, mientras muere la presa, el joven tiene que descansar como si él también estuviera enfermo. Durante ese proceso muere el niño que había en él y nace el cazador, que será quien vuelva a por la pieza de caza al día siguiente.

—Así es —asiente Dawid—. !Nqate ya es un hombre y, como tal, tiene derecho a casarse. Pero si quiere impresionar a Xoan//a, que es a quien le tiene echado el ojo, tendrá que venir a casa por lo menos con un macho de kudú...

Con una amplia sonrisa en los labios, el intérprete se reincorpora al círculo de un salto para seguir bailando con los demás. Van Heeren lo sigue con la mirada.

—Dawid es un chico muy especial. Un estudiante muy motivado y con mucho talento. Quiere ir a Estados Unidos, pero para ello necesita una beca.

—¿Estados Unidos?

Mientras observa al grupo de aborígenes bailando en torno al fuego medio desnudos, Hunter trata de imaginarse a ese joven en el campus de una universidad americana y, sinceramente, no acaba de verlo.

—No te equivoques —dice Van Heeren leyéndole el pensamiento—, esta gente se adapta mejor al mundo moderno que nosotros al suyo. Si te soltaran a ti solo en la sabana, con toda tu experiencia de cazador, no durarías ni una semana. Un primo de Dawid, sin embargo, está estudiando Biotecnología en Massachusetts y le va de maravilla. Hasta tal punto que le han ofrecido un puesto de becario en un proyecto de investigación sobre procesos de desertificación y ya no quiere volver. Lo cual es una pena, incluso se puede decir que una inversión malograda, porque la idea es que los jóvenes que salen a estudiar al extranjero vuelvan luego para poner sus conocimientos al servicio de la comunidad. Así es como han funcionado siempre aquí las cosas. Todo lo que se recolecta y acumula, ya sea comida o conocimientos, se comparte en comunidad para que todo el mundo se beneficie de ello.

Hunter se echa a reír.

—Si quieres que contribuyan a un sistema comunista africano, tal vez no deberías enviarlos a Estados Unidos. Hay que estar hecho de muy buena madera para no perder el sentido de comunidad en un país que ha elevado la competencia a la categoría de religión.

Van Heeren también se ríe.

—En eso tienes razón. Siempre se me olvida lo competitivos que sois los americanos. Aquí no comparan los resultados obtenidos por unos y por otros. Las cosas están «bien hechas» o «mal hechas», pero nunca «mejor» o «peor». Lo cual no quiere decir que no tengan su orgullo, pero la idea de alardear o jactarse de algo no forma parte de su cultura y las posesiones no les interesan en absoluto. Fíjate en sus cabañas. Todas idénticas. Y muy atípicas para África.

Hunter echa un vistazo a su alrededor y observa que, en efecto, no hay nada en el poblado que indique diferencias sociales, ni la ubicación o la forma de las cabañas ni la vestimenta o las armas. No hay símbolos de ningún tipo que indiquen alguna forma de jerarquía. No tiene ni la menor idea de quién es el jefe de la tribu, con quien supone que tendrá que negociar luego los términos de la caza. Junto al fuego no hay una tribuna de honor, por así decir, y los más veteranos ni siquiera están sentados aparte.

Cae la tarde y, con la llegada de la noche, empieza a ganar terreno el frío. El gélido abrazo de un cielo oscuro envuelve el poblado. Los hombres dan vueltas y más vueltas al fuego y el recién proclamado cazador sigue ejecutando su danza sagrada. Sus movimientos resultan hipnóticos. De pronto, Hunter cae en la cuenta de que la franja de ceniza que lleva en el rostro, idéntica a la que lucen los demás hombres, representa el dibujo en el hocico del eland. Sus ojos brillan a ambos lados de la mancha oscura que recorre en vertical su nariz. Sus movimientos angulosos en torno al fuego también son un claro eco del modo de moverse del antílope. Podría decirse que el joven interpreta en forma de danza su aventura de ayer, pero es mucho más que eso. No está representando la caza. La está reviviendo. Las emociones que refleja su rostro son auténticas y su extenuación también es real.

La música catapulta a Hunter hacia atrás en el tiempo, hasta su primera caza. El ritmo vivo de las palmas le recuerda la euforia que experimentó cuando tuvo por fin en el punto de mira al venado que su abuelo había elegido para él. Dos largos días anduvieron buscando rastros en el bosque. Su abuelo sin mostrar emoción alguna, como siempre, él rebosante de grandes expectativas. Llevaba semanas soñando con aquel venado, persiguiéndolo en fantasías oníricas que nunca se concretaban en nada. Pero en su último sueño, el venado se había detenido un instante en la maleza, se había vuelto hacia él y lo había mirado a los ojos. Desde entonces tenía un presentimiento que ganaba fuerza con cada paso que daba. Esta vez no se le iba a escapar. Y no se equivocó. Por fin avistó al venado en el otro extremo de un pequeño valle, en una zona de arbustos situada un poco más abajo de su posición. Al igual que en su sueño, el animal lo miró a los ojos, pero con una mirada tan penetrante que casi hizo zozobrar su voluntad. Casi, porque tras un brevísimo instante de duda, apuntó y disparó. La fuerza del retroceso lo pilló por sorpresa y, cuando volvió a mirar por el visor, el venado había desaparecido. ¿Lo había echado todo a perder? ¿Había errado el tiro? En su recuerdo, Hunter se ve lanzándose a tumba abierta por el valle con la escopeta en la mano, volando más que saltando por encima de los matorrales, corriendo frenéticamente hacia el último lugar donde había visto al venado. Ahora, delante de él, muy cerca pero al mismo tiempo a una distancia insalvable, el joven aborigen sigue bailando transformado en el eland, corriendo como el eland, interpretando su vida sin saber que ya está muerto. ¿O es Hunter quien corre tras su venado? Las ramas de los matorrales le arañan las piernas mientras desciende a grandes saltos por la pendiente, resbalando sobre una traidora alfombra de agujas de pino. Sus pasos dejan largos surcos en el barro, de vez en cuando tropieza y se desliza varios metros hacia abajo antes de recuperar el equilibrio, avanzando a trompicones en la frontera entre correr y caer. El viento silba en sus oídos, el corazón le late en la garganta, su velocidad le infunde temor, aunque sabe que no va lo bastante rápido, por lo que su espíritu urge a su cuerpo a correr más rápido aún. Cuando por fin llega al punto más bajo del valle, se abre camino entre los helechos como un jabalí aplastando arbustos a su paso. Con dos grandes saltos salva el arroyo. Ya casi ha llegado al punto donde estaba el venado, allí, junto a esa haya con el tronco cubierto de setas. Un escalofrío recorre su cuerpo, el aire que respira le lija la garganta. Con un brazo abre una ventana en el follaje de los avellanos temiendo no encontrar más que un rastro de sangre, en cuyo caso no quedaría más remedio que tratar de encontrar a la presa para liberarla de su agonía. Eso sería una deshonra, sería... ¡Pero no! ¡Allí está su venado! Y no está herido, no sufre convulsiones, sino que yace tranquilo, como si se hubiera quedado dormido en pleno salto y hubiera caído desmayado. Está muerto, completamente muerto, con las patas aún estiradas, listas para el próximo salto. Sus miradas se cruzan de nuevo. La mirada de miedo del joven y la mirada serena de la presa muerta. Lo único que siente Hunter en ese momento es una tristeza cálida, compasión por el animal muerto, cuyas carreras por el bosque han llegado a su fin. Y luego, unos instantes después, la euforia del triunfo. Cuando llega su abuelo, que se le acerca con el aplomo de la experiencia, el éxtasis ya se ha apoderado de él por completo. El cazador ha vencido. Él, Hunter, ha derribado a su presa.

El joven aborigen sufre convulsiones, se encoge sobre sí mismo. Dos hombres sentados junto a Hunter se ponen en pie de un salto y lo agarran por los hombros para evitar que se caiga y pueda seguir bailando, hasta que empieza a salirle sangre a chorros por la nariz y se desploma en la arena. Los hombres se arrodillan junto a él y lo toman en sus brazos. Hunter observa el ritual hipnotizado, incapaz de desviar la mirada. En su cabeza todo es fluido, todo se diluye y se entremezcla. El joven aborigen es el eland, el eland es el venado que cazó de niño. Con una sacudida, el joven aborigen sale de su trance, se incorpora un poco y, desde el reino de los espíritus, mira a los ojos a Hunter. Los hombres que se han acercado a asistirlo siguen su mirada y escrutan a Hunter. Uno de ellos dice algo, una sucesión ininteligible de sonidos. Los demás asienten, aunque no está claro si en señal de aprobación o de rechazo. Hunter tiene la impresión de que todas las miradas se han posado sobre él y vuelve la cabeza. Una extraña sensación se apodera de él, una sensación dulce y amarga al mismo tiempo. Su cuerpo se torna plomizo, como si todo el peso de un cansancio inconmensurable hubiera caído sobre él.

—No deja indiferente, ¿eh?

Hunter, atribulado, trata de ignorar el comentario de Van Heeren. ¿Se habrá dado cuenta de que se ha dejado llevar por sus recuerdos? Aunque... ¿era de verdad un recuerdo? De pronto nota un insólito dolor en las piernas, como si las tuviera hinchadas por el esfuerzo, cubiertas de arañazos. Todos los músculos de su cuerpo se acidifican, como si acabara de perseguir de nuevo a aquel venado. Frotándose discretamente los gemelos, trata de deshacerse de esa extraña y desagradable sensación.

—¿Van a seguir así toda la noche?

—Sí —contesta Van Heeren—. La danza del eland es un ritual muy exigente. Y harías bien en no quedarte dormido, porque se considera una falta de respeto. Eso sí, procura relajarte y descansar, porque mañana tienes que estar fresco. Quieren ponerte a prueba.

—¿Qué quieres decir con eso?

—Han visto búfalos cerca de la charca donde suelen ir a cazar. Todos los animales salvajes confluyen en ese punto. Pero ellos no cazan búfalos, lo consideran demasiado peligroso. Sin embargo, les encanta la carne. Un búfalo de buen tamaño supondría un buen banquete.

—¿Pretenden que cace un búfalo después de una noche en vela?

Hunter frunce el ceño. Nunca le han gustado esa especie de toros gigantes que además desprenden un apestoso olor acre. Esos bichos tienen muy malas pulgas y, al contrario de lo que piensa la gente, son mucho más peligrosos que los elefantes y los leones. Aunque estén heridos, siguen atacando hasta la muerte. O mueren ellos, o matan al cazador. A Hunter no se le ocurriría ir a por un búfalo ni con un buen rifle, así que no digamos ya con un arco y unas cuantas flechas. Especialmente ahora, en plena época de apareamiento, cuando están más agresivos aún que de costumbre.

Van Heeren vuelve a leerle el pensamiento.

—La semana pasada, un búfalo atacó sin ningún motivo a uno de sus cazadores.

—¿Y qué pasó?

—¿Tú qué crees? ¿A cuánta gente conoces que haya sobrevivido el ataque de un búfalo? Cuando sus compañeros quisieron ayudarlo ya era demasiado tarde. Y ahora temen que el búfalo le haya cogido el gusto al asunto. Por lo visto se ha quedado por los alrededores y no duda en embestir en cuanto alguien se acerca un poco. Pero no pueden dejar de ir a la charca, y el problema es que la sequía atrae a todos los animales salvajes al mismo punto. Les harías un gran favor eliminando a ese búfalo.

Cuando por fin se ponen en marcha es ya ese momento del día en que el cielo aún duda entre la noche y el amanecer. El sol todavía no ha coloreado el mundo y el paisaje se despliega ante ellos en distintas tonalidades de gris. A esta hora tan intempestiva todo suena amortiguado, como si aún no hubieran tensado por completo el firmamento y los sonidos del mundo se perdieran en el espacio en vez de resonar en la cúpula celeste. La partida de caza está formada por cinco hombres, cinco cazadores caminando en grupo por la arena seca como los dedos de una mano abierta. Por delante, abriendo camino, van dos hombres que se han presentado como Karoha y !Koga. Los siguen el joven Dawid, Van Heeren y Hunter. Se dirigen a la charca donde los aborígenes avistaron por última vez a la manada de búfalos. Ese abrevadero ya casi convertido en un lodazal es el único lugar donde queda agua en muchos kilómetros a la redonda. Los dos rastreadores avanzan a un ritmo demoledor. En un momento dado ralentizan el paso y, murmurando algo, dan un amplio rodeo en torno a una roca. Hunter mira a Van Heeren inquisitivamente.

—Una tumba. Según sus creencias, los espíritus de los muertos levitan unos palmos por encima de la tierra, y pasar por encima de una tumba perturba su descanso.

—¿Y reconocen la tumba por esa simple roca?

—Esta gente sabe todo lo que hay en su tierra, hasta la huella o la planta más insignificante, y no digamos ya los sitios donde se puede encontrar agua. Están entrenados para archivarlo todo en la cabeza, por lo que tienen una memoria prodigiosa. Forma parte de las facultades que transmiten de padres a hijos y de madres a hijas desde tiempos inmemoriales. Por eso son tan buenos estudiantes. No tienen ninguna dificultad para resolver problemas analíticos complejos.

Los dos rastreadores vuelven a acelerar el paso. Caminando con grandes zancadas, avanzan a un ritmo constante sin aparente esfuerzo. Ni siquiera necesitan hablar entre ellos. Para comunicarse, les basta con hacer gestos con las manos. Hunter tiene que ir casi a la carrera para no quedarse descolgado. Al cabo de unos minutos se detiene a tomar aliento con los brazos en jarras. A pesar de lo temprano que es, ya está apretando el calor.

Van Heeren se para a su lado y hace una mueca burlona.

—!Koga está a punto de cumplir setenta años. Un abuelo de armas tomar, ¿eh? Esos dos, si quisieran, nos dejarían atrás sin despeinarse. Son capaces de mantener ese ritmo fácilmente durante cinco o seis horas, si hace falta sin comer ni beber. Nunca llevan provisiones encima. Si no cazan nada, mala suerte. Comparados con estos, mis rastreadores son una pandilla de monaguillos. Tienen todo un código de gestos para comunicarse durante la caza. Son capaces de transmitirse cualquier información sin necesidad de hablar: qué animales han pasado por aquí y cuándo, qué plantas comestibles o medicinales hay en el entorno, lo que sea. Allí por donde pasan, lo van registrando todo en su cerebro. No se limitan a seguir el rastro de su presa, sino que leen el ecosistema. Lo que no necesitan ahora puede ser útil luego. Su forma de rastrear es muy distinta a la nuestra. El rastro no solo les dice lo que ha ocurrido, sino también lo que va a ocurrir. Su estrategia consiste en meterse por completo en la piel del animal para sentir lo que el animal siente. De ese modo, son capaces de predecir sus movimientos y determinar si está cansado y necesita descansar o, por el contrario, acaba de comer y dispone de energías renovadas.

Dawid se ha detenido un poco más adelante junto a una pequeña planta que a Hunter no le habría llamado la atención. Con dedos ágiles, teclea algo en un aparato de bolsillo similar a un dispositivo GPS con iconos de plantas y huellas de animales en la pantalla. Van Heeren observa la escena satisfecho.

—*Cybertracking*. Seguimiento digital de la flora y la fauna. Los biólogos del servicio de protección del parque están encantados con esa información. Les ahorra semanas de trabajo de campo y los datos así obtenidos son mucho más exhaustivos que sus propias observaciones. Plantas, animales, movimientos de manadas, todo queda registrado... Los aborígenes son capaces de distinguir hasta individuos concretos a partir de las huellas. Si no fuera por ellos, tendrían que ponerles un chip a todos los animales para estudiar su comportamiento. De este modo, la información aparece en la pantalla de sus ordenadores sin necesidad de salir de la oficina.

Dawid, que ha escuchado a Van Heeren, señala una huella ya casi borrada en la arena.

—Kinga. Una hembra de guepardo de tres años. Este año no ha tenido crías. La última vez que pasó por aquí fue ayer, entre las seis de la tarde y la medianoche.

—¿Cómo demonios...?

—Insectos, míster. El reloj de la sabana. Mire, aquí. ¿Ve esa delicada línea? Es la cola de un escorpión. Los escorpiones solo cazan por la noche, preferiblemente sin luz de luna. Ayer el cielo no se encapotó hasta pasada la medianoche. Hasta esa hora había demasiada luz para un escorpión. El surco de la cola está impreso en la huella de guepardo, por lo que Kinga pasó por aquí antes. Pero no en las horas centrales del día, porque entonces hacía demasiado calor para cazar. Los guepardos no se ponen en marcha hasta que empieza a bajar el sol.

—Vale, pero ¿cómo sabes que fue después de las seis? Eso te lo has inventado, ¿verdad?

Dawid sonríe con autosuficiencia.

—En torno a esa hora pasé por aquí y la huella de Kinga todavía no estaba.

—¿Quieres decir que recuerdas cada huella que ves impresa en la arena? —pregunta Hunter incrédulo.

—Supongo que a usted tampoco le pasaría desapercibido si alguien entrara en su casa con los zapatos llenos de barro y dejara manchas en la moqueta. Esta tierra es mi casa.

Con toda naturalidad, Dawid levanta una piedra, saca de debajo un escorpión blanco como la leche y se lo muestra a Hunter en el dorso de la mano. El insecto alza su aguijón amenazadoramente. Los rastreadores, al ver que los demás se han detenido, vuelven sobre sus pasos y siguen la conversación visiblemente amenizados. No hace falta hablar la lengua de los blancos para comprender que Hunter está recibiendo una lección. !Koga agarra el escorpión de la cola y se lo lleva a los labios.

—Besar un escorpión trae buena suerte. Ahora usted.

—¡Ni loco! —exclama Hunter dando un paso hacia atrás.

Los insectos siempre le han puesto la carne de gallina. Prefiere tener que enfrentarse a una manada de leones. !Koga se echa a reír y deja el escorpión otra vez debajo de la piedra donde estaba.

—Era una broma, míster White —se disculpa Dawid—. No es venenoso. Tiene que fijarse usted en la cola. Tijeras pequeñas y cola gruesa significa peligro. Tijeras grandes y cola fina, ningún problema. Salvo que te muerda la lengua, claro —bromea. Ya ha terminado de introducir los datos y, mientras cierra su dispositivo, añade—: Los venenosos son más interesantes. Nosotros les sacamos el veneno y lo utilizamos para cazar o con fines medicinales. En muchos casos, cantidades pequeñas de una sustancia tóxica hacen maravillas.

Van Heeren asiente.

—El veneno de escorpión se utiliza como medicamento en tratamientos contra el cáncer y la esclerosis múltiple. Es la sustancia líquida más cara del mundo. En el mercado puede tener un valor de hasta nueve millones de euros el litro. Esta gente lleva utilizándolo desde hace siglos, el descubrimiento es suyo, pero la industria farmacéutica no les ha pagado ni un solo dólar. Y la industria de la dietética también gana cantidades astronómicas de dinero con una planta que aplaca la sensación de apetito. Los aborígenes la mastican para combatir el hambre cuando pasan varios días sin derribar una buena presa. Hace ya años que hay un proceso judicial en marcha sobre ese asunto. Pero hay motivos para la esperanza. Una tribu cercana ha obtenido recientemente la patente de una medicina para el reuma desarrollada sobre la base de sus conocimientos.

!Koga, que se ha alejado unos metros del grupo, le hace una seña a Dawid para que se acerque e intercambia unas palabras con él señalando a Hunter.

—Se pregunta si sabe usted lo que ha comido el guepardo. Dice que el *cybertracking* es un sistema demasiado rudimentario, pues los datos por sí solos no dicen nada. Hay que saber leer las historias que narran esos datos.

Hunter, consciente de que lo están poniendo a prueba, mira a su alrededor. Para saber qué puede haber comido un guepardo, hay que pensar como un guepardo. Es cierto que no les gusta el pleno sol, especialmente para cazar, por lo que podría ser que se hubiera echado a descansar bajo un arbusto a la espera de que pasara una presa de camino a la charca. Volviéndoles la espalda a los arbustos que se ven a lo lejos, sigue de nuevo el rastro y explora visualmente la planicie en dirección al abrevadero. ¿Qué tipo de presa puede estar esperando? ¿Impalas? Por más que mira, sin embargo, no ve rastros por ningún sitio, no digamos ya de una manada entera de antílopes. ¿Un animal solitario, tal vez? Se siente observado y escrutado, pero la expresión en los rostros de los hombres —que no denota nada salvo, tal vez, diversión— no sirve de ayuda. Entonces se le ocurre algo. Poco antes han cruzado el rastro de un raficero. Esos pequeños antílopes no necesitan agua, pues obtienen suficiente hidratación de los bulbos y raíces que comen. Puede ser, por tanto, que esté buscando en la dirección equivocada. Hunter se da la vuelta y mira hacia el otro lado. A poca distancia de la maleza, ve una pequeña superficie de arena revuelta. ¿No podría ser que el guepardo hubiera atrapado a un raficero mientras este desenterraba un bulbo?

—El guepardo ha venido en busca de comida y se ha merendado a un raficero —dice finalmente.

Ni siquiera hace falta que Dawid le traduzca los chasquidos con que los rastreadores expresan su aprobación. !Koga le da una palmadita en el pecho.

—No está mal para un cazador blanco —traduce Dawid—. Pero aún faltan elementos del relato. No basta con pensar como un guepardo, hay que transformarse en guepardo. ¡Mire! El guepardo vino efectivamente de aquella dirección, con pasos sigilosos, el cuerpo muy bajo, casi pegado al suelo.

Acompañado por Karoha, !Koga sigue el rastro inclinado hacia delante, con la cabeza casi a la altura de la hierba seca.

—Aquí sus pasos son ya más largos, ahí empieza a correr, y allí se lanza a por su presa, eso lo ha visto muy bien. El raficero, que por cierto era una hembra, ha tratado de escapar y, al hacerlo, se ha roto una pata, probablemente porque el guepardo la sorprendió excavando y, cuando giró el cuerpo, su pata se quedó clavada en el suelo. Sus probabilidades de escapar, si es que tenía alguna, se esfumaron por completo en el momento en que se lastimó la pata. Su rastro termina aquí, que es donde el guepardo la agarró del cuello.

!Koga se lleva la mano a la garganta y se estrangula para experimentar en sus propias carnes la agonía del antílope. En la arena, Hunter observa ahora el ancho rastro que dejó el cuerpo de la presa entre las huellas del guepardo, que ahora son más profundas a causa del peso adicional. Kinga arrastró a su presa a un lugar más fresco y protegido para comer con calma. Karoha abre un hueco entre las ramas de un arbusto con su lanza y, ¡bingo!, allí está el cadáver del antílope. Tirando de su cabeza, lo arrastra hacia fuera, examina sus patas y, en efecto, la pata delantera derecha está fracturada. Sin perder tiempo, !Koga se pone a hacer fuego. Hunter observa perplejo cómo Karoha desuella con un par de ágiles movimientos el muslo aún intacto de la pieza derribada y lo echa al fuego. Mientras se asa el muslo, va desprendiendo el resto de la carne aún comestible del cadáver.

—¿Se van a comer los restos de la presa de un guepardo? —pregunta Hunter—. ¿En serio?

—La carne no se puede desperdiciar nunca, míster —contesta Dawid—. Sobre todo cuando otro la ha cazado para ti. Esta, además, aún está fresca. El animal no lleva ni un día muerto. Pero si prefiere un almuerzo vegetariano, no hay ningún problema —dice sacando de su riñonera varios bulbos que ha recogido por el camino.

Van Heeren abre su mochila y le ofrece a Hunter un trozo de cecina.

—Hazme caso —le dice—, salvo que corras el riesgo de morir de hambre, déjales los cadáveres a ellos, que están habituados. Nosotros, con nuestra dieta, nos ponemos malísimos con esa carne.

Los aborígenes comen en silencio y Hunter empieza a impacientarse. Su mente ya está en la caza a la que tiene que hacer frente más tarde. Este pícnic en la sabana es muy ameno y todo lo que quieran, pero está empezando a tener la impresión de que los aborígenes lo retienen a propósito, como si no tuvieran ninguna prisa en llegar a la charca.

—¿Qué sabemos del búfalo? —pregunta mirando a !Koga por encima del fuego.

!Koga desvía la mirada y hurga en el fuego con un palo. Es Karoha quien responde.

—Hace tres días fuimos al abrevadero. N!Xau había encontrado el rastro de un grupo de kudús y queríamos ir tras ellos. Él, que era corredor como nosotros, iba por delante. Pero en el entorno de la charca hay mucho boscaje y lo perdí de vista un instante. Me distrajeron unas huellas de puercoespín, que es un animal con buena carne y mucha grasa, y me desvié del camino con la esperanza de encontrar su madriguera. Pero entonces oí un bramido seguido de un fuerte golpe seco.

Hunter se estremece, porque ya sabe lo que viene a continuación. Conoce la mala fama de los búfalos africanos.

—El búfalo lo estaba esperando entre los arbustos y lo atacó por la espalda. Cuando quisimos ir a ayudar, N!Xau ya estaba muerto. El búfalo estaba de rodillas sobre el cuerpo, ensañándose a cornadas con él, desgarrándole las tripas, hundiéndolo en la tierra con las pezuñas. No tenía sentido tratar de derribarlo. Nos habría matado a todos. Lo único que podíamos hacer era esperar. El pobre N!Xau quedó como esa... —murmura haciendo un torpe gesto en dirección al cadáver del antílope—. Apenas quedaba nada para enterrar.

Hunter se masajea las sienes con la mano derecha. Quiera o no, la película del incidente se reproduce en su interior: el búfalo furibundo aplastando al hombre indefenso, sus compañeros contemplando la escena impotentes con la lanza en la mano... Vagamente recuerda una anécdota del primer libro de J. A. Hunter, en la que un joven escapa en el último momento al ataque de un búfalo subiéndose a un árbol, pero el búfalo consigue agarrarle el pie con los dientes y, de pura furia, le arranca el talón de un mordisco. Ese detalle no se le ha olvidado nunca, y tal vez sea esa la razón por la que nunca le ha agradado la idea de cazar búfalos. La única vez que derribó uno contó con la ayuda de una pareja de robustos perros de caza que aferraron a la bestia por el hocico mientras él apuntaba y colocaba el disparo en el punto preciso. El problema es que de costado es casi imposible acercarse a un búfalo, y cuando vienen de frente son muy difíciles de derribar con un arma de fuego, porque su cráneo es tan grueso que cuesta atravesarlo incluso con un rifle de gran calibre. Todo es cuestión de esperar el momento oportuno y disparar con precisión, sin cometer el más mínimo error. En un gesto reflejo, Hunter posa la mano en su rifle.

—Vamos a buscar de una vez a ese condenado búfalo.

Algo menos de una hora después llegan al abrevadero. El agua tiene el color marrón del barro, lo cual no impide que Karoha se agache a saciar su sed. Mientras Hunter y Van Heeren beben un par de sorbos de su cantimplora, !Koga busca huellas en la orilla. Dawid va detrás de él introduciendo datos en su dispositivo digital. Al cabo de unos instantes, !Koga los llama con grandes aspavientos. Hunter observa el barrizal que tiene a sus pies. Aquello parece la explanada delante del escenario principal de un festival de rock tras una noche de lluvia. Entre las huellas de los búfalos se ven saltitos de picabueyes y pisadas de garzas imperiales, todo ello atravesado por un barullo inextricable de huellas de impalas y otros animales más pequeños. La sequía tiene que ser en efecto de campeonato para que todos esos animales hayan confluido en el mismo punto. Cualquiera diría que todos los habitantes de la sabana han pasado por aquí esta noche. Aislar el rastro de un animal concreto en ese galimatías es poco menos que imposible, al menos para él. Pero, a juzgar por las rápidas miradas que intercambian los aborígenes, es evidente que ellos ven cosas muy diferentes en el barro. Esta gente lee huellas con la misma facilidad que él resuelve el crucigrama de la última página del *Wall Street Journal*. Y, en efecto, dos minutos después identifican un rastro que se aleja de la manada. Durante cerca de una hora siguen el rastro por la sabana abierta, hasta que las huellas se desvían en dirección a un denso bosque de acacias. Hunter se sobrecoge. Un búfalo en un bosque. Alegría.

—Tienen que dejarnos ir delante —le susurra a Van Heeren dándole un toque con el codo—. Si el búfalo nos espera a un lado del camino, al menos uno de los rastreadores es hombre muerto.

—Todavía no. El rastro es aún demasiado impreciso, y si vamos con la mirada puesta en el suelo somos un blanco demasiado fácil para ese animal.

Hunter sigue a los aborígenes a regañadientes

por la linde del bosque. De pronto, !Koga se detiene. Encogido tras un arbusto señala una mancha oscura al borde de un claro. Hunter se lleva los prismáticos a los ojos y ve al búfalo pastando tranquilamente. Es un macho de complexión robusta. Mil kilos, fácilmente. Una tonelada. Hace aún muy poco que se ha revolcado en la charca. El barro que cubre sus costados aún está húmedo. De pronto, sin previo aviso, Dawid le da un manotazo en la cara. Hunter, desconcertado, observa la mosca muerta en la palma de la mano del intérprete.

—Las moscas llevan nuestro olor a todas partes. El sudor se queda impregnado en sus patas y si se posan en el búfalo delatan nuestra presencia.

Hunter mira al joven con escepticismo —¿le está gastando otra broma?—, pero Dawid lo mira tan serio que no se atreve a dudar de su palabra. Con precaución, vuelve a mirar por los prismáticos. De momento, el búfalo no ha notado nada, pero se encuentra fuera del alcance del arma de Hunter. Tienen que acercarse más. Con un gesto, le indica a !Koga que están demasiado lejos. Justo en ese momento, el búfalo alza el hocico y olisquea el aire. ¿Ha percibido algo a pesar de todas las precauciones? Pero no. En vez de ir hacia ellos, se da la vuelta y se mete en el bosque. Hunter maldice su suerte mascullando entre dientes. En circunstancias normales, ni en lo más remoto se le pasaría por la cabeza seguir a un búfalo en ese terreno, aunque sus cuernos fueran de oro macizo. Pero ahora no le queda más remedio que cumplir su palabra. A paso ligero, siguen el rastro hasta el punto donde el búfalo se ha metido entre los arbustos. El ancho camino abierto entre los árboles indica claramente que no es la primera vez que se aventura por allí. Avanzando ahora más despacio, deslizándose paso a paso y mirando cada uno en una dirección distinta, los guías se adentran en el bosque. Con el tiempo, la maleza ha ido llenando el espacio entre las acacias y el camino es cada vez más estrecho. Un tupido manto de árboles y arbustos les tapa la vista por completo. Con cada minuto que pasa, Hunter se siente más inquieto. No tienen ni idea de dónde está el búfalo, mientras que al animal le bastan el oído y el olfato para detectar cualquier peligro. Karoha va unos metros por delante de ellos. A Hunter no le gusta nada la cosa. Tienen que permanecer juntos. Al igual que Van Heeren, lleva el rifle al hombro, pero si el búfalo aparece ahora no puede hacer nada, porque los rastreadores avanzan justo en su campo de tiro. Ese es el problema de cazar con guías que no están habituados a las armas de fuego. Enervado, le da un toque en el hombro a Dawid y trata de explicarle con gestos cuál es el problema. El joven asiente y se adelanta para transmitir el mensaje, pero en ese preciso instante los acontecimientos se precipitan. Una repentina ráfaga de viento arrastra un olor acre hasta ellos. ¡El búfalo! Hunter se vuelve como activado por un resorte y, justo en el momento en que Dawid agarra del hombro a Karoha y lo empuja hacia un lado, se abre la maleza y el búfalo embiste. El animal, oculto a un lado del camino, había esperado en efecto a que pasaran los cazadores para atacar de costado. Hunter ve a Karoha tirándose al suelo a un lado del camino y dispara sin pensar, sin apuntar, guiado únicamente por el instinto. Es un buen tiro. En la fracción de segundo que transcurre entre su primer y su segundo disparo, oye el ruido seco, como de succión, que hace la bala al entrar en la carne del animal, pero el búfalo no se detiene y sigue corriendo, bramando con la cabeza baja, los cuernos hacia delante, listos para desgarrar a quien se ponga delante. Un hilo de baba rosada sale volando de su hocico y Hunter lo ve caer en la hierba seca a cámara lenta —Hemingway, ¿por qué piensa ahora en Hemingway?, ¿a qué relato le recuerda esta escena?— al tiempo que !Koga rueda por el suelo para ocultarse bajo un arbusto, fuera del alcance de las pezuñas letales del búfalo, y cuando aprieta el gatillo de nuevo comprueba con cierta sorpresa que el animal no tiene interés en los demás, sino que viene exclusivamente a por él, de lo cual toma plena conciencia en el momento en que su segunda bala impacta al búfalo entre los ojos. Con el rabillo del ojo ve a Van Heeren —que se ha echado a un lado de un salto— apuntando para disparar, pero el búfalo ya está muerto, se está derrumbando en medio de una hedionda nube de polvo y sangre, y se desploma finalmente empujando con su peso a Hunter, que pierde el equilibrio a causa del golpe, se tambalea y estira un brazo hacia atrás en busca de apoyo, hasta que alguien lo sujeta para evitar que se caiga. Es Karoha, que, de forma inexplicable, está detrás de él con su lanza en alto. ¿Cómo es posible que haya llegado allí tan rápido? !Koga se acerca ahora también y le da un par de toques al búfalo en el costado con la punta de su arco.

—Está muerto. Ningún problema.

Van Heeren se cuelga el rifle del hombro y mira a Hunter con admiración.

—Buen disparo. Si alguna vez te interesa un trabajo como cazador profesional, llámame —bromea.

Ahora que el mundo ha dejado de dar vueltas y su miedo empieza a amainar, Hunter siente una tiritona con la que su cuerpo trata de deshacerse de la tensión acumulada. Ahora que todo ha terminado, se da cuenta de que es la segunda vez en una semana que escapa de la muerte por los pelos. Medio segundo más y no estaría aquí para contarlo.

—Gracias —dice forzando a duras penas una sonrisa—, pero a mí me basta y me sobra con la caza de trofeos. Los búfalos no son buenos para mi corazón.

Ya más calmado, da una vuelta alrededor de la impresionante pieza. Es un macho con una cornamenta imponente. La mayoría de los cazadores de trofeos estarían como locos con semejante ejemplar, pero él no experimenta la euforia que suele seguir al disparo redentor. Lo que siente es más bien alivio. Esta pieza no la eligió él, por lo que su muerte no le proporciona ningún tipo de satisfacción. El disparo ha sido fruto de una circunstancia de fuerza mayor y la muerte del búfalo un engorroso trámite que había que despachar. Lo que le sorprende, ahora que lo piensa, es que el acto de cazar pueda despertar dos emociones completamente distintas en función de que venga precedido o no de un deseo. Pocas veces se ha sentido tan vacío después de matar a un animal. Hasta los conejos que cazaba con su abuelo le proporcionaban mayor placer, pues al menos tenía la satisfacción de haber sabido engañarlos con sus argucias. Este búfalo, sin embargo, no era más que un obstáculo que había que eliminar en el camino hacia su auténtica presa. De forma instintiva vuelve la mirada hacia los aborígenes, que ya están preparando el cadáver para su consumo y, de pronto, se le antoja absurda la idea de que su próxima presa sea alguien de su tribu. !Koga y Karoha se acuclillan junto al búfalo y, haciendo un cuenco con las manos, recogen su sangre aún caliente.

—¿Pueden digerir la sangre?

—Sí, ellos sí. Cuando se trata de una presa pequeña, la sangre corresponde solo al cazador. Con las presas grandes, también el hígado, que es lo primero que preparan, cuando la carne todavía está fresca. Te aseguro que nunca has comido nada semejante. No tiene nada que ver con ese hígado de sabor amargo al que estamos acostumbrados nosotros. El sabor es muy distinto debido a ciertos cambios en las enzimas o algo así. Por lo visto es muy sano y, en cualquier caso, está riquísimo.

—¿Flambeado con Laphroaig? No me vendría mal un trago.

Van Heeren se ríe y saca una petaca del bolsillo. En cuanto da un trago, Hunter recupera la calma. El sabor a turba ahumada le recuerda a su hogar, lo cual evoca en él una sensación de seguridad. Tras respirar hondo varias veces, se vuelve hacia los aborígenes. Dawid, !Koga y Karoha han tumbado al búfalo de costado y están empezando a abrir el cadáver.

—¿Van a trocearlo aquí? ¡Esto se va a llenar de leones!

—Qué quieres que hagan... Esta pieza es demasiado grande para llevarla al poblado entera. Normalmente lo solucionan troceando y ahumando la carne para que resulte más ligera. Con un antílope no suele haber problema, pero este búfalo me temo que es un caso aparte, de modo que, salvo que quieras que lo hagan todo de acuerdo con sus tradiciones, voy a llamar a Jeans y lo subimos al *jeep* con ayuda de una polea.

Algo más de media hora después consiguen por fin sacar al búfalo del boscaje arrastrándolo entre todos. Entretanto, para evitar visitas no deseadas de animales salvajes atraídos por el olor de la sangre, Dawid ha cercado con ramas de espino un amplio círculo dentro del cual arde un gran fuego. El hígado ya está asado y los hombres, extenuados por el esfuerzo realizado para trasladar el cadáver, disfrutan de la carne. Dawid le ofrece a Hunter medio melón con la fruta machacada burdamente en forma de papilla.

—Beba esto, que el hígado da mucha sed.

—Y beber es malo para el hígado —bromea Van Heeren pasándole la petaca de whisky otra vez a Hunter—, pero una *delicatessen* como esta merece un trago en condiciones.

Con mucha labia y un poco de mano izquierda, ha convencido a los aborígenes de que lo mejor es que el *jeep* venga a recoger el búfalo. No obstante, ya han cortado y ahumado gran parte de la carne para evitar que se estropee y ahora, mientras hacen la digestión junto al fuego y esperan a Jeans, !Koga se afana en enrollar los intestinos para usarlos como cuerdas de arco. Probando la elasticidad de las tripas, asiente en señal de respeto en dirección a Hunter y le dirige un par de frases.

—¿Qué dice?

—Que es usted el primer blanco que conoce que hace honor a su nombre —traduce Dawid—. Porque se llama usted Hunter White, ¿no es así? Y eso es lo que es. Un cazador blanco. Ha causado usted muy buena impresión, míster White.

Karoha también asiente.

—El hecho de que no se haya amilanado ante un búfalo demuestra que es usted un hombre de verdad. Y un auténtico cazador. Porque solo un auténtico cazador permanece firme cuando embiste un animal de esas dimensiones.

Hunter le resta importancia a su acto.

—No estoy yo tan seguro de que hubiera permanecido firme si en vez de un rifle hubiera tenido una lanza.

En cuanto Dawid traduce su respuesta, los dos hombres se echan a reír a carcajadas.

—Con eso, lo único que demostraría usted es ser un insensato —dice !Koga—. Los cazadores más longevos son aquellos con las piernas más rápidas.

—¿Qué significa *!Koga*?

—«Aquel que nunca yerra el disparo.» Y Karoha es «aquel que nunca deja de correr». Karoha es capaz de correr durante más tiempo que cualquier antílope y cualquier predador. Más incluso que los kudús.

El aludido se inmiscuye ahora también en la conversación haciendo aparatosos gestos con las manos.

—Esa es la más hermosa de las cazas: la caza por extenuación. Para ello, hace falta que sea un día muy caluroso. Al mediodía, cuando el sol hace vibrar el cielo, empezamos a correr. Los kudús huyen, y cada vez que se echan a descansar, allí estoy yo para acosarlos de nuevo. Y así, hasta que el sol hace hervir su sangre y sus patas ya no soportan su peso. Llegado ese momento, los ayudo a morir y ejecuto mi danza de agradecimiento, porque la caza ha sido buena y los dioses me han concedido su carne.

—¿Quieres decir que corres tras ellos hasta matarlos de agotamiento? —pregunta Hunter mirando a Karoha con admiración. ¿Qué distancia habrán recorrido hoy? ¿Diez kilómetros, tal vez? Y aunque el ritmo ha sido duro, lo cierto es que han ido andando. No quiere ni pensar en tener que correr con este calor—. ¿No es peligroso para el corazón?

Karoha se encoge de hombros.

—A veces muere primero el cazador. Hay que acatar la voluntad de los dioses.

Hunter siente una corriente eléctrica de emoción. Así era como cazaba el hombre antes de que tuviera armas. Las palabras de aquellos hombres con ADN primigenio en sus células resuenan en lo más profundo de su ser.

—Me parece admirable.

Karoha se queda un instante mirándolo en silencio y, a continuación, intercambia unas palabras con !Koga. Entre ellos se genera una breve discusión durante la cual las dos voces parecen divergir, aunque no tardan en volver a confluir.

Aunque !Koga es más mayor, no hace falta entender lo que dicen para comprender que la conversación tiene lugar entre iguales. Ambas partes escuchan, argumentan, deliberan... Al cabo de un tiempo, !Koga asiente y le indica con un gesto a Dawid que puede traducir.

—En agradecimiento y señal de respeto por su caza de hoy, Karoha quiere mostrarle cómo lo hace. Vamos a ejecutar una danza de la lluvia para que vengan los kudús. Mañana, si encontramos rastros del espíritu gris y el calor es propicio para ello, Karoha cazará un kudú en su honor.

—Vale, muy bien, pero no contéis conmigo para correr media maratón con este calor —dice Van Heeren con una sobriedad que hace reír a todo el mundo—. El viejo cazador blanco de piernas lentas os seguirá encantado desde el *jeep*.

Hunter mira pensativo el horizonte. Entre las nubes oscuras se ve de vez en cuando el destello de un relámpago, pero no tiene pinta de que vaya a llover.

—Las tormentas secas siempre son peligrosas —dice Dawid, que ha seguido su mirada—. La tierra está demasiado seca. Si un relámpago alcanza el suelo, es inevitable que se produzca un incendio. El clima está enfermo y los blancos no tienen ojos para verlo, pero nosotros lo sabemos por los movimientos de los animales, las plantas que desaparecen, los vacíos donde antes había insectos. Los dioses están furiosos, y si no hacen pronto las paces con ellos, no tardará en desaparecer de aquí la vida.

—Vamos a bailar —lo interrumpe !Koga—. Vamos a ejecutar la danza de la lluvia. La danza del kudú.

Con las manos desnudas, sin ningún tipo de protección, agarra unas cuantas brasas del fuego, se las pasa por la cabeza y las manos y empieza a bailar. Karoha saca una pequeña kalimba de su zurrón y pone el acompañamiento musical.

—¿No canta usted nunca, míster White? —le pregunta Dawid a Hunter dándole con el codo—. Sin música y diversión, la vida es igual que la muerte. Divertirse es tan importante como cazar. Nosotros bailamos para agradecerles a los dioses la comida que les vamos a llevar mañana a nuestras familias, pero también para invocar la lluvia, porque solo así vendrán los kudús. Bailamos para que la caza sea buena. Bailamos porque el instinto nos dice que la caza será buena. Bailar es hablar con los dioses.

Y así, los aborígenes danzan durante horas y horas mientras Hunter y Van Heeren los observan sentados en silencio junto al fuego. Las brasas que sostienen en las manos parecen luciérnagas haciendo acrobacias a la luz del crepúsculo, la cual se va diluyendo poco a poco en tonos rojos y violáceos hasta que, finalmente, todo se funde a negro. Como cada noche. Como al principio de los tiempos.

Hunter sueña que llueve. Una lluvia fina, moderada. A la mañana siguiente lo despierta el ruido de un motor. Jeans y Van Heeren están cargando la carne en el *jeep*. Con ayuda de una polea, suben a la caja de carga el resto del cadáver. No se puede desperdiciar nada. Desde la piel hasta los huesos, todo se aprovechará para algo. Hunter mira a su alrededor aún medio dormido. El campamento está vacío. Los aborígenes han desaparecido. Entonces observa los puntitos oscuros que hay en la arena. La lluvia no era un sueño. Ha llovido de verdad. ¿Dónde están los aborígenes? ¿Los han dejado allí solos? La decepción se apodera de él, pero tan pronto como se levanta y sale del círculo delimitado por la cerca de espino improvisada para ver si puede ayudar a cargar el búfalo, los ve venir a paso ligero, tres figuras lineales recortadas sobre el horizonte como esculturas de Giacometti. Por primera vez desde que empezó la caza del búfalo, se acuerda de su mujer. Todavía no la ha informado de sus planes. Desde el desafortunado incidente con el rinoceronte, ella no deja de suplicarle que vuelva a casa. Pero ¿qué clase de hombre es un cazador que vuelve a casa con las manos vacías? Presa de las dudas, Hunter ve cómo se van acercando los tres aborígenes. El calor ya ha empezado a apretar de nuevo. El aire, convertido en cristal líquido, deforma sus siluetas. ¿Habrán encontrado rastros? La idea de la caza por extenuación le resulta estimulante. Caza en su forma más pura, caza primigenia, un hombre que doblega a un animal salvaje sin más arma que su fuerza de voluntad. Solo pensar que tal vez tenga el privilegio de presenciar algo así le proporciona una energía que hacía mucho tiempo que no tenía. Nunca se había sentido tan joven. Nunca había rebosado tanto de vitalidad.

—¡Kudú! ¡Kudú!

Dawid es el primero en llegar al campamento. Presa del entusiasmo, ha echado a correr y se ha adelantado a los otros.

—El día es perfecto para la caza por extenuación. Hace un calor abrasador. No se pueden pedir mejores circunstancias. Además, hemos bailado toda la noche, por lo que no tenemos la menor duda de que los dioses han reservado un kudú para nosotros.

Tras un breve cónclave con !Koga y Karoha, deciden que Van Heeren vaya con Jeans a llevar el búfalo al poblado mientras ellos avanzan en dirección noreste, que es donde sospechan que se encuentran los kudús.

—Luego os unís de nuevo a nosotros. Basta con que vengáis en dirección opuesta al sol.

Los demás vuelven a la charca a ritmo de marcha militar. Allí es donde han encontrado el rastro. El estado de ánimo de los dos guías es más distendido que ayer. Sus manos revolotean como pájaros en torno a ellos y tienen que contenerse para no echar a correr, pero hay que reservar energías para la auténtica caza, una vez que hayan localizado a la presa. Dawid va por delante de Hunter dando saltitos.

—Rastrear es bailar, míster White. Mi cuerpo está feliz, porque el hormigueo que siento en la piel me dice que vamos a encontrar a los kudús y que la caza será buena.

Hunter prefiere ahorrar saliva. Con el calor asfixiante que hace, necesita todas sus energías para seguir el ritmo de los aborígenes. No comprende cómo son capaces de aguantar sin beber. Él, en cualquier caso, agradece mucho la botella de agua que le ha dado Jeans antes de irse con Van Heeren. Desde la charca, el rastro es fácil de seguir. Las huellas son recientes y se distinguen bien en la arena, que todavía está húmeda del chubasco nocturno. La lluvia ha borrado todas las huellas anteriores y la sabana ha empezado el día como una nueva página en blanco. Los guías ya no hablan entre ellos. !Koga va por delante leyendo el rastro. Su mano derecha, con el pulgar y el meñique estirados, simboliza el kudú que persiguen y, como si tuviera vida propia, sigue el rastro de la manada por delante de él. Los pasos de los kudús son todavía cortos. Es evidente que aún no han advertido la presencia de los cazadores y no tienen prisa. Tras saciar su sed en la charca, buscan con toda calma un lugar con algo de sombra para pastar.

Al cabo de un rato el terreno se vuelve más irregular y, de vez en cuando, el rastro desaparece por completo. Los guías tratan de meterse en la piel de un kudú para saber por dónde seguir, se dispersan a derecha e izquierda en busca de nuevos indicios, nuevas pistas. Un temor impreciso se apodera momentáneamente de Hunter. ¿Han perdido el rastro de la manada? Al cabo de un instante, sin embargo, encuentran excrementos frescos y ramas recién arrancadas. Los kudús se han parado aquí a pacer. !Koga señala un arbusto con un resto de baba. Susurrando de forma casi inaudible, Dawid le traduce su gesto a Hunter.

—Saliva. Ya no pueden estar muy lejos.

Ahora a paso ligero, retoman el camino. Hunter, que ya no nota el cansancio a causa de la adrenalina, corre tras ellos. Aunque es consciente de su vulnerabilidad, siente una fuente de energía primigenia fluyendo por su cuerpo. No recuerda cuándo fue la última vez que estuvo sin arma en la sabana. Muy en contra de su voluntad, casi a regañadientes, le ha entregado a Van Heeren su fiel rifle de dos cañones, que en esta cacería no habría sido más que un peso muerto. No obstante, sin arma se siente desnudo e inseguro, a pesar de ir acompañado por tres cazadores experimentados que conocen el terreno como la palma de su mano.

De pronto, saliendo de la nada, aparece un kudú delante de ellos. No sale de detrás de un árbol o un arbusto, no. Aparece como por ensalmo, como si se hubiera materializado de golpe en el aire. Donde antes no había más que un claro entre los árboles, hay ahora un corpulento macho de kudú. Un espíritu gris. Pero antes de que Hunter pueda recrearse en él —su piel grisácea con delicadas líneas blancas, las enormes orejas con las que escanea su entorno, la franja blanca que atraviesa su hocico de un ojo a otro, los impresionantes cuernos helicoidales de color nuez moscada—, vuelve a desaparecer de forma tan repentina como había aparecido. Los cazadores permanecen inmóviles y parecen titubear. Hunter interroga a Dawid con la mirada.

—La manada que seguimos está formada exclusivamente por hembras, pero ya se acerca la época del apareamiento y ese podría ser el motivo por el que este macho anda por aquí cerca a la espera de su momento. La cuestión, ahora, es si debemos ir tras él o continuamos con el plan original y seguimos tras la manada de hembras.

Sin pronunciar una sola palabra, valiéndose exclusivamente de gestos, los cazadores deliberan. El macho se cansará antes debido al peso que lleva en la cornamenta, pero aún tiene que cumplir su papel reproductor para garantizar el futuro de la manada. Karoha y !Koga asienten en señal de acuerdo. La decisión está tomada y, sin más demora, echan a correr de nuevo tras el rastro de las hembras.

Hunter mira a Dawid sin dar crédito.

—¿Vais a dejar escapar a un ejemplar tan espectacular?

—Un grupo de seis o siete hembras ofrece más probabilidades de éxito que un macho solitario. Es mejor cazar una hembra relativamente pequeña que ver cómo se nos escapa un macho de gran tamaño. Para nosotros, cazar es una cuestión de supervivencia, míster White, no de ego o de trofeos.

Dicho eso, echa a correr tras los otros saltando ágilmente por la hierba alta. Hunter está cansado y tiene sed. El aire tórrido de la sabana le abrasa los pulmones. ¿Cuánto tiempo llevan ya corriendo? ¿Media hora? ¿Una hora? La caza propiamente dicha aún tiene que empezar y él ya está llegando al límite de sus fuerzas. De hecho, si ha de ser sincero, ya lo ha superado. Su fuerza de voluntad es lo único que aún sostiene sus piernas. Por fortuna, poco después hacen una breve pausa tras la cual bajan el ritmo. Han entrado en una zona de arbustos y ya están muy cerca de la manada. !Koga abre una pequeña ventana en el denso follaje y, a su derecha, a las dos en punto, ven a las hembras de kudú paciendo. Antes de que a Karoha le dé tiempo a cruzar el boscaje, ya lo han oído y echan a correr. El grupo sigue a Karoha durante unos instantes más, hasta que !Koga lanza su vara al aire: la señal de que en ese momento empieza la auténtica persecución. Karoha sale disparado. !Koga y Dawid lo dejan marchar.

—A partir de aquí tiene que continuar él solo.

Nosotros no somos corredores. Tratar de seguir su ritmo supondría nuestra muerte. Karoha perseguirá a los kudús hasta la extenuación. Tres horas, seis horas, lo que haga falta, hasta que la presa elegida sienta hervir su sangre y, con patas cada vez más pesadas, empiece a rendirse.

—¿Y qué hacemos nosotros mientras tanto?

—Nosotros seguimos su rastro y leemos en la arena la buena o mala fortuna del cazador.

Hunter y Dawid echan a andar tras !Koga. Incluso ahora, el ritmo sigue siendo muy alto. Para Hunter es un enigma cómo puede correr Karoha con este calor. No tiene la menor idea de cuánto dura ya la marcha. Ha perdido la noción del tiempo en la pertinaz monotonía del paisaje, cada paso que da le parece igual que el anterior, pero deben de haber pasado horas, porque la posición del sol va cambiando, mientras que ellos siguen todo el rato en la misma dirección. Se le ha acabado el agua y no deja de sudar. A este paso se va a deshidratar. La línea del horizonte, cada vez más difusa, flota en la distancia.

—Mire —dice de pronto Dawid señalando una huella en la arena—. La caza va a ser buena. Los pasos del kudú son cada vez más pesados y los del cazador más ligeros. Karoha no nota el cansancio, porque piensa en su familia y en la carne que va a llevar a casa.

!Koga añade algo con gestos cortos y rápidos. Dawid traduce.

—El animal está cada vez más débil, mientras que el cazador se siente cada vez más fuerte, pues absorbe la energía de su presa. Usted ayer pensaba como el búfalo. Karoha no solo piensa como el kudú, sino que se transforma en el kudú, camina con su cuerpo, mira a través de sus ojos, controla su espíritu. En breve obligará a su presa a detenerse. Ya no puede faltar mucho.

En ese momento oyen acercarse el ruido de un motor. En el horizonte, como enviado por los dioses, aparece el *jeep* de Van Heeren. Dawid y !Koga intercambian una mirada. !Koga asiente. Dawid le hace un gesto a Van Heeren para que se acerquen e insta a Hunter a subir al *jeep*.

—Si nos damos prisa, llegaremos a tiempo para que veas cómo termina todo.

Siguiendo las indicaciones de !Koga, Jeans conduce por la sabana abierta. No tardan en localizar a Karoha, que sigue corriendo como si fuera incapaz de padecer o sentir. Ni siquiera parece cansado. Con pasos largos y regulares, zigzaguea ágilmente entre la vegetación baja. Sus pies vuelan infatigables sobre la arena abrasadora. En las distancias largas, correr sobre dos piernas es más eficiente que correr sobre cuatro. Se consume menos energía. Además, el hombre regula mejor el calor que el animal. La piel de Karoha brilla bajo una capa de sudor. El grupo lo sigue en el *jeep* a una distancia lo bastante amplia como para no interferir en la caza. Hunter observa admirado cómo corre el cazador tras el kudú; un hombre que forma parte íntegra de la naturaleza y, al mismo tiempo, es superior a ella; un hombre asombrosamente rápido, astuto y determinado. Con cada kilómetro que recorre Karoha, con cada metro de terreno que le gana al kudú, aumenta el respeto que le inspira a Hunter. Esa criatura que vuela ante sus ojos ha dejado de ser humana para convertirse en un animal salvaje, un predador emparentado con el guepardo y el león, tan poderoso y letal como ellos.

—Joder...

Hunter, que había llevado la mano instintivamente a su rifle, suelta el arma con el sentimiento de culpa de quien se cree sorprendido in fraganti. Van Heeren, sin embargo, no está pendiente de él, sino que mira preocupado hacia un punto en el horizonte.

—Karoha tiene que darse prisa. Esas colinas marcan el término de mis tierras. Si los kudús cruzan al otro lado, tendrá que dejarlos marchar, porque allí no está autorizado a cazar.

—¡¿Qué me dices?!

A Hunter se le abren las carnes solo de pensar que, después de más de cuatro horas corriendo tras la manada bajo un sol de justicia, desafiando los límites de su propia resistencia, el cazador tenga que dejar escapar a su presa por una mera cuestión legal.

—Eso sería un crimen.

—Qué me vas a contar... Por desgracia, ocurre con cierta frecuencia.

—Pero hoy no —dice Dawid—. Mire.

Karoha se ha detenido. Parece haber perdido al kudú de vista. El cazador alza las manos al cielo y clama a los dioses. Inclinándose hacia delante, rastrea el suelo. En trance, trata de meterse en la piel de su presa. Aquí ha estado descansando a la sombra hasta que lo oyó acercarse y volvió a escapar en busca de un lugar donde esconderse. Muy despacio, con la lanza en ristre, se acerca a unos arbustos. Entre las hojas, Hunter vislumbra una mancha gris. ¿Es el kudú o está empezando a sufrir alucinaciones a causa del calor? A su lado, Dawid exhala un suspiro, como si liberara de golpe toda la tensión acumulada.

—Ya está. La persecución ha terminado. Ahora solo falta que le arrebate la vida.

Jeans detiene el *jeep*. Se apean y Dawid los conduce a pie hasta el punto donde Karoha dejó de correr. A unos cincuenta metros de distancia del cazador y la presa, les pide que se detengan.

—La muerte es algo entre ellos dos, no podemos perturbarlos. Es como la consumación de un matrimonio: engendrar y poner fin a una vida es cosa de dos. Dios ha reservado ese kudú para Karoha, no para nosotros. Más no nos podemos acercar.

Van Heeren le ofrece a Hunter sus prismáticos.

—Toma. Te lo has ganado. Esta es tu recompensa por una mañana entera corriendo.

Hunter hace un barrido por el paisaje con los prismáticos y localiza al kudú a la sombra de un pequeño árbol. Aún se mantiene en pie, pero ya no se mueve. Karoha se acerca con la lanza en alto. Tres metros escasos lo separan del antílope.

—Esa presa ya no correrá más. Ella aún no lo sabe, pero no queda vida en su interior. Karoha tiene que liberarla de su agonía cuanto antes.

Hunter observa la escena atónito. El kudú da un último paso hacia atrás, pero sus patas ya no son capaces de sostener su peso y se viene abajo extenuado. Karoha se acerca más y el antílope no hace el menor esfuerzo por escapar. Inmóvil, mira al cazador. Los dos saben que todo ha terminado.

—Mira sus ojos. Ya no hay nada salvaje en ellos. Se ha vuelto mansa. No puede huir, porque el cazador controla su espíritu, la ha sometido a su voluntad.

Karoha arroja entonces su lanza y alcanza al antílope de pleno en el costado. El kudú, como si sufriera un calambre, estira el cuello y sacude brevemente las patas. Karoha se acerca de un salto, arranca la lanza y se la vuelve a clavar. El cuerpo del antílope se distiende hasta quedar perfectamente inmóvil. Karoha vuelve a arrancar la lanza y la deja a un lado. Con la palma de la mano, se seca el sudor de los ojos. En su rostro no hay la menor expresión de triunfo, solo cansancio infinito y una indefinible forma de compasión. A continuación, coge arena con las manos y, murmurando una melodía, la esparce sobre el cuerpo del animal muerto.

—¿Por qué hace eso? ¿Qué canta?

—Es una canción fúnebre para personas y animales, porque en la muerte somos todos iguales. Dice así: «El día que muramos, una suave brisa borrará nuestras huellas en la arena. Y cuando el viento amaine, ¿quién se encargará de perpetuar nuestra historia, quién sabrá que hubo un día, al principio de los tiempos, en que caminamos por estas tierras?». Cuando un animal muere, el tiempo borra sus huellas en la arena, igual que borrará las nuestras, y allí donde caminó, aparecen huellas nuevas. El cazador ha perseguido al kudú por la arena y la presa ha huido por la arena, por eso la cubre respetuosamente de arena, pues solo así podrá volver su espíritu a la tierra de la cual procede.

Karoha, en cuclillas junto al kudú, embadurna de arena su cuerpo. Con delicadeza, casi con ternura, le acaricia la cabeza al animal muerto. De la misma forma que durante la persecución se ha metido en su piel y ha sentido su respiración, su lucha y su fatiga, ahora comparte su dolor. Cuando termina de esparcir la arena, Karoha le abre el hocico al animal, se moja las manos con su saliva y se unta los gemelos con ella.

—¿Y eso?

—Es un buen remedio contra las agujetas. Por lo visto, tiene un efecto similar al alcanfor.

Van Heeren tampoco se pierde detalle de ese ritual, que parece más propio de un entierro que de una cacería. Qué diferente, piensa Hunter, de las sesiones de fotos de los cazadores de trofeos posando triunfantes con el búfalo o el leopardo que acaban de matar, casi siempre con un pie encima del cadáver. Ahora que su pecho se desinfla y libera la tensión acumulada, solo queda en su interior una extraña forma de melancolía. La caza de la que acaba de ser testigo no es un acto de dominación del hombre sobre el animal, sino la mera consumación del destino; un hombre que mata porque eso es lo que dicta la naturaleza en un mundo dividido irremediablemente en cazadores y presas; un cazador que toma lo que tiene que tomar y le agradece al animal el alimento que le concede. Poseído por una repentina sensación de embarazo, Hunter desvía la mirada. Dawid tiene razón. Esto es algo muy íntimo entre el cazador y su presa. No deben entrometerse más. Sin decir nada, vuelve al *jeep*, donde Jeans los espera.

El silencio sigue tendido sobre ellos como un manto cuando, en contra de la costumbre, cargan el kudú en el todoterreno. Pero en cuanto Jeans da la vuelta para iniciar el viaje de vuelta a casa, los aborígenes llenan el silencio con alegres cantos. La caza ha sido buena, la comida y la noche serán buenas, y solo un necio renunciaría a volver a casa en coche tras una larga jornada en la sabana.

En el poblado reciben a los cazadores como héroes. Las mujeres ya los han lavado, un privilegio reservado exclusivamente a ocasiones muy especiales en esta época de extrema sequía, y ahora se unen a los demás, que están bailando en torno a un viejo transistor. Hunter y Van Heeren también se han aseado en la ducha portátil del *jeep* y, tras enjuagarse la sangre del búfalo y el sudor de la persecución, se han puesto la camisa limpia que había traído Jeans para cada uno de ellos. Van Heeren ha desaparecido en una cabaña a discutir alguna cuestión con varios hombres y mujeres de la tribu. Hunter, mientras tanto, contempla un tanto pasmado la fiesta que se está armando en el poblado, que no se diferencia mucho de una fiesta de barrio en cualquier ciudad africana. El abrupto paso de un ritual de caza con más de veinte mil años de antigüedad a una celebración propia del mundo moderno le resulta desconcertante. Muchos de los aborígenes llevan pantalones cortos, otros bailan con polos de colores chillones, y también hay quien ha cambiado el taparrabos por un colorido calzón de nailon, todo lo cual combinan sin ningún complejo con tocados y adornos tradicionales. Aquí, en este minúsculo poblado donde Van Heeren trata de mantener vivas tradiciones milenarias, se encuentra la línea donde chocan cual placas tectónicas dos eras antagónicas. Una niña medio desnuda con rayas de pintura roja en el cuerpo habla por teléfono gesticulando profusamente con las manos. En una silla de plástico rota que en su día debió de ser blanca pero el sol ha teñido de amarillo pastel, Dawid, con una sudadera sin mangas, consulta su Facebook y, con una expresión que vacila entre la admiración y la envidia, va pasando las fotos de su primo en Estados Unidos. Hunter tiene serias dudas de que aquí los jóvenes no se comparen unos con otros. Y tampoco está tan seguro de que un chico como Dawid otorgue importancia a la conservación de las tradiciones. Él tiene la impresión de que más bien parece alguien que preferiría irse al cine con sus amigos que estar aquí. Y mientras tanto, a solo diez metros de él, los adultos asan el búfalo y el kudú en una gran fogata.

Hacía meses que no disfrutaban de tanta abundancia.

Pero de pronto se hace el silencio. Los que estaban bailando abren un hueco en el centro formando una media luna. Un hombre y una mujer con una especie de máscara blanca y negra pintada en el rostro salen al frente. ¿Qué representan? ¿Un eland? ¿Un órice? ¿Se va a celebrar un matrimonio esta noche? Hunter busca a Dawid con la mirada, pero el intérprete ya está a su lado. La mujer toma la palabra y Dawid le va traduciendo.

—Nosotros no somos más que un hombre y una mujer, pero hablamos por boca de todos los hombres y mujeres de esta tribu. La visita del cazador blanco nos ha traído buena fortuna. Esta noche contamos con abundancia de alimentos, como en los viejos tiempos, cuando esta tierra nos pertenecía y nunca faltaban animales para alimentar a nuestros hijos. Es evidente que la llegada del cazador blanco ha sido venturosa. Es un hombre valiente de corazón puro. Ha comido, dormido y cazado con nosotros, y ahora es uno de los nuestros. Hemos consultado a los dioses y, tras deliberar entre nosotros, hemos decidido concederle su caza, gracias a la cual recuperaremos la prosperidad de antaño. De esta forma podremos seguir cazando en nuestra tierra de origen y ninguno de nosotros pasará hambre.

Sin solución de continuidad, como si fueran una y la misma persona y hablaran con una misma voz, el hombre sigue con el discurso.

—Hace mucho tiempo, en la era de la primera creación, los hombres y los animales eran iguales. Con la segunda creación, sin embargo, Dios le dio al hombre el fuego, y desde entonces somos los elegidos para cazar. Dios determina quién es el cazador y quién es la presa. Pero el uno no puede existir sin el otro, y por eso hay entre ellos una relación de igualdad.

Juntos, de forma perfectamente sincronizada, anuncian la decisión adoptada:

—!Nqate correrá y el cazador blanco irá tras él con Dawid como guía.

Al tomar conciencia de lo que acaba de traducir, el intérprete, saliéndose de su papel, mira a su alrededor con ojos incrédulos, pero nadie responde a su mirada. Con voz temblorosa, traduce las últimas frases.

—Sus destinos están unidos. El cazador blanco llegó el día que !Nqate se hizo hombre y vio cómo cazaba su primer eland. Dawid conducirá al cazador blanco hasta !Nqate y el cazador blanco, a cambio, conducirá a Dawid a Estados Unidos. Esa es la voluntad de los dioses. Y esa es también la voluntad de la tribu.

Hunter siente cómo se le erizan los pelos de la nuca. La tensión se apodera de nuevo de él. La caza, que durante las últimas horas había empezado a parecer una fantasía disparatada, un retal de un sueño medio olvidado, adopta de pronto una forma muy concreta. Al igual que en la subasta donde compró la licencia para el rinoceronte —aunque bien es cierto que a través de un testaferro—, Hunter experimenta una reacción física. Su corazón se contrae, la sangre fluye enloquecida por sus venas, el oxígeno burbujea por todo su cuerpo. Hunter, el hombre, está listo para cazar. Pero su espíritu, que en circunstancias normales rebosaría de felices expectativas y temblaría con la misma emoción que ha sentido desde que era niño, titubea cuando mira al joven aborigen. ¿De verdad quiere cazar a un ser humano? Una ola de energía recorre el grupo y, mientras el corazón de Hunter acelera el bombeo de sangre en sus arterias, los cantos enardecen el entusiasmo colectivo. ¿Está aún a tiempo de renunciar? ¿Es eso lo que quiere? En su interior se desata una batalla consigo mismo, pero en lo más profundo de sus entrañas, en el fondo de su corazón, no alberga la menor duda. A la vista de su presa, todos los músculos de su cuerpo se tensan de manera espontánea, todo su ser se transforma en un depredador preparado para dar el salto. Su cuerpo quiere cazar, diga lo que diga la razón. Aturdido por la tormenta que se ha desatado en su interior, Hunter observa la escena que se desarrolla ante sus ojos. Extendiendo los brazos, la mujer sostiene en alto una máscara hecha a partir del cráneo de un antílope, un órice aún joven a juzgar por el modesto tamaño de los cuernos. El hombre, a su vez, alza los brazos para mostrar una abigarrada corona de pequeños fragmentos de cáscara de huevo de avestruz. En torno a ellos se eleva un cántico ritual entonado al unísono por todos los presentes. Mientras tanto, sitúan a Hunter, Dawid y !Nqate en el centro del corro. Los dos jóvenes se arrodillan. La mujer le pone a !Nqate la máscara de órice y el hombre le pone a Dawid la corona de huevo de avestruz. Inmediatamente, !Nqate salta en dirección al fuego con movimientos idénticos a los de un órice. El joven aborigen se mete en la piel del animal, la frontera entre hombre y antílope se diluye. Hunter siente amainar la tormenta que rugía en su interior. Su respiración se acelera y en el paladar percibe el sabor ferroso de la sangre, el sabor de la muerte inminente. Este fabuloso ejemplar no se le escapará. !Nqate, mientras tanto, sigue brincando entre los presentes, se aleja del grupo, desaparece de la vista. Dawid, con su corona bien ceñida a la cabeza, lee las huellas en la arena, inicia la persecución. Y mientras los dos jóvenes interpretan la caza antes de que esta tenga lugar y dejan escrito en la arena el desenlace, los hombres conducen a Hunter hacia el búfalo y le ponen un cuchillo en la mano. Suyo es el honor de cortar y repartir la carne, pues suya fue la bala que derribó a la presa. Junto a él está Karoha repartiendo la carne de su kudú entre los hombres, porque es un chamán, un experto en remedios medicinales, y solo aquellos que conocen el inmenso poder de un trance pueden comer la carne de sus presas. Pero hay de sobra para todos. Hoy hay carne en abundancia y la alegría se respira en el ambiente.

Mientras corta y reparte la carne de búfalo sin que parezca haber fin a la cantidad de raciones que proporciona el animal, Hunter pierde la noción del tiempo. Los cantos no cesan, pero el baile de los dos jóvenes ha dado paso a otro tipo de danza. Poco a poco, los hombres se van separando del grupo y empiezan a bailar en torno a las mujeres mientras estas cantan y marcan el ritmo dando palmadas y golpeando el suelo con los pies. Y aunque el ritmo varía de una canción a otra, el efecto hipnótico es siempre el mismo.

Ya liberado de su tarea, Hunter se sienta junto al fuego al lado de Van Heeren y observa el baile con interés.

—¿Qué danza es esta? Parece distinta de las otras.

Van Heeren asiente.

—Es una danza medicinal, por así decir. A través del baile comparten con la comunidad su propia energía y el poder del fuego. De esa forma sanan a los enfermos. Pero también sirve para resolver conflictos y prevenir desacuerdos futuros. Es una especie de medicina preventiva, si quieres llamarlo así. Y te aseguro que no es tan absurdo como parece. El trance colectivo es un mecanismo muy poderoso de cohesión social. —Tras una breve pausa durante la que parece reflexionar, añade—: Lo que se ha acordado hoy aquí es muy fuerte para la comunidad. Podría abrir heridas difíciles de curar. ¿Por qué !Nqate? ¿Por qué Dawid? Con esta danza previenen las posibles consecuencias negativas. Todos los espíritus se funden en uno solo, las penas y alegrías personales se diluyen en el grupo y pasan a ser penas y alegrías de la comunidad. El individualismo es una enfermedad occidental.

—Pero digo yo que ese chico tendrá un padre y una madre como todo el mundo...

Van Heeren mira a Hunter con una expresión que denota comprensión y compasión a partes iguales.

—Esto es África. Aquí la vida tiene un valor distinto. No porque quieran menos a sus hijos, sino porque, lo mires como lo mires, la vida es más dura. La mitad de los niños mueren antes de los quince años y uno de cada cinco antes de cumplir un año. En esas circunstancias, si no adoptas una actitud pragmática te acabas volviendo loco. En periodos de gran sequía las mujeres sufren muchos abortos naturales, y los bebés que llegan a nacer tienen tan pocas probabilidades de sobrevivir más allá del primer año que es preferible sacrificarlos. De esa forma se evita mucho sufrimiento innecesario. Si un bebé está desahuciado de nacimiento, es mejor que muera antes de apegarse demasiado a él.

—Eso es una salvajada.

—Es una actitud pragmática ante una realidad incuestionable, así que no me vengas con hipocresía cristiana. En vuestras guerras también mueren niños.

—Eso son daños colaterales inevitables. Esto es infanticidio.

—¿Preferirías que los bebés padecieran varios meses de sufrimientos indecibles antes de morir? ¿Te parece eso más civilizado? ¿Crees que sería más fácil para las madres?

Hunter siente náuseas. La lógica aséptica de

Van Heeren le revuelve el estómago. Aún recuerda una anécdota de un libro de J. A. Hunter que lo impresionó mucho cuando era niño. Una tribu le pidió ayuda para matar a un león que había atacado a la mujer del jefe del clan, pues temían que, una vez que había probado la carne humana, volviera a por más. Pero los leones solo comen cadáveres con restos de su propio olor, y cazar sin cebo a un león que ya se ha enfrentado a un ser humano es poco menos que imposible, de modo que los cazadores, con mucho tiento y mucho respeto, les preguntaron a los aborígenes si podían utilizar el cuerpo de la mujer como cebo para atraer al león, e incluso si podían ocultar veneno en el cadáver. En contra de todas sus expectativas, el jefe del clan no puso la menor objeción y el plan se llevó a cabo según lo acordado. Los cazadores abrieron el cadáver de la mujer, introdujeron veneno en su cuerpo y lo tendieron en un lugar propicio para atraer al león, que, efectivamente, no tardó en darse un banquete y sucumbió al efecto del veneno. Cuando volvieron al poblado con los restos del cadáver y, con profusión de disculpas, se lo devolvieron al jefe del clan para que le dieran sepultura, este propuso que lo dejaran unas noches más a la intemperie, pues tal vez así podría alimentarse también una manada de hienas. La historia le causó tal efecto que no la ha olvidado nunca. Y, sin embargo, es algo completamente lógico. Muchas tribus, en vez de enterrar a sus muertos, los dejaban a las afueras del poblado como alimento de predadores, y a veces dejaban incluso a los más débiles o a los enfermos, para acabar cuanto antes con su sufrimiento. Lo malo es que los predadores le tomaban gusto a la carne humana. Había un refrán terrible que decía algo así como: «Cuando desaparece una vieja de lacia melena, pelo gris cagan las hienas». Hoy, después de tantos años, Hunter se sigue estremeciendo solo de pensar en ello. Que aquellas tribus primitivas hicieran ese tipo de cosas ya es lo bastante terrible, pero ¿esta gente con sus vaqueros y sus polos? Atribulado, vuelve a concentrar la mirada en la danza de los aborígenes. Vuelve a mirar a !Nqate.

—Piensa en los kudús —dice Van Heeren, que ha seguido su mirada—. Si la muerte de uno de ellos contribuye a la supervivencia del grupo, no dudan en dejarlo atrás. Es la ley de la naturaleza. Ni más ni menos.

Con una mano, agarra un puñado de arena y la deja escapar poco a poco entre sus dedos.

—Esta riqueza no se puede perder. Estos hombres y mujeres llevan a cuestas veinte siglos de conocimientos. Si no hacemos nada, en dos generaciones se habrá perdido todo para siempre. Que tengas una buena caza, Hunter White. Sin cazadores como tú, esta gente está perdida. Cuento contigo.

A medida que avanza el tiempo aumenta el número de jóvenes y adultos que se suman al baile. Sus pisadas trazan un amplio círculo en la arena. En el aire flota una extraña forma de energía y Hunter también se deja llevar por el ritmo hipnótico de la música. ¿Está bailando, o sigue sentado junto al fuego y es su espíritu el que se ha mezclado con los demás y da vueltas a la hoguera al ritmo de las palmadas? No está seguro de cuál es la respuesta, y tampoco importa. El cuerpo no es más que un cuerpo. El espíritu está en todas partes. Sus pensamientos despliegan sus alas y vuelan hacia otro lugar, lejos, fuera de su alcance. Lo único que queda es el ritmo, los latidos del corazón colectivo. Uno tras otro, los hombres van entrando en trance. Sus espasmos circulan como una corriente eléctrica por el corro. Ya no hay individuos. Ya no hay personalidades independientes. Solo elementos de un mismo ente del que todos forman parte.

A mucha altura, por encima de ellos, surca el cielo nocturno en silencio un búho blanco. Un espectro. Un espíritu. Un heraldo de la muerte. Nadie lo ve. Nadie se da cuenta.

IV

EL ACTO DE MATAR

La paloma, recortada sobre el cielo gris lechoso de otoño, bate las alas rítmicamente. Y de pronto, en pleno vuelo, cesa el aleteo. Como si hubiera chocado contra un muro de cristal y se hubiera roto el cuello, se precipita al vacío en caída libre perfectamente vertical. O tal vez no tan vertical, pues, cuando sus alas dejan de batir, la inercia aún la propulsa hacia delante y, tras dar una primera vuelta de campana, a medida que la fuerza de la gravedad impone su ley, va ganando velocidad con volteretas cada vez más amplias. Hunter lo ve todo a través del visor de su escopeta y, aunque la paloma cae en realidad a velocidad de vértigo —pues hasta el cuerpo de un animal liviano cubierto de plumas, tan pronto como pierde la vida y deja de ofrecer resistencia, queda a merced de la fuerza que tira irremisiblemente de todo objeto hacia la tierra—, su cerebro procesa las imágenes con efecto retardado y percibe la escena como una grabación reproducida a cámara lenta. Cuando la paloma llega por fin al suelo en la película que se proyecta en su cabeza, Ginger, el perro de caza favorito de su abuelo, ya está a su lado empujando orgulloso contra sus piernas la pieza derribada. Hunter toma la paloma aún caliente de las fauces del perro y observa el cuerpo ensangrentado. Entre la muerte de esa criatura y su mano no hay más que una caída desde el cielo y la carrera del perro por el prado. En ese momento tiene siete años y ese es su primer disparo en el blanco. Tiene siete años y acaba de derribar su primera paloma torcaz en pleno vuelo con la escopeta que le han regalado por sus buenas notas. Su primera escopeta de caza. Tiene siete años y aún no sabe nada de las leyes físicas que explican la trayectoria y la velocidad de la caída de la paloma, pero lleva acompañando a su abuelo el tiempo suficiente para comprender perfectamente que matar es el poder del cazador de poner fin para siempre al movimiento de un ser vivo en el momento que desee.

Para Hunter, matar es un acto natural, algo que aprendió a una edad tan temprana que le resulta absolutamente normal. Lo cual no tiene nada que ver con una supuesta falta de sensibilidad. La caza no quita que el cazador empatice con los animales, por la misma razón que el hecho de que la naturaleza sea cruel no menoscaba la belleza. Toda forma de vida acaba muriendo. Toda presa tiene su predador.

Hunter avanza con la mirada puesta en la espalda de Dawid, que camina unos metros por delante de él con una camisa vieja de color caqui. Al igual que él, Dawid aprendió a cazar antes de empezar a andar, por así decir. En eso no difieren mucho el uno del otro. Para el joven aborigen, la vida y la muerte son también dos puntos de una misma línea, separadas únicamente por circunstancias aleatorias. Esta mañana, antes de partir, Hunter ha visto a unos niños jugando en el poblado con un pajarillo del tamaño de un gorrión. Lo habían atado a una piedra con una cuerda y, utilizándolo como blanco, ponían a prueba su puntería tirándole guijarros, hasta que una de las madres los vio y, sin pensárselo dos veces, agarró al pájaro, le rompió el cuello y lo echó a la cazuela. Con la comida no se juega.

El poblado. En algún rincón oscuro de su cerebro, tras las cortinas de niebla de su dolor de cabeza, Hunter busca el recuerdo de lo que ocurrió la noche anterior, pero apenas encuentra retales. Hombres bailando. Cantos. El oscilar de las llamas. Un órice. Un joven transformado en órice. Un joven con cuernos saltando por encima del fuego. La luna ascendiendo hasta muy por encima de los árboles, derramando sobre el poblado una luz lechosa, extraterrestre. El momento en que se hizo el silencio. Alguien entregándole armas al órice. Un arco. Una lanza. Un zurrón. El órice danzando por última vez en torno al fuego, dando grandes saltos hasta que por fin, esquivo como un kudú, desapareció. Como si se lo hubiera tragado la noche. Una tormenta a lo lejos. Un relámpago desgarrando el cielo sin que llegara a desatarse el temporal. Al final no llovió. Eso es lo último que recuerda, el relámpago seco en la distancia, un resplandor violáceo en el horizonte. Después, la nada. Dawid lo ha despertado esta mañana justo en el momento en que metía la paloma en el morral y preparaba un nuevo disparo. Aturdido, miró a su alrededor. Por lo visto se había quedado dormido junto al fuego. Alguien le había echado una manta por encima. Dawid lo condujo a una de las cabañas, donde una mujer —¿su madre?— le ofreció un huevo de avestruz que se bebió de un trago por educación, esforzándose por contener las arcadas. Más tarde, mientras despachaba las formalidades con Van Heeren y firmaba un documento según el cual asume plena responsabilidad de cualquier cosa que le ocurra durante la caza, Jeans le trajo un café. Y a continuación se pusieron en marcha. Él y Dawid. Los dos solos.

Ahora, la acidez del café y el huevo crudo le revuelven el estómago y, con cada paso que da, siente el desayuno ascendiendo por su esófago. Apenas han hablado entre ellos desde que han salido del poblado. Llevan toda la mañana caminando hacia el este bajo un sol abrasador. Cuando el sol alcanzó el punto más alto y Hunter empezó a sentirse atrapado entre dos fuentes de calor, Dawid cambió el rumbo hacia el sur. En una ocasión se desvió ligeramente del camino para arrancar unos cuantos frutos de un arbusto y, tras una breve parada para compartir con Hunter el tentempié, reanudaron el camino ajustando ahora el rumbo hacia el sudeste. Llevan toda la santa jornada caminando con el endemoniado sol en los ojos. La sensación brumosa con la que había amanecido Hunter ha dado paso a una luz cegadora y un punzante dolor de cabeza que le clava cuchillos en las sienes con cada paso que da. Todas las fibras de su cuerpo se sublevan contra él. Sus fuerzas ya habían rebasado ayer todos sus límites persiguiendo al kudú de Karoha por la sabana, y la noche pasada al raso sobre la arena fría lo ha dejado molido. Sus piernas, que en circunstancias normales amortiguan su peso al andar y le permiten marchar durante horas sin dificultad, apenas dan ahora para arrastrar los pies, y el ácido láctico acumulado en sus músculos no solo no se disuelve, sino que, a medida que avanza el día, agudiza el dolor causado por las agujetas. Y, sin embargo, hay algo que le incomoda mucho más aún que sus limitaciones físicas, algo acerca de esta caza que le incordia como una piedra en el zapato. Aunque un cazador siempre depende de sus rastreadores —sobre todo aquí, en África—, en este caso se siente por completo a merced de la buena voluntad del tirillas que camina delante de él. A pesar de todo el tiempo que llevan ya andando, aún no ha visto un solo rastro que indique en lo más remoto que avanzan en la dirección correcta, y Dawid, que lleva horas caminando en silencio a un ritmo constante sin mirar atrás, tampoco le ha mostrado nada ni le ha explicado en virtud de qué indicios determina el rumbo de la marcha. Dios sabe qué puede estar tramando. Y la cuestión es que no le queda más remedio que confiar en él, pues es consciente de que, a estas alturas, ya ni siquiera encontraría el camino de vuelta al poblado sin su ayuda. Si Dawid decidiera abandonarlo, estaría perdido en los dos sentidos del término y su único recurso sería enviar una señal de auxilio con la esperanza de que Jeans la captara. Van Heeren le ha asegurado que Dawid es de fiar, pero él está empezando a tener dudas. Si por él hubiera sido, habría preferido traer a cualquier otro rastreador, alguien que no conociera a la presa, pero Van Heeren adujo, acaso con razón, que un rastreador ajeno al grupo estaría tan perdido como él y que solo alguien de la misma tribu, alguien que conozca perfectamente sus usos y costumbres, sería capaz de localizar a alguien que trata de ocultarse en un territorio tan inmenso, a pesar de lo cual, cuanto más tiempo pasan caminando sin sentido por este secarral, más dudas alberga Hunter. ¿Qué interés puede tener Dawid en cumplir bien su labor? En una cacería normal, los rastreadores son los primeros interesados en localizar a la presa, pues cobran por ello y, además, saben que un cliente satisfecho es más propenso a ofrecer una buena propina. Y si bien es cierto que a Dawid también le han prometido una recompensa muy concreta por su trabajo, ¿de verdad basta eso para que esté dispuesto a buscar a su amigo y ofrecérselo a un cazador en bandeja de plata? Hunter vuelve a fijar la mirada en la estrecha espalda de su guía. Sus hombros suben y bajan al ritmo de sus pasos. Izquierda, derecha. Con el zurrón colgado en bandolera, Dawid avanza seguro de sí mismo. Nada parece indicar que lo esté traicionando. Y a pesar de todo, Hunter tiene la impresión de que están trazando un círculo. Un círculo enorme, pero un círculo a fin de cuentas.

—¡Para!

Dawid se detiene y se queda mirando a Hunter a la espera de una explicación.

—Quiero saber adónde vamos.

—Hacia el oeste —contesta Dawid señalando en esa dirección.

—¿Tú te crees que yo me chupo el dedo o qué? Estamos trazando un círculo.

—¿Cómo que un círculo?

—Estás tratando de ganar tiempo. Me estás haciendo andar a lo tonto.

Perplejo, abriendo mucho los ojos, Dawid mira a Hunter ofendido.

—!Nqate huye, usted va tras él y yo lo guío. Así lo han querido los dioses.

—Sí, pero !Nqate es tu amigo.

—Yo no soy quién para juzgar la voluntad de los dioses.

Dawid le da la espalda a Hunter y se pone a juntar ramas para hacer fuego.

—De eso ni hablar. Ya bastante despacio vamos.

—Tenemos que comer. Para cazar hay que reponer fuerzas.

—Podemos comer andando.

—Tiene usted que descansar. Un león exhausto no atrapa a su presa. No tiene ningún sentido agotar todas nuestras energías el primer día.

—¿Cuánto tiempo crees que va a durar la caza?

—No lo sé, pero hoy no vamos a encontrar a !Nqate.

Hunter tarda aún un instante en procesar esa información y aceptar que tal vez Dawid tenga razón. A pesar de su experiencia, no se había parado a pensar que esta caza podría alargarse varios días y que, durante todo ese tiempo, depende de su guía, no solo para seguir el rastro, sino también para encontrar agua y comida. Está empezando a tomar conciencia del auténtico alcance de su vulnerabilidad, y la cosa no le gusta ni un pelo. Dawid, que interpreta su exasperación como una crítica, señala el suelo, pero a Hunter no le dicen nada las casi imperceptibles marcas en la arena.

—Las huellas no son recientes. !Nqate es más rápido que nosotros.

—Pues esfuérzate más.

—No podemos ir más rápido de lo que permite su pierna.

Hunter mira al chaval estupefacto. No le gusta nada esa actitud de listillo. ¿Cómo diablos se ha dado cuenta de que le duele la pierna? Está empezando a perder la paciencia.

—Demuéstramelo.

Dawid, con la docilidad de quien cumple órdenes de un superior, señala otra marca en la arena.

—Sus pasos no son regulares. Hace ya un buen rato que arrastra la pierna izquierda. Ayer, sin embargo, caminaba sin ningún problema, de modo que con un poco de descanso...

—¡No me refiero a eso! Demuéstrame que avanzamos en la dirección correcta.

Dawid, ahora sí herido en su honor, da un paso hacia Hunter y se encara con él. Aunque es bastante más bajo que el cazador, se las arregla para mirarlo de igual a igual, aunque para ello tenga que alzar la cabeza. Su mirada no denota la menor sumisión.

—Cuando salió del poblado, lo primero que hizo !Nqate fue ir corriendo a la charca. Eso es lo que habría hecho yo también: aprovisionarme y recorrer la mayor distancia posible antes de que me venciera el cansancio, sin buscar cobijo hasta que empezara a sospechar que se aproximan mis perseguidores. En las zonas de bosque se avanza más despacio, de modo que ha corrido por la sabana abierta al amparo de la noche, tratando de sacar la mayor ventaja posible mientras sus músculos aún están frescos. Lo conozco muy bien y sé que eso es lo que ha hecho. Junto a la charca hemos visto su rastro. Un poco más adelante ha desenterrado algunas raíces y ha buscado madera para hacer flechas. A uno de los arbustos le faltaban algunas ramas. De momento no podrá usarlas, porque la madera aún no está lo bastante dura. Para ello tendrá que encender un fuego, lo cual no hará hasta que se pare a descansar en algún sitio lo bastante protegido como para que no veamos el humo. A mediodía, cuando el sol se encontraba en su punto más alto, hemos encontrado el cadáver de un dic-dic mordisqueado por animales carroñeros. Pero también le faltaba una pata arrancada limpiamente por la articulación, lo cual solo es capaz de hacer un hombre. Pero no se ha parado a comer, se ha llevado la carne porque confía en llevarnos la suficiente ventaja como para asarla esta noche con calma. En las plantas de nara que acabamos de dejar atrás no quedaba ni un solo fruto, lo cual indica que no solo se está aprovisionando, sino que también nos roba nuestro alimento. A poca distancia de aquí he visto en la arena semillas de nara que habrá escupido por el camino. Pero los frutos de la nara pesan demasiado como para cargar con ellos demasiado tiempo, de modo que habrá acabado enterrando el excedente en algún sitio. Espero que lo encontremos, porque ese era el almuerzo con el que contaba para nosotros.

Hunter desvía la mirada abochornado.

—Está bien. Te creo.

La mirada de Dawid, sin embargo, se vuelve sombría.

—Pero hay algo que no me gusta —dice sacudiendo la cabeza—. El rastro es demasiado evidente. Tengo la impresión de que está tratando de conducirnos a algún sitio.

—Tonterías. Venga, no perdamos más tiempo.

Dawid trata de protestar, pero Hunter se niega a ceder. Si es verdad que están tras la pista de !Nqate, tienen que apretar el ritmo, de modo que reanudan el camino, ahora en dirección oeste. El sol ya ha empezado a bajar y sus sombras son cada vez más largas. Con un poco de suerte, piensa Hunter, alcanzaremos al joven órice antes de la puesta de sol. Pero el terreno no juega a su favor. Sin darse cuenta, han ido a parar a un valle con gran cantidad de pequeños pero traicioneros arbustos espinosos. La densidad de la maleza es cada vez más alta, y Dawid tiene dificultad para encontrar un camino que no acabe en un muro infranqueable de esas endemoniadas plantas. Ya han tenido que volver varias veces sobre sus pasos, aunque ahora parece que por fin han encontrado una salida al espinoso laberinto. Pero justo cuando el camino empieza a ensancharse y parecen llegar a un terreno más propicio, Dawid titubea y, finalmente, se detiene. Hunter, al llegar a su altura, suelta un exabrupto.

—¡Pero bueno! ¿Se puede saber qué pasa ahora?

Dawid lo agarra del brazo y tira de él hacia atrás

de forma tan brusca que Hunter pierde el equilibrio y, al buscar un punto de apoyo al borde del camino, se clava una traidora espina en el tobillo. La herida empieza a sangrar al instante. Escupiendo una blasfemia, trata de sacudirse del brazo la mano de Dawid, pero el chaval no parece dispuesto a soltarlo.

—No se mueva. Mire.

Hunter sigue su mirada, pero no ve nada hasta que Dawid golpea el suelo con una rama y abre un agujero camuflado con hojas cubiertas de arena. Dentro del agujero hay varios palos afilados como flechas clavados con la punta hacia arriba. Por un instante, a Hunter se le para el corazón. Esto es algo con lo que no contaba en absoluto. Dawid se arrodilla junto a la rudimentaria trampa, saca con mucho cuidado uno de los palos y examina la punta, la huele, frunce el ceño.

—¿Veneno?

—Podría ser.

—¿Y de dónde ha sacado veneno?

Antes de que haya terminado de formular la pregunta, Hunter ya sabe cuál es la respuesta. Para los aborígenes, esta tierra es al mismo tiempo carnicería, frutería y farmacia. Este es su supermercado. Van Heeren ya le explicó que el veneno que utilizan para cazar es una especie de neurotoxina de efecto retardado a base de larvas de escarabajo hervidas. !Koga le contó que desentierran los capullos de las larvas, sacan los gusanos venenosos y, mezclándolos con el jugo tóxico de la sansevieria, los machacan con un hueso de kudú, a lo cual añadió con una amplia sonrisa que no hay antídoto contra ese veneno. Por eso no lo untan en la punta de las flechas, sino justo debajo de ella. De ese modo, si el cazador se pincha accidentalmente, no corre el riesgo de perder un brazo. Hunter mira horrorizado el palo que sostiene Dawid en la mano. Un paso más y...

—No puede ser veneno de escarabajo —dice el joven como si hubiera seguido sus pensamientos—, porque no he visto en ningún sitio árboles de mirra, que es lo único que comen esos insectos. Y me he fijado bien, pues suponía que !Nqate los buscaría. Yo haría lo mismo.

—¿Entonces?

—Escorpiones, probablemente. Estos bosques están llenos de escorpiones negros venenosos ocultos entre las raíces de árboles y arbustos, donde la tierra está más fresca.

Hunter mira a su alrededor visiblemente inquieto. La idea de encontrarse en un territorio sembrado de bichos venenosos le resulta sumamente desagradable. Si le dieran a elegir, preferiría enfrentarse a una banda de babuinos, contra los que al menos puedes disparar.

—¿Y crees que ha podido desenterrar uno de esos escorpiones?

—No —contesta Dawid—. Demasiado peligroso. Para atraparlos utilizamos escarabajos.

El muchacho se mete unos pasos entre los arbustos, se pone en cuclillas y aparta la maleza con un brazo. Con un rápido movimiento, saca un enorme escarabajo de las ramas secas y se lo muestra a Hunter. El insecto patalea frenéticamente entre su pulgar y su índice.

—Este tipo de escarabajos no son capaces de andar hacia atrás. Si los metes en el agujero de un escorpión, no les queda más remedio que seguir andando hacia delante hasta encontrar un sitio con espacio suficiente para dar la vuelta. Al llegar abajo se topan con el escorpión y este, obviamente, los ataca. Pero el aguijón del escorpión no es lo bastante fuerte para atravesar la coraza del escarabajo, de modo que, al cabo de un rato, abandona el combate y, pasando por encima del escarabajo, sale al exterior, donde estamos nosotros esperándolo.

—No hace falta que lo demuestres, me basta con tu palabra. Y ahora sácame de aquí, haz el favor.

Dawid deja el escarabajo otra vez donde estaba. Cuando vuelve al camino, arranca una espina de un arbusto, se hace un pequeño corte en el brazo y, cuando ha salido una cantidad suficiente de sangre, moja la punta afilada del palo que había sacado antes de la trampa.

—¡Pero ¿qué haces?! —grita Hunter horrorizado.

—Cuanto más rápido se tiña de negro la sangre, más fuerte es el veneno. Mientras el veneno no alcance la herida, no pasa nada.

Su sangre cubre ya por completo la punta de la flecha, pero no cambia de color.

—Tu truco no funciona —dice Hunter arrancándole el palo de las manos y arrojándolo a los arbustos—. Venga, vámonos de aquí. ¿No te das cuenta de que estamos a tiro de cualquiera que nos esté vigilando desde ahí arriba? Esta es la emboscada típica de las películas del Oeste: conducir al enemigo a una angostura y acribillarlo desde arriba.

Impaciente, empuja a Dawid hacia el camino. El instinto le dice que se larguen de allí cuanto antes. Además, tienen que encontrar un lugar donde acampar antes de que caiga la noche. Por primera vez en su vida le desagrada sobremanera la perspectiva de tener que pasar la noche a la intemperie. Dormir ni siquiera es una opción, salvo que confíe en Dawid para montar guardia. ¿Cuántas noches puede aguantar sin dormir? ¿Y en qué medida está en condiciones de repeler un ataque en la oscuridad? !Nqate no es un animal salvaje que pueda mantener a distancia con una simple hoguera. Por la noche, Hunter es más vulnerable que su presa. Sin prismáticos con visión nocturna es como si estuviera ciego. Tienen que encontrar un lugar que ofrezca suficiente protección, pero, al menos por lo que él alcanza a ver, no parece que el paisaje sea propicio para acampar con cierta sensación de seguridad. Dawid, que parece sumido en sus pensamientos, no reacciona ante las nuevas exhortaciones de Hunter para que incremente el ritmo de la marcha, y hasta que el cazador no le da un empujón en la espalda no acelera el paso. A partir de un punto, el valle empieza a estrecharse progresivamente y las sinuosas colinas se transforman poco a poco en desniveles cada vez más escarpados. Lo que hace solo unas horas era un amplio valle se ha angostado hasta quedar reducido a una cañada encajada entre altas paredes. Su campo de visión se reduce ahora a una pequeña franja, como si el paisaje les hubiera puesto anteojeras y solo pudieran avanzar en la dirección que les impone la quebrada abierta en la colina. El mundo es cada vez más estrecho. Cada vez tienen menos opciones. La claustrofobia que experimenta caminando por la cañada le gusta menos aún que la amplitud y extensión inabarcable del valle. Tiene la impresión de haber caído en una trampa. Si por él fuera, escalaría como buenamente pudiera una de las poco consistentes paredes de arena y continuaría la marcha por encima de la cañada, pero si no quieren perder el rastro de su presa, tienen que continuar ahí abajo. Tal y como había pronosticado Dawid, !Nqate los ha conducido al peor terreno posible. ¿O es Dawid quien lo ha metido en esta ratonera? Porque, ahora que las cosas se ponen feas, está empezando a desconfiar de nuevo y no le parece descabellado pensar que su joven guía esté conchabado con su amigo. Ha sido un imbécil por aceptar un rastreador del mismo clan que la presa. Si bien es cierto que Dawid acaba de salvarle el pellejo, ¿quién le dice que no era una maniobra de despiste? ¿Y por qué no ha venido Van Heeren con ellos? Ningún cazador profesional confía a su cliente a un único rastreador, aunque, en este caso, le dijo que su presencia en la expedición iba contra las costumbres, que, al igual que en la caza por extenuación, esto era algo entre el cazador y la presa, un rito sagrado, y que no tenía más remedio que respetar la voluntad de la tribu. La tradición. Como si los blancos hubieran respetado alguna vez las tradiciones locales en África. Si tanto le importaran las tradiciones, Van Heeren viviría en una cabaña, no en un *lodge* con una piscina y todo tipo de lujos a su disposición. Hunter se detiene. Esto es absurdo. No tiene ningún motivo para desconfiar de Van Heeren. Es un buen amigo. Debe de ser el calor, que lo está trastornando. Secándose el sudor de las sienes, se fuerza a respirar hondo varias veces. Tiene que calmarse, pensar con la cabeza, no perder la razón. Si de verdad no confía en Dawid, tiene que poner fin a esta expedición ahora mismo. Y si está dispuesto a seguir, no tiene más opción que fiarse de su palabra. De modo que, aunque su instinto le dicta lo contrario, reanuda la marcha y se adentra más y más en la cañada, tras los pasos de Dawid. Porque el deseo que arde en su interior pide a gritos ser saciado; gime como un perro que ya ha olido sangre. Ahora que han localizado el rastro, no puede abandonar. Además, si la trampa que han encontrado antes demuestra algo es que están tras la pista de la presa, y cada vez se acercan más a ella.

Siguen caminando. Al cabo de un rato, Hunter empieza a sentir sed, pero hace tiempo que se le ha acabado el agua y los frutos de nara que Dawid confiaba en encontrar no han aparecido por ningún sitio. Aunque la cañada es cada vez más estrecha, aún no ofrece sombra. El sol abrasa inmisericorde el cuello de Hunter y la tierra está tan seca que hasta los grillos guardan silencio. El único sonido que los acompaña es el crujido de las botas de Hunter sobre los guijarros que interrumpen de vez en cuando como manchas de camuflaje el monótono color de la arena. Hunter se para a descansar cada vez con más frecuencia. Le cuesta seguir el ritmo de Dawid. Durante una de esas breves paradas cierra con fuerza los ojos y una constelación de manchas rojas baila frenéticamente sobre el fondo oscuro de sus párpados. Cuando vuelve a abrirlos, le da la impresión de que el paisaje se aleja hacia un punto de fuga en el horizonte, añadiendo kilómetros a este camino que cada vez le cuesta más dejar atrás. Y de pronto comprende en qué consiste la estrategia de Dawid. Al igual que hizo Karoha ayer con el kudú, está conduciéndolo a una muerte segura por extenuación. Y ni siquiera tiene que perseguirlo, pues es Hunter quien va detrás de él como un imbécil, hasta que su sangre empiece a hervir y se desplome. Pero él no se lo va a poner tan fácil. Al contrario que el kudú, Hunter no va a entregarse sin pelear. Si ha de morir, se llevará al joven aborigen por delante. Delirando a causa del cansancio, agarra su rifle. Dawid se vuelve hacia él tan pronto como oye el clic del seguro, a pesar de que, como en todo buen rifle de caza, el sonido es casi imperceptible.

—A mí no me engañas —dice Hunter—. Estás tratando de matarme por extenuación.

Dawid se queda mirándolo impasible, como si no fuera consciente del rifle de dos cañones que apunta hacia él con el seguro quitado, cargado con cartuchos capaces de abrir en su pecho un agujero del tamaño de un puño. Sin decir nada, se echa a un lado del camino, se agacha entre unos arbustos y empieza a escarbar. Ofendido por su indiferencia, Hunter se acerca a él y le clava la punta del rifle en las costillas.

—¡En pie! ¡Venga, vámonos de aquí!

Dawid ni siquiera alza la mirada.

—Tiene usted que beber. Se le está cociendo el espíritu.

Sin prestar atención a Hunter y su arma, Dawid sigue escarbando hasta que encuentra un bulbo del tamaño de un corazón humano. Con una piedra afilada, corta un trozo y se lo entrega a

Hunter. Al ver que el cazador no sabe qué hacer con él, corta otro trozo y le hace una demostración. Sosteniéndolo encima de su boca, lo exprime hasta que empieza a caer un líquido pálido. La sed de Hunter es más fuerte que su recelo. Ansioso, muerde el bulbo y un jugo amargo llena su boca. Sabe a tónica barata mezclada con una ginebra muy mala, pero está sorprendentemente fresco, casi frío, y apacigua su sed casi al instante.

—*Bi.* Así lo llamamos nosotros. A las gacelas les encanta. Es casi su única fuente de hidratación.

A los pocos minutos, Hunter ya se siente mucho mejor. El bulbo no solo ha saciado su sed, sino que también ha aliviado su cansancio. Dawid, que lo observa sentado en una piedra, se pone en pie.

—Bueno, pues yo creo que ya podemos seguir. Lo siento, míster White. Debería haber pensado antes en ello. Siempre se me olvida la cantidad de agua que necesitan ustedes.

Hunter asiente. Ahora que puede pensar con claridad de nuevo, observa que su guía está tan intranquilo como él y también quiere largarse de allí antes de que caiga la noche. No sin cierto bochorno por su actitud, se echa el rifle de nuevo al hombro y, mordisqueando el último trozo del bulbo, reanuda la marcha tras los pasos de Dawid.

El sol desciende ahora más rápido y las sombras empiezan a sumir la cañada en el crepúsculo.

Hunter mira inquieto a su alrededor. Por primera vez en su vida se encuentra en una situación que exige un continuo estado de alerta. Esto parece más una guerra de guerrillas que una expedición de caza. El riesgo de que un cazador sufra un ataque, incluso durante una partida de caza mayor, es muy limitado tanto en el espacio como en el tiempo. Puede ocurrir que una presa ataque al cazador, pero casi nunca de forma imprevista. La mayoría de los animales salvajes evitan la confrontación y solo atacan cuando se ven acorralados o están heridos. Y, desde luego, no actúan de acuerdo con un plan bien urdido de antemano. J. A. Hunter escribió alguna que otra historia de elefantes solitarios que tras un enfrentamiento con un cazador empezaron a atacar a otros seres humanos, pero luego todos resultaron ser machos enfermos o heridos, desquiciados por el dolor. En esta expedición, sin embargo, el riesgo acecha siempre y en todas partes, independientemente de la hora del día que sea o el terreno en el que se encuentren. !Nqate podría atacar en cualquier sitio. Por primera vez en su vida se enfrenta a una presa que sabe que quieren cazarla y entiende lo que eso significa; una presa que no solo reacciona ante amenazas directas, sino que es capaz de pergeñar una estrategia y planificar con antelación, y, sobre todo, una presa que también quiere dar caza al cazador. Era muy ingenuo pensar que !Nqate se iba a limitar a escapar. Podría ser que se hubiera dejado adelantar, como el búfalo, y ahora fueran ellos los perseguidos. ¿Es Hunter el cazador o la presa? En la naturaleza, las presas tienen ojos a ambos lados de la cabeza para no perder de vista al depredador durante su huida. Los ojos de los depredadores, sin embargo, solo miran de frente, pues lo único que les interesa es la presa que tienen delante. Solo quien es susceptible de ser cazado mira hacia atrás, y Hunter no está equipado para ese papel. A pesar del calor, la simple idea de tener un ángulo muerto a su espalda le pone la carne de gallina. Inquieto, se da la vuelta y hace un barrido con la vista por el terreno. Los rayos de sol caen ya al ras de los bordes de la cañada, alargando exageradamente las sombras de los raquíticos árboles. La creciente penumbra facilita mucho el camuflaje de un potencial perseguidor. En un acto reflejo, Hunter alza su rifle, pero el peso del metal en sus manos no le proporciona la habitual sensación de seguridad. Es una ilusión pensar que su arma lo hace invulnerable. Puede que un rifle de gran calibre sea capaz de parar la embestida de un búfalo o un hipopótamo, pero no ofrece protección alguna contra flechas venenosas disparadas desde un punto imprevisto o contra trampas como la de antes. La diferencia esencial, comprende Hunter ahora, es que el hombre es el único animal capaz de matar a distancia. No puede comparar a !Nqate con un león, sino más bien con un escorpión, un enemigo al que no ves hasta que es demasiado tarde. Y cuanto más oscurece, más vulnerables son y mayor es el peligro que representa !Nqate.

—Tenemos que encontrar un sitio donde pasar la noche.

Hunter se sobresalta por la proximidad de Dawid. El joven se ha acercado sigilosamente y, al igual que él, observa la creciente oscuridad con preocupación.

—¿Aquí? —pregunta Hunter alarmado.

—Un poco más adelante se ramifica la cañada. Podemos montar el campamento en uno de los ramales sin salida.

—¿Conoces este lugar?

—Estamos a solo un día de camino del poblado. Esto es mi jardín trasero, por así decir.

Sin esperar la reacción del cazador, Dawid echa a andar. Hunter lo sigue a regañadientes. La idea de no ser el único perseguidor, sino que su presa también pueda estar persiguiéndolo a él, no hace sino ampliar su dependencia de Dawid. En este terreno para él desconocido —y donde, como se da cuenta ahora, !Nqate también se encuentra en casa—, no tiene la menor posibilidad de sobrevivir sin la ayuda de su guía.

Dawid tenía razón. A menos de medio kilómetro de distancia, la cañada se divide en diversos ramales. Por aquí debió de fluir algún día un río que se abría formando un amplio delta. El camino por el que venían era quizá uno de los caudales principales y aquí, en este punto, se dividía en corrientes más pequeñas. Dawid elige una estrecha garganta a mano izquierda que, al contrario del baldío secarral por el que llevan caminando todo el día, presenta una notoria cantidad de vegetación. En un pequeño claro rodeado de árboles, se descuelga el zurrón y empieza a buscar en su interior. Hunter mira con recelo a su alrededor. En principio no parece mal lugar para acampar. El follaje impide que los vean desde arriba y, si es cierto que el ramal no tiene salida, basta con que vigilen la entrada. Pero ¿no habría sido mejor que eligiera él un sitio? Los chicos podrían haber acordado que Dawid lo condujera a este lugar. A lo mejor hay otra forma de llegar hasta aquí que solo conocen ellos. Atribulado, vuelve la mirada hacia el muchacho, que se dispone a hacer fuego.

—Pero ¿te has vuelto loco o qué? El humo delataría nuestra posición. ¿O es que quieres que !Nqate nos encuentre cuanto antes?

Dawid alza la vista perplejo.

—¿Es eso lo que le preocupa?

El rostro de Dawid se ilumina y, para enorme sorpresa de Hunter, el chaval se echa a reír.

—El fuego es para los leones. Aquí no suelen venir, pero he visto huellas de algunos animales más pequeños. Es probable que tras la lluvia de ayer haya agua en algún lugar de la cañada y eso puede atraer depredadores. Por !Nqate no hace falta que se preocupe. Nos lleva por lo menos media jornada de ventaja.

—Sí, pero podría volver.

—¿Y por qué habría de volver?

—Para matarme antes de que lo mate yo a él, por ejemplo. Eso es lo que haría yo.

Dawid menea la cabeza con una expresión casi compasiva.

—Nosotros no somos como ustedes. Nosotros no matamos por placer. Solo les arrebatamos la vida a las presas que los dioses eligen para nosotros, los animales que ponen en nuestro camino. !Nqate no va a hacerle nada hasta que usted lo ataque. Siéntese. Coma algo. Descanse.

—¿Y la trampa, qué?

—Las estacas no tenían veneno.

—Eso es lo que tú dices.

—Lo digo porque lo sé.

—Aun así, podría haberme herido gravemente.

—No con esas botas. La madera no estaba dura todavía. Además, él sabía que yo vería la trampa. Así es como cazamos puercoespines. Cuando éramos niños nos pasábamos el día poniendo ese tipo de trampas.

—Entonces, ¿por qué ha perdido tiempo en eso?

Dawid se levanta, se aleja unos pasos y se inclina hacia delante como si estuviera preparando la trampa. Trata de meterse en la piel de !Nqate para averiguar sus pensamientos, pero finalmente desiste.

—No lo sé. Hay algo que no cuadra. La trampa solo ha servido para que localicemos su rastro, y su rastro nos ha conducido hasta aquí. Por algún motivo quería traernos a este lugar, pero él no está aquí, de eso estoy seguro.

Dawid vuelve a sentarse, saca una pieza de fruta de su zurrón, la corta en dos y le ofrece la mitad a Hunter, que no sabe dónde ni cuándo la ha encontrado, pero está demasiado cansado para preguntar y no toma conciencia del hambre que tenía hasta que hinca los dientes en la carne blanda y jugosa de la fruta, cuyo sabor entre dulce y salado le recuerda a una mezcla de pepino y piña, o tal vez a un aguacate con sal. Mientras mastica, capta algo con el rabillo del ojo. Una sombra grande y oscura se eleva de la copa de un árbol y su silueta se recorta claramente contra el cielo gris del crepúsculo. Con un solo movimiento rápido y preciso, agarra el rifle y dispara. La detonación rasga el silencio de la incipiente noche. Dawid, que en ese momento se disponía a dar un mordisco, suelta la fruta y se encoge asustado. Hunter se levanta de un salto y se mete con grandes pasos entre la maleza. Poco después vuelve con el cuerpo sin vida de una especie de perdiz de tamaño considerable con plumas blancas y negras. El cartucho de gran calibre le ha reventado casi por completo la cabeza. Solo a la izquierda se ve todavía un poco del círculo azul claro que rodea el ojo junto al pico de intenso color rojo.

—Toma. Ya puestos a hacer fuego, vamos a comer caliente por lo menos.

Poco después comen en silencio. La carne tiene un sabor amargo. Dawid ha desplumado y limpiado la gallina de Guinea, y mientras se asaba al fuego ha desenterrado unos cuantos bulbos más que ahora comen de acompañamiento. Hunter observa al joven aborigen, que está sentado frente a él comiéndose a grandes mordiscos una pata del ave. Imposible saber lo que está pensando.

—No lo entiendo.

Sin dejar de comer, Dawid alza la mirada.

—¿El qué?

—Por qué me has salvado esta tarde, cuando podrías haberme dejado caer en la trampa. Por qué me das de comer. Por qué, en vez de estos bulbos, no me das unos cuantos arándanos venenosos, o qué sé yo, y vuelves tranquilamente al poblado. Nadie podría demostrar nada. Los accidentes ocurren. Los blancos cometen muchas tonterías en la sabana.

Dawid no contesta directamente. Las llamas bailan en sus ojos, pero el brillo naranja no hace su mirada más clara. Es como si la noche también hubiera caído en sus iris. Al cabo de unos instantes, como si hubiera tenido que reflexionar sobre su respuesta, tira el hueso al fuego y mira fijamente a Hunter.

—Aunque quisiera, no podría matarlo. En esta expedición es usted el cazador, no yo. Le recomiendo que duerma, míster White. Le vendrá bien.

Pero Hunter no es capaz de conciliar el sueño. Con los ojos cerrados, yace despierto junto al fuego. Desde que era niño y salía a cazar con su abuelo, debe de haber dormido cientos de veces a la intemperie. Dormir en el campo siempre lo ha hecho feliz. Junto al fuego se sentía siempre más seguro que en casa, en su propia cama, donde el crujido del suelo y el tejado y hasta el movimiento de las cortinas le infundían un miedo atroz. Era como si el círculo naranja en torno al fuego lo protegiera de forma mágica y la oscuridad en torno a él no ocultara más que el misterio de los sueños de mañana. Esta noche, sin embargo, la oscuridad que lo rodea se le antoja hostil e infinita, como si estuviera atrapado en un vacío negro a cuya fuerza de succión no puede escapar. ¿Es esto lo que se experimenta al morir? ¿Es esto la muerte, una inmensidad impenetrable y oscura que se expande progresivamente hasta llenarlo todo, hasta el último rincón, sin dejar espacio para nada? La amplitud del campo, que normalmente le procura una agradable sensación de libertad, oprime ahora su pecho como una pesada piedra. En busca de algo que le devuelva sus tres dimensiones al espacio, Hunter aguza el oído con la esperanza de identificar algún sonido nocturno, pero la extraña acústica de la garganta donde se encuentran distorsiona todos los ruidos y el eco hace muy difícil determinar de dónde procede cada sonido. ¿Son leones lo que oye a lo lejos, o una tormenta? ¿No corren riesgo aquí si cae una tromba de agua? ¿Podría transformarse la cañada en un río embravecido? ¿Es esa la razón por la que !Nqate los ha conducido hasta aquí? ¿Y qué es eso que se mueve en la maleza? ¿Un puercoespín, un depredador o tal vez un hombre? ¿Se puede fiar de Dawid cuando dice que !Nqate no lo va a atacar? Hunter pierde el control sobre sus pensamientos. Su respiración se acelera, su corazón se desboca. Tratando de recuperar el aliento, abre los ojos. La intensa luz del fuego lo deslumbra. Fuera del halo naranja está todo negro. Tiene miedo.

Asustado, se incorpora bruscamente. Al ver las llamas y oír el tranquilizador crepitar del fuego, recupera la calma. Al cabo de unos instantes, cuando su vista se ha adaptado a las sombras y empieza a distinguir contornos en la oscuridad, ve a Dawid sentado con las rodillas pegadas al pecho. El chico también está despierto y, ahora que Hunter se ha sentado, se acerca un poco más a él.

—Dígame, míster White. ¿Cómo es su país? ¿Cómo es Estados Unidos en realidad?

A la mañana siguiente, cuando despierta, es como si hubiera amanecido en otro mundo. Ahora que la luz del alba se filtra límpida y clara a través del follaje, la cañada ha perdido por completo su carácter amenazante. A esta hora del día parece más bien un paraíso perdido de un pasado remoto, el remanente de un mundo de gran abundancia con existencias ilimitadas de piezas de caza. Donde quiera que pose la mirada, hay vida. En la copa del árbol bajo el cual han dormido, todo tipo de pájaros aletean y cantan celebrando el nuevo día, y Hunter se siente parte de ello. Un fogonazo de color capta su atención. Un pajarillo de intenso color rojo aterriza en un arbusto próximo a él. De su pico cuelga un geco con el cuello roto. Con impetuosos movimientos de su cabecita negra, el pajarillo ensarta a su presa en una larga espina del arbusto y, una vez que está bien sujeto, empieza a darle picotazos. Hunter observa entonces que en el arbusto hay toda una serie de pequeños cadáveres ensartados en ramas y espinas. Parece una sala de trofeos de caza. Y no solo hay reptiles, sino también saltamontes, ratones de campo y hasta un pequeño pájaro. El pajarillo rojo es sin duda una especie local de alcaudón y ese arbusto es su despensa. A pesar de su inocente aspecto de pájaros cantores, los alcaudones son unos cazadores despiadados que imitan el canto de otras aves para atacarlas a traición. Su abuelo le contaba que, según la leyenda, nunca empiezan a comer hasta que han capturado y espetado en su despensa a nueve presas. Es una de las pocas aves que Hunter conoce por su nombre. Su abuelo solo llamaba por su nombre a aquello que merecía la pena cazar, pero los alcaudones le inspiraban respeto, pues aunque no tienen ningún valor como presa, son unos cazadores extraordinarios. Dawid, que de pronto advierte también la presencia del pájaro, lo espanta con un manotazo y se acerca al arbusto. Tras examinar lo que ofrece la despensa, coge varios saltamontes, se lleva uno a la boca y empieza a masticar con fruición.

—Que aproveche —dice Hunter.

—¿Quiere usted uno también? Tienen muchas proteínas. Es una especie venenosa, pero los pájaros los ponen a secar para neutralizar el veneno. De lo contrario, te pueden sentar muy mal.

—No, gracias. Creo que esta mañana me voy a limitar al menú vegetariano.

Hunter se pone en pie, hace unos estiramientos para desentumecer las articulaciones y mira a su alrededor. Tiene que haber agua cerca, porque el entorno es mucho más verde que ayer. Pero no hay tiempo que perder. Cada minuto que pasan allí es un minuto más de ventaja para su presa.

—Bueno, qué..., ¿nos vamos?

Sin esperar la respuesta de Dawid, Hunter vuelve al punto donde se desviaron del camino para acampar y, abrumado por la exuberancia de la naturaleza virgen, se detiene un instante. Ayer, en la penumbra del crepúsculo, se le escapó la belleza de la cañada. Pero ahora que la tierra vuelve a calentarse y el aire se empieza a llenar de olores efímeros para él desconocidos, ahora que la vida despierta, la luz se filtra a través del follaje salpicando la arena de destellos que bailan entre las sombras y los sonidos del día resuenan entre las altas paredes de la cañada, toma plena conciencia de lo majestuoso que es el entorno donde se encuentra. Sus expediciones de caza lo han llevado con frecuencia a lugares remotos, pero aquí, en esta cañada poco profunda, hay algo que no había visto nunca: la opulencia previa a la civilización, un microcosmos en perfecto equilibrio natural, jamás hollado por el hombre, virgen. Esto es el África de su abuelo, el África de los libros de aventuras de su infancia, el África de J. A. Hunter o incluso el África anterior a la llegada de los blancos. Dawid, que entretanto lo ha dejado atrás y camina de nuevo unos pasos por delante de él, forma parte del entorno, se funde en él de manera natural, mientras que Hunter es un elemento extraño. De hecho, podría ser que fuera el primer blanco en pisar esta cañada. De nuevo se detiene un instante, mientras toma conciencia de esa probabilidad con visos de certeza. Allí está él, Hunter White, a las puertas de un mundo que ningún occidental ha rebasado antes, a pesar de lo cual no se siente como un intruso en casa ajena. Por mucha impresión que le cause el paisaje, no le inspira humildad ni le hace sentirse insignificante. Al contrario, la idea de ser el primero de su especie en estar allí le resulta sumamente estimulante. Lo que experimenta es la euforia de un pionero o un explorador en la época de los grandes descubrimientos, la impresión de estar tomando posesión de esa tierra por el simple hecho de adentrarse en ella, tal vez lo mismo que buscan los hombres cuando anhelan el favor carnal de una joven virgen. Una sensación, en cualquier caso, que jamás pensaba que fuera a conocer ya nunca a estas alturas de la historia, bien entrado el siglo XXI. Siempre, desde muy pequeño, le ha atormentado la idea de haber nacido demasiado tarde, cuando ya todo se ha descubierto y no queda un solo rincón de la naturaleza por domeñar o un animal salvaje por someter. Por eso, el hecho de que ahora, de forma completamente imprevista, encuentre un lugar en el mundo que puede hacer suyo por la sencilla razón de que aún no le pertenece a nadie lo colma de una felicidad casi religiosa. Como un hombre que tras muchos años perdido en el laberinto de la existencia encuentra por fin su vocación, Hunter abre los brazos y se llena los pulmones de aire. Su aire. Este idílico pedazo de la creación lleva aquí desde el principio de los tiempos esperando a ser descubierto por el hombre. Esperándolo a él. Este es su coto de caza. Aquí es donde capturará a su presa. Aquí derribará su trofeo. El sexto. El más exclusivo. El más peligroso.

—Tiene que hidratarse más, míster White.

Dawid se ha acercado a él para ofrecerle agua fresca en la hoja de un árbol. Hunter bebe con ansiedad y toma agradecido los frutos que le ofrece su guía. Su cansancio se disipa. Su cuerpo deja de sentir dolor. En su mente solo hay sitio para el objetivo último de la caza. Hunter vuelve a espolear a Dawid para que avance más rápido. Entretanto, la cañada se ha estrechado hasta tal punto que la luz no llega al suelo hasta el mediodía, cuando el sol se encuentra en el punto más alto de su trayectoria. Las plantas se han adaptado para retener la mayor cantidad de agua posible. Entre las paredes de la quebrada se respira un aire denso y pesado. Las huellas de !Nqate son fácilmente reconocibles en la tierra húmeda y rojiza. Si ha pasado por aquí después de la puesta de sol, no puede llevar mucho más de unas horas de ventaja, salvo que no haya parado en toda la noche. Pero aquí, a la sombra, la vegetación es muy tupida y a oscuras tiene que suponer un serio obstáculo. Ahora, sin embargo, a la luz del día, se puede avanzar a buen ritmo. O se podría, si Dawid se dignara a caminar más rápido, porque Hunter tiene la impresión de que el chaval lleva toda la mañana remoloneando, ralentizando el paso, demorando la caza a propósito. Esto parece una procesión de orugas. Dawid titubea, se rezaga, busca y, solo cuando Hunter lo aguijonea, aligera fugazmente el paso para, a los pocos minutos, volver a reducir la marcha.

La bomba acaba estallando ya bien entrada la tarde. Hunter lleva todo el día caminando detrás de Dawid con el rifle al hombro y los nervios a flor de piel. El chaval avanza con extrema precaución, atento a cualquier indicio que indique la presencia de animales salvajes, rastreando el suelo minuciosamente en busca de huellas o trampas. Pero llegado un momento, a Hunter se le agota la paciencia. Tienen que ir mucho más rápido. No quiere ni pensar que se le vuelva a escapar su presa y tengan que seguir a !Nqate de nuevo en la sabana abierta, bajo un sol abrasador. Quiere encontrarlo aquí, en este paradisiaco rincón ultraterreno, en esta tierra de nadie donde no rigen más reglas que la ley del más fuerte. La discusión es breve pero intensa. Dawid apenas opone resistencia, se limita a murmurar algo cuando Hunter lo rebasa y toma la iniciativa, pero enseguida se resigna a seguirlo en silencio.

Hunter avanza ahora a grandes pasos. Con las prisas, atraviesa sin advertirlo un campo de ortigas. Cuando quiere darse cuenta, ya es demasiado tarde, pero, aunque echa sapos y culebras a causa del dolor punzante que le abrasa las pantorrillas, no se detiene. Aún recuerda aquella ocasión en que, durante una excursión con su padre y su abuelo, siendo aún muy niño, pasó a gatas por encima de un nido de hormigas rojas justo en el momento en que acechaban a una bandada de faisanes. Asustado por las repentinas punzadas, se puso en pie de un salto y, dando gritos histéricos, trató de sacudirse de encima a los endemoniados insectos. Los faisanes huyeron y su abuelo le dio un pescozón. Su padre se moría de la risa. Su padre... El último recuerdo que tiene Hunter de él es su mano revolviéndole el pelo cariñosamente antes de partir a la cacería de osos de la que ya nunca volvería. Un accidente. Él no estaba allí. Aún era demasiado pequeño. Nadie, ni siquiera su padre, es tan insensato como para llevar a un niño de seis años a una cacería de osos. Hunter solo sabe lo que le contó su abuelo. Que alguien confundió a su padre con un oso, lo cual no es tan extraño, porque era un hombre grande y fuerte como un oso. Y que dejara de llorar, porque los hombres no lloran, y mucho menos los hombres grandes y fuertes como osos. Desde entonces, Hunter odia a los osos. Y tal vez sea ese el motivo por el que prefiere cazar en África que en casa. Después del accidente, su madre trató de alejarlo del mundo de la caza, pero su abuelo no se atuvo a razones y acabó imponiendo su voluntad mientras ella se mostraba cada vez más hermética. Hunter la recuerda como una mujer pequeña y silenciosa que, tras la muerte de su padre, se volvió cada vez más invisible. Cuanto más se encerraba en sí misma, más huía Hunter de ella para ir de excursión con su abuelo. Días, fines de semana, semanas enteras pasó con él en el bosque. Ahora se pregunta si lo que buscaba en aquellas expediciones era el recuerdo de su padre, si lo que veía en la sombra de un ciervo huyendo a la carrera era un retal del hombre fuerte y sereno que cargaba con él a hombros cuando sus piernas de niño ya no soportaban su peso, si era eso lo que reconocía en el poderoso salto de un gato montés, la fuerza y tenacidad de su padre, aquel hombre robusto y fibroso que no se cansaba nunca, y si era eso —la esperanza de captar un fogonazo de su padre en la silueta de un animal, de la misma forma que alguien había visto en él un oso— lo que lo conducía una y otra vez al bosque. El remolino de recuerdos asociativos pilla a Hunter por sorpresa. Hacía años que no pensaba en su padre. En su día, poco después del accidente, le resultaba más fácil no pensar en él, de la misma forma que uno evita mirar hacia abajo en un barranco para no quedar paralizado por el miedo. Esa es también la razón por la que trataba de evitar a su madre, que cada vez se parecía menos a la mujer que había sido antes. El contraste entre la madre que había conocido antes del accidente y la mujer en que se convirtió después lo desconcertaba. Luego, a medida que se fue haciendo mayor y empezó a seguir su camino, el recuerdo de sus padres se fue difuminando hasta quedar cubierto por una costra tan gruesa que ya ni siquiera sabía lo que había debajo. La imagen de su abuelo, sin embargo, había quedado grabada en su retina con tanta nitidez que su recuerdo de hombre terco y fornido lo seguía acompañando en todas sus expediciones de caza. Le basta con agarrar su rifle, el arma que heredó de él, para sentir su presencia a su lado. Pero hasta el día de hoy, nunca había sentido la sombra de su padre caminando también junto a él en silencio. Y lo más curioso es que su compañía no le resulta tranquilizadora, sino que más bien lo inquieta, como si su presencia fuera un mal augurio. En un intento de sacudírselo de encima, Hunter aprieta el paso, hasta que el sonido de las pisadas que vienen tras él se disuelve en la distancia.

La cañada no parece tener fin. Cada vez se hunde a más profundidad en la tierra, serpenteando en dirección a un núcleo primigenio, un epicentro. Aunque es imposible perderse entre las dos paredes que delimitan la quebrada y los obligan a avanzar siempre en una dirección, Hunter pierde por momentos el sentido de la orientación. El sol no se deja ver, no hay ningún punto de referencia al que aferrarse. El silencio solidifica en sus oídos, su mirada vaga perdida por las infinitas tonalidades de verde. Cuanto más se adentra en la cañada, mayor es su impresión de volver atrás en el tiempo, no solo en el sentido geológico de la expresión, sino también en el contexto de su propia existencia, tan breve en términos relativos. La maleza que lo rodea se funde con los bosques de su infancia, la caza de hoy se mezcla con expediciones de otras etapas de su vida. En las ramas de un árbol cree ver las astas de un ciervo en plena carrera. Un nido de termitas lejano es un oso durmiendo. Por momentos cree ver a su abuelo caminando por delante de él y acelera el paso para ponerse a su altura. Las grandes zancadas con que avanza por la hierba alta de la cañada se transforman en los saltos de un niño por un campo de helechos. Ahí está su padre con un atadillo de faisanes colgado del cinturón. Felicidad multicolor. Una bandada de perdices alza el vuelo. Hunter apunta y da en el blanco. Su primera pieza de auténtico valor. En sus recuerdos, que lo asaltan con la vivacidad de los sueños, ve presas asomando por todas partes, muy cerca de él, casi al alcance de la mano. Las imágenes enardecen su anhelo y lo impulsan a seguir hacia delante, siempre hacia delante, más allá del cansancio y el mortificante dolor que abrasa su cuerpo. Ese último momento, justo antes del disparo. Los últimos segundos de acecho silencioso. El momento de apuntar, con el índice ya en el gatillo. Ese momento en que el cazador dispone sobre la vida y la muerte. Eso es lo que anhela. Esa es su motivación para seguir. Más rápido, cada vez más rápido, cada vez más lejos de Dawid. El trazado de la cañada, que serpentea como una culebra verde esmeralda por la planicie seca, es tan imperioso que Hunter tiene la impresión de que hay una fuerza de succión que tira de él hacia delante, cada vez más al fondo de ese barranco verde, cada vez más cerca del corazón de las tinieblas.

La luz lo deslumbra. Ante él se extiende un prado infinito. Hunter lo abarca todo desde la altura. Subido a hombros de su padre, barre el terreno con la mirada en busca de liebres. Y entonces, justo en el momento en que señala —¡ahí, ahí, a la izquierda!— y su padre se lleva la escopeta al hombro y apunta con las pequeñas piernas de su hijo bien sujetas bajo las axilas, Hunter se tambalea, sus piececitos se salen de sus katiuskas y, con un fuerte golpe seco, cae como un peso muerto en el suelo. Cuando abre los ojos, ve a Dawid inclinado sobre él, su silueta recortada sobre una bóveda de follaje. Todo da vueltas. Está mareado. ¿Lo ha atacado !Nqate? ¿Lo ha envenenado Dawid? El guía le ofrece algo, intenta metérselo en la boca. Hunter lo rechaza de un manotazo y trata de ponerse en pie, pero su cuerpo no responde.

—Tome, coma esto. Está delirando a causa de las ortigas.

Exhausto, tiritando, Hunter descansa junto al fuego. En torno a ellos todo está oscuro. No tiene ni idea de dónde está ni cómo ha llegado hasta aquí, pero sospecha que lo ha traído Dawid, que entretanto ha encendido un fuego y le ha preparado una bebida caliente, una especie de sopa. Tampoco sabe cuánto tiempo lleva aquí ni qué hora es. A su alrededor solo ve formas imprecisas, todo tiene contornos difusos, todos los sonidos se duplican como en una caja de resonancia que los deforma hasta dejarlos reducidos a un murmullo irreconocible, una especie de gorgoteo similar a una corriente de agua. Agua. En algún sitio oye agua. La superficie sobre la que se encuentra es dura como la piedra, tal vez una plataforma rocosa. Al menos, eso le parece, aunque poco después se le antoja blanda y tiene la impresión de hundirse en ella como si fuera barro. La noche es una sucesión interminable de agitados estados de sueño y vigilia. Las imágenes oníricas lo desbordan todo y la realidad se escurre entre sus manos como un salmón que lucha por remontar la corriente, del mismo modo que ellos luchan por remontar la cañada afrontando un número creciente de dificultades, pues parece que la naturaleza se ha vuelto contra ellos para proteger a !Nqate, como si hubiera abierto una quebrada en el valle para detener al cazador y permitir que escape la presa. En su sueño febril, pasan ante él todos los animales que se le han escapado a lo largo de su vida. Se acercan a él hasta que casi puede tocarlos y, acto seguido, desaparecen. Animales a la fuga. Inaprensibles. Se burlan de él, los oye celebrando su astucia con bramidos, aullidos y graznidos. Vuelve a despertarse. Cree oír voces. Cerca, muy cerca, una sucesión muy rápida de chasquidos, una lengua desconocida que suena como guijarros arrastrados por la corriente de un río. Con los ojos entreabiertos explora la oscuridad, busca la sombra de Dawid. A unos metros de distancia, fuera del círculo de luz de la hoguera, vislumbra vagamente una forma oscura. ¿Dawid? La sombra se mueve, se desdobla. Ahora hay dos sombras. ¿Está borracho o hay alguien más con ellos? Hunter lucha por vencer su aturdimiento, trata de alzar la cabeza, pero todo da vueltas y una fuerza invisible tira de él, lo arrastra de nuevo hacia el sueño, hacia abajo, hacia la oscura ciénaga de recuerdos. Se ve persiguiendo a un órice, pero es en vano. Siempre el mismo órice, que siempre consigue escapar. En algún sitio retumba un trueno. Un relámpago ilumina brevemente el cielo y sobre el fondo violeta oscuro del firmamento ve recortada nítidamente la silueta de !Nqate con cuernos de órice en la cabeza. Estira el brazo para agarrar su rifle, pero sus dedos arañan la tierra fría. De nuevo se despierta. ¿O estaba ya despierto y ahora sueña? La realidad se le escapa entre los resquicios de la fiebre. Una y otra vez ve a su presa, cuernos de órice huyendo de él; una y otra vez, la presa desaparece entre la vegetación. El órice lo conduce hacia la penumbra, cada vez a mayor profundidad, hasta que las sombras se pliegan en torno a él y lo arrastran hacia las entrañas de la Tierra. El órice mira entonces hacia atrás una vez más y Hunter vislumbra el brillo de un ojo, un brillo negro sobre piel mate. Después, solo queda la oscuridad. Una oscuridad absoluta, impenetrable, de profundidad inconmensurable. !Nqate ha desaparecido. Ha perdido a su presa.

Cuando despierta, la fiebre ha remitido por completo. Un nuevo día se despliega ante él con la luz diáfana y cristalina del amanecer. Hunter se sienta y mira a su alrededor. Se encuentra en una pequeña plataforma rocosa situada unos metros por encima de un arroyo de poca profundidad. No comprende cómo ha podido llevarlo Dawid hasta allí en el estado en que se encontraba, medio inconsciente y delirando a causa de la fiebre. Tiene que haber cargado con él a cuestas, no hay otra. ¿Cómo es posible que ese cuerpo tan enclenque contenga tanta fuerza? Ahora que lo busca, por cierto, observa que Dawid ha desaparecido. Está ya tan acostumbrado a tenerlo a su lado en silencio que ni siquiera había notado su ausencia. Una repentina y oprimente angustia se apodera de él. ¿Lo ha dejado allí abandonado? Desorientado, explora con la mirada el entorno. ¿Por dónde han venido? ¿Dónde está la entrada y dónde la salida de la cañada? Si quiere tener alguna posibilidad de ponerse en contacto con Van Heeren, debería volver a la sabana abierta, porque aquí no tiene cobertura su localizador. ¿Es esa la razón por la que lo han conducido hasta allí? Podría ser que hubieran decidido abandonarlo a su suerte sin matarlo, convencidos de que la naturaleza se encargará de hacer el trabajo sucio. De ese modo se lo quitan de encima sin contravenir las leyes de los dioses. Pero si es eso lo que han tramado, se van a enterar de quién es él. Con espíritu combativo renovado, Hunter se lleva el rifle al hombro, recoge los frutos que ha dejado Dawid allí tirados y, cuando se dispone a marcharse, oye crujidos de ramas detrás de él. Automáticamente se da la vuelta y apunta. Los frutos se desparraman por el suelo. Delante de él ve a Dawid, el candor en persona, con cara de sorpresa.

—¡Imbécil! ¡Podría haberte matado!

—No contaba con que estuviera usted ya despierto.

—¿Dónde diablos te habías metido?

Dawid extiende los brazos y le muestra unos cuantos huevos moteados.

—He ido a buscar algo para el desayuno. No se puede cazar con el estómago vacío.

El chaval deja los huevos con cuidado junto al fuego, pone una piedra lisa similar a la pizarra encima de las brasas y va rompiendo los huevos uno a uno sobre ella.

—A usted no le gustan los huevos crudos, ¿verdad? A mí tampoco.

Hunter mira con recelo al muchacho. Hay algo que ha cambiado en su actitud, aunque no sabría decir exactamente qué. Por primera vez se muestra servicial. No es que antes no lo fuera, pero siempre se mostraba orgulloso de lo que hacía, seguro de sí mismo, y lo miraba siempre a los ojos. Ahora elude su mirada.

—He encontrado huellas frescas cerca de aquí. No puede estar muy lejos. Este ramal de la cañada no tiene salida. No creo que tardemos ya mucho en localizarlo.

—¿Y por qué iba a meterse en un ramal sin salida?

—No podía saberlo de antemano. Es el ramal más ancho.

—¿Y tú, entonces...?

—Aquí nunca venimos a cazar. Está demasiado lejos del poblado para cargar hasta casa con una pieza de caza. Además, aquí solo hay animales pequeños. El viaje no merece la pena.

—Pero entonces, ¿por qué conoces tú esto?

—Los únicos que vienen aquí son los chamanes, por las hierbas. Y un poco más adelante, en el manantial, es donde celebramos el rito de iniciación. Allí es donde habitan los viejos dioses.

Hunter se siente de pronto incómodo en aquel entorno. Allí, en aquel lugar remoto, la presencia de dioses que no son los suyos resulta inquietante.

—¿Y acaso eres tú chamán?

Dawid se encoge de hombros.

—Muchos lo somos. Tanto hombres como mujeres. Cuantos más miembros de la tribu conozcan los secretos de la medicina tradicional, mejor. Los veteranos instruyen a todo aquel que quiera aprender.

—¿Y !Nqate no ha querido?

—!Nqate tiene piernas muy rápidas, pero es lento de pensamiento. No le gusta aprender.

Con una hoja grande a modo de plato, Dawid

sirve los huevos con el mismo palo con que los ha batido y le entrega su ración a Hunter.

—Desayuno campero. Que aproveche.

En cuanto terminan de comer levantan el campamento. Esta vez no hace falta que Hunter le meta prisa. Por primera vez desde que partieron, Dawid se comporta casi como un guía normal. Su actitud reticente parece haber dado paso a algo que sería exagerado llamar entusiasmo, pero tal vez cabría definir como una forma de dinamismo pragmático orientado a la obtención de resultados concretos, como si él también sintiera que la caza se acerca a su fin y este fuera el día que van a encontrar a la presa. Con paso firme, Dawid se pone en marcha; Hunter lo sigue con el rifle en ristre y todos los sentidos en estado de máxima alerta. Entre ellos se respira la tensión de lo inevitable. Los dos saben adónde van y qué van a encontrar al final del camino.

Hunter tiene la impresión de que sus pisadas hacen cada vez más ruido y, cuando se detiene un instante y aguza el oído, comprueba que no es una impresión, sino un hecho. La cañada está envuelta en un silencio antinatural. No se oye nada. Ni pájaros cantando ni animales trajinando. Ni agua corriente ni viento. Tan solo un silencio oprimente y plúmbeo como el calor. No un silencio apacible, sino un silencio tenso, el silencio antes de la tormenta, como si la cañada entera estuviera maquinando algo terrible. Dawid también guarda silencio. Con pasos inaudibles y la vista puesta en la maleza al borde del camino, avanza metro a metro por la tierra blanda. Un escalofrío asciende por el cuello de Hunter. Silencio ominoso. Silencio fantasmal. El silencio antes del disparo.

Toda cacería tiene un momento en que el peligro se convierte en su propia recompensa, un momento en que el miedo al león da paso al acto de matar al león. Y en ese instante en que un hombre insignificante y vulnerable impone su voluntad a un depredador grande y poderoso, el misterio pierde toda relevancia y cede paso a la maestría cinegética, la cual, con su combinación de destreza y precisión, hace posible que el cazador someta a una presa más fuerte y rápida que él. Esa inversión del orden natural es la esencia de la caza. Cada disparo mortal confirma el triunfo del hombre sobre la naturaleza. Así es como hemos llegado al lugar donde nos encontramos hoy como especie, piensa Hunter: mirando a los ojos a nuestro miedo, enfrentándonos a él y derrotándolo. Ese brevísimo instante en que el miedo a la muerte da paso al sometimiento de la presa proporciona al cazador un placer casi erótico. Un clímax en el que toda la tensión acumulada se libera de golpe. Pero el placer no está tanto en el hecho de matar a un animal como en el sometimiento de la presa, la confirmación de nuestra supremacía sobre todas las demás formas de vida.

El chico-órice está ya muy cerca, Hunter lo sabe. Pero no porque lo lea en sus huellas o lo deduzca de los olores del entorno, sino porque es lo que le dice su cuerpo. Su instinto. La tensión reverbera en la atmósfera, la descarga puede llegar en cualquier momento. Y entonces, en un extremo de su campo de visión, lo ve. Un brevísimo fogonazo entre los arbustos, más sospecha que percepción. Una sombra ligeramente más clara que las demás. Si no se hubiera movido, lo más probable es que no lo hubiera visto, pero ahora que ha echado a correr y la imprecisa figura marrón oscura se desliza a toda velocidad sobre el fondo verde como si el sol se hubiera vuelto loco y girara fuera de control, lo ve claramente. Hunter se lleva el rifle al hombro y apunta, pero el joven aborigen se mueve demasiado rápido, de forma demasiado impredecible. Zigzagueando entre la vegetación, aparece y desaparece entre los árboles. En un boscaje denso como este es imposible derribarlo. Hunter baja el arma y, sin pararse a pensar, echa a correr tras él. Su cuerpo toma el control y hace lo que hacía el ser humano cuando no era más que otro animal en la selva: lanzarse a la persecución de su presa. La presa huye, el cazador va tras ella. En eso consiste cazar. Cuando ya vuela entre los árboles, Hunter ve a Dawid un poco más adelante. Él también ha advertido la presencia de !Nqate y no ha dudado en asumir su papel de perseguidor. La maleza, sin embargo, no tarda en entorpecerles el paso. La vegetación es cada vez más densa y los obliga a pararse continuamente para determinar por dónde se puede seguir. !Nqate ha desaparecido, el bosque se lo ha tragado. Al igual que el kudú, parece haberse volatilizado. Por un instante, Hunter teme haberlo perdido. Desorientado, mira a Dawid, que también rastrea el entorno con la mirada, pero entonces oye un crujido entre los matorrales, muy cerca de ellos. ¡Ahí! Dawid indica la dirección señalando con la mano, pero Hunter ya ha echado a correr. Con agilidad sorprendente para su edad y enorme estruendo, se lanza a tumba abierta entre los delgados troncos de los árboles. En torno a él, todo tipo de alimañas huyen en todas las direcciones como si se hubiera desatado un fuego en el bosque. Por encima de él se produce una desbandada masiva de aves. El mundo entero está en estado de alarma, pero ahora que su presa huye de él, ya no hay motivo para actuar en silencio. Los dos saben dónde se encuentra el otro. Los dos saben cómo va a terminar esta carrera. Acechar al enemigo con precaución ya no tiene sentido. Llegados a este punto, quien gana es el más rápido. El más fuerte. El más avezado.

Un muro de vegetación obliga a Hunter a detenerse. El sol ya ha alcanzado su punto más alto y sus rayos, filtrados a través del follaje, motean el suelo con una constelación de luces bailando al son del viento que agita las copas de los árboles en la cañada. La cabeza le da vueltas. ¿Cómo va a encontrar al joven aborigen en este bosque primigenio donde todo sirve de camuflaje y todo está camuflado? Hunter explora con detalle el entorno. Ya desde muy pequeño aprendió a fijarse en todos los detalles, a identificar aquello que está vivo en un paisaje muerto, a distinguir las astas de un venado de las ramas de un arbusto. Lentamente, recorre con la mirada el vibrante tapiz de tonos verdes en busca de algo que desentone, algo divergente. Y entonces, en el maremágnum de ramas y hojas en constante movimiento, su vista encuentra un asidero, algo que no hace vibrar el viento, sino que contiene el aliento en su intento de permanecer perfectamente inmóvil, algo que espera. Hunter vuelve a alzar su arma, pero !Nqate ya lo ha visto. Antes de que el sol destelle en el doble cañón de su rifle, el joven aborigen ya se ha adentrado de nuevo en la maleza. Con grandes y ágiles zancadas, salta por encima de los matorrales, levitando casi sobre ellos. No hay nada humano en sus movimientos. Sus saltos superan con creces la media humana. Es un órice digno de sus cuernos.

Hunter suelta un exabrupto. Él no tiene piernas para dar esos saltos, de modo que tendrá que dar un rodeo. Dawid, que ya ha tomado la delantera, le va indicando: aquí, no, por ahí no, sí, entre esos dos arbustos... Juntos reanudan la persecución y, poco después, la presa se deja ver de nuevo. Hunter desconfía. ¿Por qué permite que se acerque tanto a él? Es evidente que todavía tiene fuerzas, está muy lejos de la extenuación. Podría ser que estuviera tratando de conducirlo a algún sitio. Tal vez ha tendido una trampa entre la maleza o pretende atacarlo desde un ángulo imprevisto. Pero entonces lo ve de nuevo, allí, entre un grupo de arbustos, y sus piernas, como si tuvieran voluntad propia, echan de nuevo a correr, se lanzan a una frenética persecución. Ahora tiene que estar atento, no puede perder el rastro. Con cada zancada que da, aumenta su determinación. Los latidos de su corazón ahogan los reparos de su voz interior; la sangre fluyendo a presión por sus venas enjuaga sus últimas dudas. Hunter queda definitivamente ciego para todo aquello que no sea su presa. Del mismo modo que un escalador que afronta el reto del Everest no es capaz de dar la vuelta una vez que ha avistado la cima y olvida que en la llamada zona de la muerte es como un pajarillo a merced del gato, Hunter, sin poder hacer nada por evitarlo, se ve arrastrado por la fuerza magnética de su presa. Agarra con más fuerza su rifle y el familiar peso de su arma le evoca el recuerdo de cada animal que ha abatido con ella. El hipopótamo. Los leones. El guepardo. El viejo elefante de tamaño asombroso, cuyo peso hizo temblar el suelo al derrumbarse. Dos búfalos. Elands. Una jirafa. Kudús. Una cebra. Un ñu. Una decena de pumas. La manada de trofeos aplasta su miedo pasando por encima de él en estampida. ¿Qué puede hacerle el joven aborigen? A él. A Hunter. El cazador.

Entre el momento en que vuelve a verlo y el momento de apretar el gatillo transcurre un lapso de tiempo infinitesimal. En su cabeza ocurre todo de forma simultánea. Su cuerpo oscuro inmóvil entre la maleza, en silencio absoluto, se funde con tal perfección en el entorno que resulta casi invisible. Pero su piel tiene un tono mate ligeramente divergente y la anchura de su antebrazo difiere lo bastante de las hojas y ramas que lo rodean como para llamar la atención de un cazador experimentado. La mirada de Hunter, entrenada desde su infancia para identificar a sus presas, desenmascarar camuflajes y localizar rápidamente irregularidades en el paisaje, detecta algo, titubea, se queda clavada en ese punto. Y una vez que se detiene y mira de verdad, lo ve. Y tan pronto como lo ve, aprieta el gatillo.

Su disparo es instintivo. No piensa. Una vez que sus ojos registran a la presa y envían al cerebro la señal correspondiente, su cuerpo hace lo que está programado para hacer desde hace décadas. De forma automática. Ver a la presa. Tomar aire. Apuntar. Disparar. Su cuerpo es más rápido que sus pensamientos. Al menos, eso es lo que se dirá a sí mismo más tarde, cuando se pregunte qué ha ocurrido, cómo ha podido ocurrir. Ahora es demasiado pronto para hacerse preguntas. Ahora se limita a actuar. O eso quiere creer, porque lo cierto es que hay un titubeo en su acción. En algún momento de ese segundo fatídico, Hunter busca como siempre la mirada de su presa. En el brevísimo, casi inexistente, momento entre avistar y disparar, presa y cazador se miran. Durante un instante que parece eterno, el joven que sabe que va a morir y el cazador que se dispone a matarlo con un minúsculo movimiento del dedo índice respiran juntos. Dios también mata con el dedo índice, piensa Hunter en ese momento. Desde los dioses más primitivos, esas tres insignificantes falanges encierran el poder de acabar con cualquier vida. En cuanto doble su dedo índice, habrá terminado todo.

!Nqate ni siquiera pestañea. No grita, no hace un último y desesperado intento de huir. Tan inmóvil como el kudú, permanece en su sitio y mira a la muerte a los ojos. Pero en la mirada del animal solo cabía leer la noción de su inminente muerte. El kudú sabía que se le estaba yendo la vida, era consciente de que no tenía sentido tratar de escapar y se entregó a la muerte. Lo que se apagó en su mirada era únicamente el presente. El aquí y ahora. El final de su vida no fue más que una transición, dejar de respirar. Ni más ni menos. En la mirada del joven aborigen, sin embargo, Hunter lee algo muy distinto. Lo que se apaga en sus ojos no es el presente, sino el futuro. En el nanosegundo que dura la acción de apretar el gatillo, ante los ojos de !Nqate pasa la vida que había imaginado pero ya no conocerá. El macho de kudú que iba a cazar para obsequiar a Xoan//a, el compromiso matrimonial, el primer beso, el asombro de sus manos al sentir por primera vez la suavidad de sus pechos, las danzas, el rito del matrimonio, la primera noche compartida con ella, durante la cual entraría por fin en su cuerpo en un contacto tan íntimo como la caza, un contacto que en vez de causar la muerte engendraría una nueva vida, su hijo, su segundo hijo, su hija, los estudios de sus hijos, la muerte de su padre, una enfermedad, la partida de su hija a la ciudad, la marcha de... Hasta ahí llega la secuencia. Con un ruido húmedo de succión, la bala entra en el hombro izquierdo de !Nqate y, reventando parte de su omóplato en el camino hacia fuera, derriba al muchacho con fuerza demoledora.

V

LA MUERTE

—Tiene que liberarlo de su agonía cuanto antes.

La voz de Dawid procede de muy lejos y es fría como el hielo. Este no es sitio para el hielo. En un lugar tan caluroso como este no hay hielo. ¿Sabe este joven aborigen lo que es el hielo? ¿Se ha tomado alguna vez un refresco con cubitos de hielo? ¿Ha visto alguna vez la nieve? No, por supuesto que no. ¿Dónde puede haber visto nieve salvo en su teléfono? Su teléfono, por supuesto. Pero, si tiene un teléfono, ¿por qué no sabe cómo es Estados Unidos? ¿Por qué quería saber cómo es Estados Unidos en realidad? ¿Y qué quiere decir «en realidad»? El cerebro de Hunter se aferra con avidez a cualquier cuestión accesoria con tal de no mirar de frente a la realidad y aceptar que ha errado el tiro. O peor aún, que ha hecho blanco en el sitio equivocado y, como consecuencia de ello, el joven que yace en la arena a escasos metros de él aún está vivo. Las endorfinas que hace solo un instante, en el momento del impacto de la bala, lo colmaban de placer y lanzaban oleadas de satisfacción por su sistema nervioso se diluyen a velocidad de vértigo. Hunter siente náuseas acompañadas de una pegajosa sensación de frío húmedo. Ha zozobrado. Ha zozobrado y ha fallado.

—Es su deber de cazador.

Tocado pero no muerto. La pesadilla de cualquier cazador, con excepción, tal vez, de unos cuantos sádicos. Pero quien disfruta de ver sufrir a su presa no es un cazador, sino un criminal. Cualquiera con un mínimo sentido del honor aspira a matar con un único disparo. Es ahí, en el dominio de ese arte, donde se encuentra el placer de la caza: disparar con tal precisión que la presa deje de correr al instante y muera sin llegar a saber nunca lo que ha pasado. Es una lección que su abuelo le enseñó con mano dura. De las cavernas de su memoria emerge de pronto un recuerdo que había reprimido durante años. Siendo aún muy joven, alcanzó a un jabalí en el hombro con un disparo tan mal colocado que dejó intactos el corazón y los pulmones. La subsiguiente carga del animal —una hembra con crías— lo pilló por sorpresa y le resultó tan intimidante que no fue capaz de volver a disparar. La jabalina escapó. Los jabalíes son bestias duras de pelar, capaces de seguir corriendo durante mucho tiempo incluso después de un disparo certero. Cuando, varias horas después, el perro la encontró, la jabalina aún no había muerto. Su abuelo se plantó junto a ella impasible, sin intención de mover un solo dedo. Le quitó el rifle a Hunter —«de qué te sirve, si es evidente que no sabes utilizarlo»—, le ofreció su cuchillo de caza y le dijo que tenía que acabar el trabajo a mano. Ahora, media vida después, el recuerdo es aún más vívido de lo que le gustaría. Hunter ve a su yo adolescente, en algún punto entre la infancia y la edad adulta, fuerte y bronceado de la vida al aire libre, con músculos correosos como la madera de sauce, luchando con la jabalina herida. Se ve clavándole el cuchillo en el cuello para que deje de gritar, o al menos intentándolo, siente la enorme fuerza del animal luchando por su vida, experimenta de nuevo su propia impotencia, la dificultad para introducir el cuchillo en la piel gruesa y coriácea de la jabalina, la resistencia que ofrecen sus poderosos músculos, percibe el olor de una agonía que dura mucho más de lo necesario, siente la sangre caliente derramándose a chorros sobre sus manos, una corriente interminable de un líquido rojo oscuro, casi negro, hasta que por fin nota en sus muslos cómo se distiende el cuerpo del animal. Ni siquiera puede decir que fuera una matanza de emergencia. Aquello fue una auténtica pelea durante la cual la jabalina le produjo una grave herida en la pierna con los colmillos, una herida de la cual conserva una enorme cicatriz. De nuevo se ve allí sentado, con la ropa cubierta de sangre viscosa y una herida impresionante en el muslo, y recuerda a su abuelo mirándolo desde arriba con cara de pocos amigos, diciéndole en tono severo que, si no quiere pasar otra vez por eso, más le vale no errar nunca más un disparo. Desde entonces no había vuelto a fallar. Hasta ahora.

Hunter mira al joven malherido, que, al contrario que la jabalina, no lucha por su vida ni grita, sino que yace en silencio, esperando a que se cumpla su destino. En los ojos con que lo mira no hay odio, solo decepción. Esto es más de lo que Hunter es capaz de soportar. Agarrándolo de los hombros, lo sienta apoyado contra el árbol, pero el cuerpo no se sostiene, amenaza con venirse abajo. Hunter vuelve a apoyarlo en el tronco, su cabeza vencida hacia un lado. El joven sigue sin ofrecer la menor muestra de dolor. No gime, no grita, no dice nada, se limita a mirar a Hunter con un hilo de sangre colgando de la comisura de sus labios, formando burbujas rosadas en sus labios cada vez que espira. Lo único que se oye es el gorgoteo húmedo de su aliento. Hunter debería matarlo, sabe que tiene que matarlo, del mismo modo que se mata por compasión a un animal que sufre, pero hay algo en él que se resiste. Su cuerpo se ha desvinculado de su mente y actúa por cuenta propia. Ahora que vuelve a ver a un ser humano en su presa —una presa que comprende lo que ha ocurrido y acepta su suerte sin ofrecer resistencia—, su instinto cazador da paso a un sentido del deber inculcado por la civilización. Sin pensárselo dos veces, se quita la camisa, la enrolla y trata de vendar con ella el hombro de !Nqate con la esperanza de cortar la hemorragia. La bala ha entrado en su pecho varios centímetros por encima del corazón, pero debajo de la clavícula. En el punto de entrada del proyectil la herida no parece gran cosa, pero cuando toma al joven entre sus brazos y lo atrae hacia sí como un peso muerto para examinar su espalda, ve el terrible destrozo causado por el cartucho en su trayectoria hacia fuera. La munición de gran calibre no solo ha perforado su omóplato, sino que ha desgarrado los músculos y tendones en torno a la articulación. Las esquirlas del hueso fracturado han rajado la carne y es probable que la sacudida haya dañado también el pulmón, lo cual explicaría la espuma rosácea en sus labios. Es un milagro que no esté muerto. Un milagro horrible e indeseable, pero un milagro a fin de cuentas.

Desconcertado, aturdido, sin saber qué hacer, Hunter permanece un instante inmóvil con el cuerpo de !Nqate entre sus brazos, apoyado sobre su pecho. Entonces percibe el olor a carne quemada, una mezcla de pólvora, azufre, sangre caliente y entrañas similar al aire acre que se respira en un matadero. El olor de la muerte. Aunque el joven aún respira, su cuerpo ya desprende el olor de la muerte.

Impresionado, Hunter lo suelta y se echa hacia atrás. !Nqate se derrumba contra el árbol y su cabeza se vence de nuevo hacia delante. La máscara de órice se desprende y queda colgando de lado.

Hay algo tragicómico en la escena. Cual personaje de una película muda, balanceándose en la frontera entre lo hilarante y lo grotesco, !Nqate mira a Hunter con expresión vacua. Hunter quiere desviar la mirada, pero no puede. La imagen ejerce una fuerza de atracción magnética sobre él, le recuerda algo que no ha vivido nunca. Algo que no ha visto nunca. Ni quiere ver. ¿Es esto lo que le ocurrió a su padre? ¿Es esta la misma brutalidad con que una bala procedente de una escopeta de caza taladró aquel cuerpo cálido y fibroso, aquel cuerpo protector que cargaba con él a hombros cuando se cansaba y desprendía un reconfortante olor a sudor salado con trazas de tabaco oscuro y hojarasca húmeda? Fue durante una cacería de osos. Tuvo que ser su abuelo quien disparó. Con este mismo rifle. Porque, aparte de él, ¿quién podía formar parte de la partida de caza? Por primera vez, Hunter cae en la cuenta de que nadie le dijo nunca quién había disparado la bala que mató a su padre. Las rodillas le flojean, su estómago se alza en rebeldía, un sudor frío cubre su piel. Tiene que irse de aquí.

—Tiene que liberarlo de su agonía.

Otra vez esa voz lejana. ¿Qué quiere de él? ¿Quién diablos está a su lado? Alguien trata de ponerle en las manos un extraño objeto que su tacto no reconoce, no quiere reconocer, dos cilindros de metal, un cañón doble, una culata. ¿De dónde ha salido ese rifle? ¿Es el suyo? ¿Se le ha caído en algún momento? ¿Lo ha tirado? Su cabeza se inunda de preguntas para las que no tiene respuesta. No encuentra el porqué. ¿Qué está haciendo aquí? ¿Quién ha disparado a ese chico? ¿Ha sido un accidente? Lejos. Tiene que irse lejos de aquí. Lejos de ese cuerpo aún vivo que huele a cadáver. Lejos de esa terrible herida. Lejos de ese silencio inhumano. Con un brusco manotazo rechaza el rifle y se aleja caminando de espaldas, muy despacio, dando tumbos, con la mirada fija en el joven que agoniza a sus pies, todavía hipnotizado. El otro, el joven del rifle, le dice algo al moribundo, extiende una mano hacia él y lo ayuda a levantarse. Juntos se alejan del árbol. Imposible. Es imposible que esté andando. Los muertos no andan. Y sin embargo, eso es exactamente lo que está haciendo. Paso a paso, los dos jóvenes aborígenes cruzan el claro. La herida es un ojo enorme encharcado de sangre observándolo desde el pecho de la presa, justo a la altura del corazón. ¡No ha errado el disparo! ¡Su disparo ha dado en el blanco! Pero entonces... ¿por qué no se viene abajo ese chaval? ¿Por qué no está muerto? El calibre .577 está concebido para la caza mayor. Animales de gran formato. Elefantes. Rinocerontes. Hipopótamos. En su mente se proyecta de nuevo la escena del búfalo desplomándose en el suelo, una tonelada de fuerza bruta detenida en plena carrera. Aunque fuera cierto que ha errado el disparo por unos centímetros, la fuerza del impacto habría reventado su corazón de todas formas. Es imposible que ese muchacho siga vivo. Tendría que estar muerto.

En medio del claro, Dawid suelta a !Nqate y el muerto se mantiene en pie, recto como una vela, como si no hubiera sufrido más que un rasguño. Dawid se acerca a unas rocas al borde del claro y enjuaga la camisa de Hunter en un charco. Entre los árboles hay una pequeña catarata que Hunter no había advertido hasta ahora. Ese debe de ser el manantial del que hablaba Dawid esta mañana. El dique de piedras que hay a su alrededor es obra del hombre, no de la naturaleza. ¿Qué es esto? ¿Un santuario? ¿Un lugar para rituales de sacrificio? «Allí es donde habitan los viejos dioses.» Un miedo cerval se apodera de Hunter. Sus pensamientos son sombras oscuras abriéndose paso a trompicones en su cabeza. El joven aborigen. Su padre. Su mente quiere huir, marcharse de allí cuanto antes, mirar hacia otro lado, pero su cuerpo se niega y no puede dejar de mirar lo que es imposible pero cierto. !Nqate no está muerto. Es un no-muerto. Cosa de hechicería. Magia negra. Una ola de pánico sacude su cuerpo y lo agarra de la garganta. Hunter se oye jadear. Hay algo maligno, algo antinatural en este lugar, algo que se filtra en su interior a través de su piel y acelera el ritmo de su corazón, cuyos latidos siente en las venas. En el aire vibra un murmullo tenebroso y oscuro. ¿Qué están haciendo aquí? Entonces recuerda que es !Nqate quien lo ha conducido a este lugar, que se detuvo por voluntad propia y se quedó parado a esperar el disparo sin hacer nada por impedirlo. Y se pregunta si ahora también está esperando algo, parado en medio del claro tan inmóvil y erguido como entonces.

El kudú. !Nqate mira a Dawid igual que el kudú miraba a Karoha. «Esa presa ya no correrá más. Ella aún no lo sabe, pero no queda vida en su interior. Karoha tiene que liberarla de su agonía cuanto antes.» Dawid se acerca a !Nqate y le limpia el pecho ensangrentado con la camisa húmeda. Hunter casi confía en que la herida se cierre, que se produzca un milagro. Pero entonces el tiempo se ralentiza —¿por qué, por qué se alarga el tiempo hasta el infinito, haciendo dolorosamente visible hasta el más mínimo detalle de la atrocidad que tiene lugar ante él?— y Dawid alza por encima de su cabeza el garrote que lleva siempre consigo. Despacio, muy despacio, con lentitud exasperante, la rudimentaria arma corta el aire —Hunter abre la boca para gritar—, se aproxima al cuello de !Nqate —pero de su garganta no sale el menor sonido— y con un golpe demoledor —o su grito llega demasiado tarde y, si llega, no impide que se consume el acto de violencia— le rompe las vértebras a su amigo. Como si un camión hubiera pasado por encima de una enorme tortuga, así suena el impacto. En cuanto el garrote alcanza el cuello de la víctima, el tiempo recupera su ritmo habitual. !Nqate cae de rodillas al suelo y su cuerpo se desploma. Hunter siente una arcada, se inclina hacia delante y, con las manos agarradas a los muslos, vomita en la arena, la misma arena que Dawid, a escasos metros de él, esparce con amplios movimientos sobre el cuerpo sin vida de !Nqate. Su cántico resuena dulcemente en las paredes de la cañada.

Poco después vuelven al campamento. Dawid con !Nqate cargado al hombro como un órice recién abatido, Hunter detrás de él, lo más lejos posible, tratando de mantener la vista fija en el suelo, pero alzando la mirada una y otra vez en contra de su voluntad, atraído por el extraño animal que camina delante de él, una extraña criatura antinatural reminiscente de Shiva con cuatro brazos, cuatro piernas y dos cabezas, una de las cuales cuelga hacia atrás en un ángulo imposible, con el cuello roto como un gorrión listo para la cazuela, y, balanceándose de un lado a otro, lo mira con la boca abierta en cada paso del camino. El trayecto, que por la mañana le había resultado tan corto, se le hace eterno. Hasta bien entrada la tarde no llegan al lugar donde habían dormido. Ágilmente, sin ninguna dificultad, Dawid se encarama a la plataforma rocosa con el cuerpo sin vida cargado a la espalda como un peso muerto, de la misma forma que debió de subir el día anterior a Hunter. Arrodillado junto al arroyo, Hunter trata de lavarse. Los guijarros se le clavan en las rodillas, lo cual, lejos de incomodarlo, le proporciona un dolor dulce e intenso que alivia sus náuseas. Pero la sangre no se deja enjuagar así como así y deja pertinaces manchas de color marrón óxido en su camisa y en el cuero pálido de sus botas, que ahora están secándose junto al fuego. El fuego que ha encendido Dawid temeroso de que el olor del cadáver atraiga depredadores. Están sentados uno enfrente del otro, Hunter lo más lejos posible del muerto, con las manos en las rodillas y la mirada fija en las llamas. Dawid, al otro lado del fuego, aplasta con una piedra pequeñas ramas aún verdes que ha cortado por el camino, les quita la capa exterior y, enrollándolas con dedos habilidosos y veloces, transforma las fibras en cuerdas. Es una tarea que requiere mucha paciencia y Dawid tiene todos los sentidos puestos en ella, como si el mundo que lo rodea hubiera dejado de existir. No han intercambiado una sola palabra, lo cual no impide que Hunter lea un reproche silencioso en todos los gestos de su guía. Silencioso pero atronador. Cuando termina con las cuerdas, Dawid desaparece y deja a Hunter solo con su silencio. Y con el muerto, que no deja de mirarlo, pues Dawid no le ha cerrado los ojos. En este momento, no hay nada que Hunter desee tanto como cerrarle los ojos a !Nqate, pero se siente incapaz de hacerlo. Hay algo en su interior que le impide acercarse al cadáver, tocar al muerto. Él, que ha crecido con la muerte. Él, que ha visto, desollado y destripado tantos animales muertos. Él, que ha puesto fin a tantas vidas sin sentirse jamás culpable. ¿Por qué habría de sentirse culpable por la muerte de animales que iban a morir de todas formas, animales que se mataban y se comían entre ellos un día sí y otro también? Cazar era un acto natural para él, algo que formaba parte de su vida, de la vida en general, igual que la muerte. Pocas cosas hay tan naturales como cazar. Pero hoy, esta tarde interminable, el muerto no deja de observar todo lo que hace, no le quita el ojo de encima, y su mirada le oprime el pecho de tal forma que apenas puede respirar. La desagradable sensación que lo acompaña desde unas horas antes, además, no lo deja tranquilo, y el fuego no consigue ahuyentar las sombras. Al contrario, las llamas le dan al crepúsculo un carácter más tenebroso todavía y envuelven el cadáver en una luz siniestra que hace la mirada de sus ojos blancos más estremecedora si cabe. Como un niño que cree poder ocultarse tras sus manos en el juego del escondite, Hunter cierra los ojos para evadirse de allí, pero en el silencio oscuro que encuentra tras sus párpados, la sensación de angustia resulta aún más asfixiante. El sentimiento de vergüenza por su cobardía se ha agarrado con fuerza a su pecho junto al inaprensible e incomprensible miedo que le sobrevino en el manantial. Como dos serpientes oscuras en pleno ritual de apareamiento, vergüenza y miedo se trenzan entre sí dando vida a una nueva criatura, un monstruo bicéfalo que habita en las sombras de este extraño bosque, una fuerza primigenia, sobrehumana y oscura. Hunter siente un escalofrío y vuelve a ver a !Nqate ante sí. Muerto pero en pie. Andando. Dando un paso tras otro. Avanzando hacia él. Un muerto viviente. Un espíritu buscando venganza. Presa del pánico, Hunter abre los ojos.

Fuera del círculo de luz, justo al borde de la plataforma, hay una sombra oscura. Instintivamente, Hunter se encoge. La sombra se acerca, algo cae con gran estruendo al suelo. Dawid ha ido a por madera, troncos largos y delgados con los que empieza a fabricar una rudimentaria angarilla con dedos rápidos y diestros. Cuando termina, le pide a Hunter con un gesto que ponga el cuerpo encima. Hunter se echa hacia atrás. Todas las fibras de su cuerpo se resisten a la idea de tocar el cadáver. Si por él fuera, ni lo miraría.

—Ni hablar —dice negando con la cabeza—. Tú eres el portador.

—Tocar a los muertos trae mala fortuna.

—¡Pero si llevas todo el día cargando con él!

—Ya, pero ahora está frío.

—¡Por todos los santos!

Las malditas supersticiones africanas, contra las que no hay argumento racional que valga. Un muerto caliente no es un cadáver, pero un cadáver frío trae mala suerte. Ahora que se lo oye decir en voz alta a Dawid, suena tan absurdo que su propio miedo también se le antoja ridículo. Furioso consigo mismo por haberse dejado llevar por sus emociones, agarra sus botas y, nada más ponerse la primera, suelta un grito desgarrador. El dolor es inmediato. Un dolor intenso y omnipresente que abrasa su sistema nervioso como si acabara de caminar descalzo sobre las brasas del fuego que arde junto a él. Ni siquiera es capaz de sacar el pie, no funciona el mecanismo reflejo de su cuerpo, es como si estuviera paralizado, como si el dolor hiciera imposible cualquier acto. Su pensamiento también se bloquea. En su cerebro solo hay sitio para esa palabra que expresa lo único que siente en este momento. Dolor. Dolor. Dolor. Hunter grita de dolor con las manos en los tobillos. Dawid se planta a su lado de un salto, le quita la bota y se va con ella al borde de la plataforma, la pone bocabajo y le da un par de golpes en la suela con la palma de la mano. Casi al instante cae del interior un escorpión que se vuelve inmediatamente contra él amenazándolo con la cola en alto. Dawid busca protección al otro lado del fuego y agarra el palo más largo que encuentra.

—¡Cuidado! Los escorpiones negros pueden disparar su veneno a varios metros de distancia.

Con la punta del palo, empuja al escorpión por el borde de la plataforma y vuelve junto a Hunter, que se retuerce de dolor junto al fuego.

—¿Cómo ha sido usted tan imprudente? No debe calzarse nunca sin mirar antes dentro de las botas. ¡Nunca!

Los blancos cometen muchas tonterías en la sabana.

Haciendo acopio de todas sus fuerzas, Hunter trata de rehacerse y salir de la abrumadora espiral de dolor a la que ha ido a parar de forma inesperada —un torbellino rojo y negro que tira de él hacia el infierno—, hace lo posible por recuperar la facultad de hablar y decir algo, pero no consigue producir más que un jadeo gutural. El dolor es indecible.

—Respire —dice Dawid agachándose junto a él.

Hunter echa espuma por la boca. Su respiración suena como papel de lija. Y en algún lugar lejano, en la periferia de su dolor, la razón le pide a gritos que se calme, que no puede ser para tanto y que Dawid tiene razón. Tiene que respirar. Más despacio. Más hondo. El infierno se prolonga durante varios minutos que parecen horas en las que dolorosos latigazos rojos como el fuego dan paso a quemaduras cada vez más grandes, las cuales, a su vez, se van transformando en nuevas saetas de dolor. Cuando por fin recupera cierto control de sí mismo y se encuentra en disposición de hablar, su voz suena ronca y distorsionada, como si fuera la voz de un extraño.

—¿Es mortal?

Esas son las únicas palabras que encuentra. El dolor es tan intenso que reprime cualquier otro pensamiento. Dawid hace un gesto ambiguo con la cabeza.

—Esos escorpiones tienen dos tipos de veneno. Las primeras gotas son menos tóxicas y las usan a modo de advertencia. Pero si se sienten amenazados de verdad, segregan un veneno mucho más fuerte y las cosas pueden ponerse feas.

Un miedo glacial se apodera de Hunter. Ha metido el pie con tanta rabia en la bota que ha debido de faltarle poco para aplastar al escorpión. El miedo adquiere nuevas dimensiones. Miedo. Después del dolor, esa es la siguiente palabra que ocupa por entero su espíritu. Miedo a la muerte. Letras rojas sobre fondo negro, letras chillonas como en una película de dibujos animados. Una nueva ola de dolor azota su cuerpo, seguida de inmediato por un nuevo arrebato de miedo. Y así sucesivamente. Dolor y miedo se alternan en su espíritu como la pleamar y la bajamar en una playa, cada vez con más fuerza, y casi lo arrastran hacia el mar rojo y negro de la desesperación. En algún lugar al borde de su conciencia, Hunter sabe que no puede abandonar, que tiene que seguir luchando, porque de lo contrario está perdido. Tiene que encontrar algo a lo que aferrarse. Una palabra. Un pensamiento. En las profundidades de su ser, busca un asidero, algo de lo que pueda extraer fuerzas. Fugazmente, como en un fogonazo, ve ante sí el rostro de su mujer y, como un náufrago que encuentra un tablón de madera en el mar, se agarra a él confiando en haber encontrado la salvación. No puede hacerle esto a ella. No puede morir de una picadura de escorpión. No puede dejar este mundo de una forma tan absurda. Si el rinoceronte lo hubiera aplastado en su embestida, lo habría considerado una muerte honorable. Y si !Nqate lo hubiera alcanzado con una flecha venenosa, al menos habría sido justo. Pero se niega a sobrevivir a todo eso para morir luego como un turista occidental atolondrado. No está dispuesto a darse por vencido sin dar la batalla y, poseído por esa idea, bufando, resollando y jadeando, se incorpora como buenamente puede.

—¿Hay antídoto?

—No —contesta Dawid—. Los escorpiones no son serpientes, su veneno es mucho más complejo. Pero la mayoría de los hombres adultos sobreviven a una picadura. Salvo que tengan el corazón débil. —Y, escrutando a Hunter con mirada crítica, añade—: Usted está bastante en forma para ser blanco.

La marea empieza a bajar. Ahora que el miedo se difumina, el dolor también parece remitir.

—Tenemos que irnos de aquí —dice Dawid mirando la angarilla—. Dentro de unas horas no podrá usted andar.

Ahora que Hunter ha recuperado el dominio de su mente, empieza a recuperar también el dominio de su cuerpo. Con toda la fuerza de voluntad que es capaz de encontrar en su interior, se obliga a cambiar el chip y, adoptando una actitud netamente pragmática, trata de ponerse en modo supervivencia, tal y como le enseñó su abuelo. *El cuerpo es un instrumento del alma*. Por fin consigue incorporarse del todo, pero aún no es capaz de soltarse el tobillo, como si sujetándose la pierna con las manos pudiera prevenir la difusión del veneno por su cuerpo. Atribulado, mira a su guía.

—¿Qué va a pasar ahora?

—No lo sé. Cada caso es distinto. Lo único seguro es que el dolor irá en aumento.

—¿Cuánto tiempo?

—Unas horas, días en el peor de los casos. Perderá sensibilidad en los pies y las manos, tal vez en el rostro. Se le nublará la vista y empezará a dar tumbos. Después de una picadura de escorpión, la mayoría de la gente anda como si hubiera bebido litros de cerveza africana.

—¿Tienes experiencia en una situación así?

Por toda respuesta, Dawid se encoge de hombros.

—¿Voy a morir?

El mismo gesto de indiferencia.

—Eso lo deciden los dioses.

Hunter se suelta la pierna encabronado y, al instante, el dolor le pega un nuevo latigazo.

—¡Vete a la mierda con tus putos dioses! Ha sido un accidente, eso es todo. Por mi puta culpa.

Su voz suena menos firme de lo que había esperado. Bajo el manto de su exasperación hay un estrato de miedo. Ahora que ha caído la noche, la paradisiaca cañada se ha transformado en un lugar lúgubre y tenebroso que parece cobrar vida propia y, siseando amenazadoramente, se vuelve contra él como un reptil primitivo. Todo lo que lo rodea le inspira un pavor difícil de dominar. ¿Se lo habrá notado Dawid? Hunter lo escruta con la mirada. Evitando el contacto visual, el chaval le devuelve la bota.

—Tenemos que irnos de aquí.

Antes de que Hunter pueda decir algo, Dawid le da la espalda y se acerca al cuerpo de !Nqate.

—¿Pretendes que nos pongamos en marcha a oscuras con un cadáver a cuestas?

—Tengo que llevarlo a casa.

—¿Por qué? ¿Es eso también la voluntad de los dioses?

—No. Es lo que pone en el contrato. Es su trofeo. *No prey, no pay.*

A Hunter no se le escapa la mala baba con que Dawid escupe las palabras, la bilis que impregna en cada una de ellas. Por si el dolor no fuera suficiente, Hunter empieza ahora también a recelar. ¿Habrá sido capaz el guía de meter un escorpión en su bota como venganza por la muerte de su amigo? Tan pronto como el pensamiento toma forma en su cabeza, Hunter hace lo posible por reprimirlo. Si quiere salir de aquí con vida, tendrá que confiar en Dawid y evitar que el chaval se enemiste con él. Ni siquiera sabe si será capaz de ponerse la bota sin su ayuda. Haciendo un descomunal esfuerzo de control mental, Hunter suelta la pierna y trata de calzarse la bota. Un dolor inhumano, como si le hubieran clavado una alcayata en la planta del pie de un martillazo, lo obliga a hacer una pausa y meter el pie más despacio, pero hasta el menor roce supone una auténtica tortura. Intenta no pensar en nada. Se pone en pie. Por su pierna ascienden continuas descargas eléctricas. Tiene que moverse. Si consigue centrar su atención en otra cosa, el dolor será más soportable. Con movimientos mecánicos, se acerca a Dawid. Reprimiendo las náuseas, agarra a !Nqate de su brazo bueno y lo alza de tal modo que el cuerpo queda apoyado en el suelo de costado.

—Yo solo no puedo. La pierna me está matando.

Dawid coloca la angarilla en el suelo, pegada al cuerpo, y Hunter lo suelta. El cadáver cae encima como un muñeco de trapo. Haciendo de tripas corazón, Hunter coloca bien el cuerpo encima de la rústica camilla. La cabeza se ladea y, a pesar del polvo que cubre sus córneas, !Nqate lo mira con ojos cristalinos, como si se negara a poner fin al contacto visual que establecieron el cazador y la presa una fracción de segundo antes del disparo. Su mirada, transformada en un agujero negro que lo absorbe todo, refleja una tristeza profunda y oscura, decepción por la cobardía del cazador. A Hunter se le encoge el corazón. En la trastienda de su cerebro resuena la voz de Dawid. «Tiene que liberarlo de su agonía. Es la ley de la caza. La voluntad de los dioses.» ¿Es esa la razón por la que el muerto lo mira de esa manera? ¿Va a seguir mirándolo siempre, desde más allá de la muerte, como un espíritu que no encuentra la paz y permanece entre los vivos porque no ha podido cumplir su misión en el mundo? Hunter siente el miedo causando estragos de nuevo en sus entrañas. Olas de sudor frío sacuden su cuerpo. Tiene que dominarse. Conservar la calma. Pensar racionalmente. Los espíritus no existen. Los muertos no miran a nadie. Tiene que ser todo culpa del veneno, que le está trastornando el cerebro. Reprimiendo un escalofrío, se obliga a extender la mano hacia el cadáver para atarlo a la angarilla. Los ojos de !Nqate siguen con atención todos sus movimientos, pero, a pesar del pavor que le produce esa mirada, sigue sin ser capaz de bajarle los párpados. Al final opta por taparle la cara con el cráneo de órice, que había quedado tirado a un lado. Donde estaban los ojos, apuntan ahora hacia el cielo dos cuernos. A continuación se levanta, se acerca al fuego con la pierna herida tiesa como una pata de palo, agarra su rifle, lo carga antes de colgárselo al hombro, saca del fuego dos ramas ardiendo para usar a modo de antorcha y le entrega a Dawid una de ellas.

—Venga, en marcha.

El viaje de vuelta es siempre más corto que el de ida. Con esa idea se consolaba Hunter siempre de niño cuando, exhausto tras un día de caza corriendo tras su abuelo, volvían al coche o iniciaban la larga caminata de regreso a casa, según adonde hubieran ido. Cuando la ilusión ante la expectativa de un día de caza —que en el camino de ida le había dado alas, logrando que sus piernas parecieran incansables— cedía ante la cruda realidad de tener que desandar la distancia que habían recorrido persiguiendo a la presa de turno —y ahora encima cargando con ella—, se le caía el alma a los pies. Luego, sin embargo, descubría con alivio que la cosa nunca era para tanto, pues cada punto de referencia que reconocía en el camino suponía un estímulo para seguir adelante. Ya estaban en tal sitio, por lo que pronto aparecería en el horizonte tal otro, lo cual significaba que cada vez faltaba menos para llegar a casa. Pero esta marcha nocturna por la cañada no responde a esas leyes. En la oscuridad impenetrable que lo rodea no hay punto de referencia que valga y su miedo alarga las distancias sin misericordia. Entre aquí y allí hay kilómetros y kilómetros llenos de peligros, y el terrible dolor que atormenta su cuerpo con cada paso que da convierte cada metro del camino en una tortura. ¿Cuánto tiempo podrá aguantar así? ¿Cuándo comenzará a subirle la fiebre? ¿Cuánto tardará en empezar a dar trompicones? ¿Cuánto tiempo podrá seguir reprimiendo mentalmente las insufribles punzadas de dolor? ¿Cuántos pasos más se puede obligar a dar? ¿Cien? ¿Mil? ¿Cuántos pasos quedan para llegar al poblado? Lo que hace Hunter no es andar, sino arrastrarse de una pesadilla a otra, desgarrándose la piel en el alambre de espino que separa unas de otras. Como un prisionero decidido a torturarse a sí mismo, da un paso tras otro consciente de que lo único que está bajo su control es el tiempo que transcurre entre los latigazos que él mismo se atiza. Pero ¿qué es peor? ¿Las descargas eléctricas que recorren su cuerpo con cada paso que da o el infernal dolor que lo desgarra y abrasa por dentro entre uno y otro paso, cuando apoya el pie en el suelo? Con el fin de distraer su atención, busca a su alrededor un asidero visual al que aferrarse, como hacía antaño cuando, vencido por el cansancio, fijaba la vista en los talones de su abuelo y contaba sus pasos. Dawid camina por delante de él, pero su silueta, al contraluz de la antorcha, es difícil de distinguir en la oscuridad. Desde su perspectiva, lo único que se ve bien es la angarilla con el cadáver encima. La antorcha de Hunter arroja una luz intermitente sobre el cuerpo de !Nqate, que parece bailar en la angarilla. Entre las sombras que proyecta sobre el cuerpo la vegetación aparece y desaparece continuamente la máscara de órice, interpretando una hipnótica y macabra danza de los muertos que parece invitar a Hunter a seguirlo al reino de ultratumba, del mismo modo que, la noche víspera de la caza, !Nqate lo invitó a seguirlo con sus ágiles saltos en torno al fuego, para atraerlo hasta este extraño y engañoso valle de apariencia apacible que va a terminar suponiendo su fin. La máscara vuelve a aparecer entre las sombras y, como si flotara en el aire, levita ante sus ojos. Hunter se pregunta si ha llegado el momento en que !Nqate viene a por él, si es aquí donde acaba todo. ¿Está perdiendo la razón? ¿Se está disolviendo su raciocinio en las oleadas rojas de dolor, hundiéndose cada vez a mayor profundidad en la ciénaga de sus peores temores? Pensar. Tiene que pensar en algo. Con las últimas fuerzas que le quedan, explora su memoria en busca de algún recuerdo por el que merezca la pena seguir viviendo.

Al instante le viene a la cabeza la única ocasión de su vida en que, al igual que ahora, temió encontrarse a las puertas de la muerte. Su subconsciente, por lo visto, confía en que esa historia con final inesperadamente feliz le sirva de motivación. Un puma llevaba todo el invierno poniéndose las botas con el ganado de los vecinos y, a pesar del mal tiempo que hacía, decidieron organizar una expedición para acabar con el felino. Hunter, aún joven y en plena forma física, no vio ningún inconveniente en salir de caza en pleno invierno. Es más, rastrear al puma en la nieve se le antojó como una gran aventura. Exultante de entusiasmo, corriendo monte arriba, siguió a los perros animado por sus continuos ladridos, claro indicio de que ya le estaban pisando los talones a la presa. De ese modo, se fue alejando progresivamente de los demás integrantes de la partida de caza y, cegado por su audacia juvenil, no se dio cuenta de que el tiempo estaba a punto de cambiar hasta que ya era demasiado tarde. De un minuto para otro, las nubes descendieron y sumieron el valle en una densa bruma blanquecina. Los perros desaparecieron al instante, como si se los hubiera tragado la niebla, y sus ladridos, cada vez más amortiguados por el cambio atmosférico, acabaron por dejar de oírse.

Aturdido, Hunter pidió ayuda a gritos, silbó en todas las direcciones, pero no obtuvo respuesta. En torno a él se había hecho un silencio sepulcral y, con un sobresalto, comprendió que no solo había perdido a los demás, sino que no tenía ni la más remota idea de dónde estaba. Había seguido ciegamente a los perros, con la mente puesta únicamente en el puma, pues quería ser el primero en localizarlo para reclamar su derecho a efectuar el disparo. Y ahora estaba solo, aterido, en una ladera de la montaña. Pisando con precaución, dio unos pasos hacia el frente y delante de él se desprendió una roca que cayó al vacío por un barranco muy escarpado. El ruido de la piedra rebotando en su trayectoria hacia el fondo del valle le hizo comprender justo a tiempo que no se encontraba en una ancha plataforma, sino en un estrecho despeñadero. En un acto reflejo, se sentó y se obligó a respirar de forma pausada hasta recuperar la calma. Mientras tanto, trató de orientarse visualmente en la montaña y, cuando se formó una vaga idea de dónde podía estar, dio la vuelta y, con mucha precaución, poniendo un pie delante del otro, empezó el descenso. Anduvo así durante horas, paso a paso, sin asumir ningún riesgo, mientras trataba de reprimir el pánico. El camino fue un martirio. Unas veces amenazaba con resbalarse sobre la corteza de hielo que cubría las rocas; otras veces, de forma completamente inesperada, se veía hundido hasta la cintura en la nieve. Durante el ascenso, con la sangre bombeando adrenalina por todo su cuerpo, había sentido calor. Ahora, sin embargo, con el viento cortando como un cuchillo en su cuello y filtrándose por todos los resquicios de su ropa, estaba empezando a experimentar síntomas de hipotermia. Ya han pasado veinte años de aquello y, sin embargo, Hunter recuerda con absoluta nitidez la rabia con que el frío le mordía las piernas y la pérdida de sensibilidad en los dedos. Igual que ahora, pues, tras constatar asombrado que el calor abrasador de la picadura de escorpión produce exactamente la misma sensación que el frío extremo, Hunter se da cuenta de que ha dejado de sentir los dedos de las manos y que sus pies, con los que sigue avanzando de forma mecánica, se han transformado en pedazos de carne exangüe que cuelgan de sus piernas como apéndices hipertrofiados sobre los que cada vez le resulta más difícil mantenerse en equilibrio. Resuelto a no dejarse llevar por el pánico, Hunter se obliga a volver mentalmente a la nieve, donde el frío le corta el rostro como un cuchillo y su bufanda, convertida en un trozo de cartón helado a causa de la condensación de su aliento, le lija los labios. De forma instintiva, se lleva la mano a la boca, pero no siente nada, pues tanto sus dedos como sus labios están anestesiados. Carne muerta sobre carne muerta. Al retirar la mano, observa angustiado que tiene los dedos mojados. Está babeando. Asustado, trata de avisar a Dawid, pero de su garganta no sale más que un extraño carraspeo. El miedo le cierra la faringe. Con gran dificultad, consigue emitir un sonido gutural. Dawid se detiene, vuelve la vista hacia atrás y suelta la cuerda con la que arrastra la angarilla para acercarse a examinar a Hunter.

—¿Le funciona la vista?

Hunter asiente.

—Entonces seguimos. Mastique esto —dice sacando unas hojas verdes de su zurrón y amasándolas hasta formar una bola—. O chúpelo si ya no puede masticar.

El remedio tiene un olor repugnante y su sabor es tan amargo que Hunter siente cómo se le encoge la lengua, pero el dolor remite un poco y su faringe se abre lo suficiente como para volver a tragar saliva.

—Tenemos que descansar.

Dawid duda un instante, pero rechaza la propuesta.

—Aquí no.

Hunter hace intención de protestar, pero entonces, como si la naturaleza hubiera decidido tomar cartas en el asunto y resolver la discusión por ellos, un rugido atronador rasga en mil pedazos la noche. Leones. Los dos vuelven la cabeza simultáneamente hacia el lugar del que procede el ruido, pero la tupida cortina nocturna que envuelve la cañada les impide distinguir nada en absoluto. A los pocos segundos resuena un segundo rugido. El león obtiene respuesta. Hunter se estremece. Por primera vez en mucho tiempo le infunde auténtico temor ese familiar sonido. Frente a una manada de leones no tienen ni la más remota posibilidad de salir con vida. Dawid no parece impresionado. Si tiene miedo, lo disimula muy bien. Con toda calma, inclina un poco la cabeza y aguza el oído como un radiotelegrafista en un submarino alemán que trata de determinar la posición del enemigo en virtud de vibraciones producidas por las hélices. La imagen, por absurda que sea —¿de dónde se ha sacado eso, qué más recuerdos va a rescatar su cerebro fundido por el dolor del pozo de la memoria, donde cada vez le cuesta más distinguir entre ficción y realidad?—, resume bien la situación: lo único que pueden hacer es esperar a que caigan las bombas antisubmarinas y confiar en que ellos no sean el blanco, sino que vayan dirigidas contra otra presa. Lo cual le da una idea.

—Tenemos que dejar aquí el cadáver. A lo mejor se dan por satisfechos con él.

—De ninguna manera —contesta Dawid con resolución—. Si llegamos al ramal donde dormimos la primera noche podemos hacer un círculo de fuego. Eso bastará para mantenerlos a distancia.

—Los leones son mucho más rápidos que nosotros.

—Están en lo alto de la cañada. Aquí no pueden bajar. Además, un solo cuerpo —dice señalando la angarilla— no basta para saciar a una manada entera. Si prueban la carne humana, empezarán a vernos a nosotros también como presas.

Sin esperar la reacción de Hunter, Dawid agarra la cuerda atada a la angarilla y, tirando de ella, desaparece de nuevo en la oscuridad. Hunter se va tras él renqueando. El miedo a los leones ha inundado su cuerpo de endorfinas que anestesian en cierta medida el atroz dolor de su pierna herida. Durante un buen tramo, Hunter consigue adaptarse al ritmo del muchacho. Los leones los siguen por el borde superior de la cañada y, cada vez que sus rugidos resuenan entre las paredes, su cerebro le suministra una nueva dosis de adrenalina. Pero cuanto más fuerte late su corazón, más rápido se propaga el veneno por su cuerpo. Es una carrera contrarreloj en la que solo puede salir perdiendo. La sensación de opresión en el pecho es cada vez más abrumadora, las flemas obstruyen su garganta y con cada paso que da disminuye la cantidad de oxígeno que alcanza sus pulmones. Su boca se llena de una saliva espesa y pastosa, se está ahogando en sus propios espumarajos. Ya ni siquiera intenta tragar. Las babas caen por su barbilla en grandes hilos que brillan a la luz de la antorcha y se deslizan hacia abajo por su pechera. Tiene fiebre, de eso está seguro. No deja de tiritar, un sudor frío y viscoso empapa su cuerpo y sus músculos no responden. Sus manos sufren violentos espasmos, la antorcha da unas sacudidas incontrolables. Dawid se detiene.

—No vamos a llegar.

Hunter no responde. Se le han agotado por completo las fuerzas. Su cuerpo trata de fundirse con la roca sobre la que se ha apoyado, dispuesto a no volver a moverse nunca más. Dawid se acerca, le pone la mano en la frente y lo mira a los ojos. A continuación, clava su antorcha en el suelo y empieza a reunir ramas. Hunter, mientras tanto, trata de aguzar el oído. ¿Dónde se han metido los leones? ¿Por qué han cesado los rugidos? ¿Han dado la persecución por perdida o es que han encontrado otra presa mejor? Pero entonces vuelven a resonar sus bramidos, y esta vez no proceden de lo alto de la cañada, sino de su interior. Deben de estar cerca. Dawid corre frenéticamente a su alrededor, enciende un fuego, e inmediatamente otro. ¿De dónde ha sacado leña tan rápido? La intuición, sin embargo, le dice a Hunter que es demasiado tarde. No van a conseguirlo. Se oyen nuevos rugidos, cada vez más cerca. ¿Cuánto falta para que lleguen? ¿Cinco minutos? ¿Dos minutos? Hunter trata de agarrar su rifle, pero no tiene fuerza en las manos, el arma se desliza por la roca y cae a sus pies. Con la piedra arañándole dolorosamente la espalda, se deja resbalar hacia abajo y consigue agarrar el cañón con dedos entumecidos. Apoyándose en el rifle, intenta ponerse en pie, pero sus piernas se niegan a seguir soportando su peso. Extenuado, se queda apoyado contra la roca.

—Ya casi están aquí. ¿Cree que puede disparar?

Dos jóvenes aborígenes se dirigen a él con sendas antorchas en las manos. Entrecerrando los ojos, las dos siluetas se funden en un único cuerpo. Con gran dificultad, mete el dedo índice en el anillo metálico del arma y lo apoya en el gatillo. ¿Está en condiciones de disparar? Puede ser. Pero, una vez que dispare, ¿va a ser capaz de recargar? Por primera vez en su vida se arrepiente de no haber optado por un arma automática. ¿Qué probabilidades tiene con dos balas frente a una manada de leones?

—¿Cuántos son?

Más que hablar, lo que hace es jadear. Su voz suena deformada con sonidos que ascienden por su laringe a sacudidas, luchando por encontrar una salida.

—Dos o tres. Creo que tres.

De modo que aquí es donde su vida llega a su fin. Desplomado en el suelo, sin fuerzas, apoyado contra una roca. La nitidez con que se forma en su mente ese pensamiento contrasta con la indiferencia con que reacciona su espíritu. Tres leones, dos balas. A veces, las cosas son como son y no tiene sentido oponer resistencia a los hechos. Incluso en el hipotético caso de que diera en el blanco con las dos balas de las que dispone y matara a dos leones —lo cual, dadas las circunstancias, sería un pequeño milagro—, el tercero los atacaría. Los leones no se dejan asustar por lo que le pueda ocurrir a un miembro de su manada y están tan acostumbrados a su posición en la cima de la cadena alimentaria que solo huyen cuando se encuentran en una situación de minoría manifiesta. De pronto, un nuevo sonido irrumpe en la oscuridad. Una especie de risa histérica resuena en la cañada. Un chillido agudo y repetitivo, bronco por momentos. ¡Hienas! Los leones no son los únicos que han percibido el olor de la muerte. Dawid agarra su antorcha, dispuesto a luchar hasta el final. En la presente coyuntura, un clan de hienas es al menos tan peligroso como una manada de leones. Ahí aparece ya la primera, asomando su repulsiva cara entre los arbustos. «Fisi. La hiena, esa hermafrodita carroñera y caníbal, acosadora de vacas recién paridas y bestia de presa que, si tiene ocasión, te destroza la cara a dentelladas mientras duermes, esa triste plañidera que asedia campamentos, esa pestilente y artera alimaña con mandíbulas capaces de quebrar los huesos que dejan hasta los leones, que camina con grandes pasos por la planicie terrosa arrastrando la tripa, mirando hacia atrás cual perro callejero...» Hunter se estremece. Desde que leyó a Hemingway de niño, siente una profunda aversión a las hienas. Dawid tampoco quiere saber nada de ellas. Las hienas son hechiceros disfrazados de animales. Matarlas trae mala suerte. Y no matarlas también, piensa Hunter, aunque ni siquiera tienen la posibilidad de elegir entre esas dos opciones. Con dos balas en la recámara, no hay nada que hacer contra una jauría. Una tras otra van saliendo de las sombras. Las hienas se han adelantado a los leones. Sus enervantes risas y gemidos cargan la atmósfera en torno a ellos. Han sopesado la fuerza de sus oponentes y saben que esta presa no se les va a escapar. Regocijándose de placer ante el inminente banquete, las rastreadoras del clan entran y salen de las sombras mientras las demás esperan impacientes dando vueltas en la maleza. Dawid ha puesto la angarilla con el cuerpo de !Nqate entre Hunter y él. Gritando amenazadoramente, trata de mantener a distancia a las hienas, que de momento no se han atrevido a rebasar las dos fogatas que le había dado tiempo a encender. Las bestias parecen dudar, no saben qué hacer. En estas tierras, el fuego es un fenómeno con el que rara vez se ven confrontadas, a pesar de lo cual no tardan en acercarse tanto a las llamas que Hunter ve claramente sus hocicos. ¡Qué criaturas más extrañas! Parecen un cruce entre un oso y un perro, cuando en realidad tienen un parentesco más próximo con los felinos. Con los pelos del cuello de punta y las orejas mordidas de las continuas peleas en el clan, enseñando los dientes, se ríen una y otra vez con esas carcajadas inhumanas, ese lenguaje secreto con el que parecen debatir qué hacer a continuación. Qué animales más feos. Con sus vientres bajos, sus patas traseras encogidas y el rabo siempre entre las piernas, parecen vivir en un estado de temor permanente, cuando lo cierto es que son cualquier cosa menos cobardes. Las hienas son intrépidas ladronas muy capaces de enfrentarse en grupo a una manada de leopardos o hipopótamos, incluso de leones. El ser humano es una presa fácil para ellas. Un aperitivo. ¿A qué esperan para atacar? De forma más instintiva que racional, Hunter alza el rifle. Si fuera capaz de abatir una, las demás se lanzarían sobre el cadáver y se comerían a su propia compañera. En su memoria se ve, siendo aún un crío, absorbido por aquel libro en el que Hemingway describe el ataque de risa que sufre uno de sus portadores de armas a causa de una hiena herida de bala que corre tras su propio rabo en un círculo frenético, «lo cual equivalía a echarle una carrera a la pequeña muerte niquelada que se abría paso en su interior», aunque «el *summum* del humor hiénico fue aquella hiena de toda la vida que, alcanzada en la parte trasera de su cuerpo en plena carrera, empezó a dar vueltas enloquecida, lanzándose dentelladas a sí misma hasta que se arrancó sus propios intestinos y se detuvo por fin a tirar de ellos y comérselos con fruición». Bastó un disparo del pequeño Mannlicher para que empezara el demencial círculo. «Fisi se come a sí misma», reía el portador. Infinidad de veces leyó aquella escena grotesca, fascinado por ese delirante comportamiento más propio de una película de dibujos animados. Ahora, sin embargo, rodeado de decenas de hienas hambrientas, no hay ningún motivo para la risa. Un fogonazo atrae su atención. Dawid, con la antorcha por delante, trata de ahuyentar a la más audaz, la primera en cruzar la barrera de fuego. Hunter vuelve a alzar el rifle, pero titubea. Incluso en el hipotético caso de que todas las hienas se lanzaran sobre su desafortunada compañera —lo cual duda, pues son demasiadas para un único cadáver—, solo le quedaría una bala para enfrentarse a los leones. Sería un suicidio. Aunque, por otro lado, ¿qué más da? Hagan lo que hagan, están perdidos. Sus manos tiemblan demasiado como para recargar. La única opción que le queda es determinar por cuál de las dos especies —hienas o leones— prefiere ser devorado.

Pero, de pronto, las hienas se retiran y un pequeño grupo de chacales entra zigzagueando en el círculo de luz. Los leones tienen que estar ya muy cerca, pues, sin su cobertura, esos pequeños cánidos jamás se habrían atrevido a acercarse tanto a un clan de hienas. Ladrando bulliciosamente, se ponen a dar vueltas como zorros juguetones. Y, en efecto, poco después, Hunter ve una imponente sombra moviéndose entre los arbustos. Con pasos lentos, sin ninguna prisa, emerge de la oscuridad una leona. Las hienas dudan, pero no hacen intención de atacarla, lo cual significa que no está sola. ¿Dónde está el resto de la manada? Hunter rastrea la maleza con la mirada sin que sus ojos encuentren asidero en ningún sitio. Su vista es cada vez más borrosa. La leona da varios pasos al frente y las hienas reculan gimiendo. En eso consiste la danza durante unos instantes. Enemigos viscerales interesados en la misma presa escrutándose mutuamente con precaución. Entonces, Hunter oye a Dawid gritar detrás de él. Los otros dos leones los han rodeado trazando un amplio círculo y lo intentan ahora por la retaguardia. Han detectado el cuerpo de !Nqate. Una buena comida, aunque demasiado cerca del fuego. Una cacofónica mezcla de rugidos, risas y agudos ladridos llena la cañada. Es imposible saber qué va a ocurrir a continuación o quién va a lanzar el primer ataque.

—¿Cuántos son? —le pregunta Hunter a Dawid por encima del hombro.

—Dos machos jóvenes.

—¿Y cuántas hienas?

—Veinte por lo menos.

Con suma dificultad, Hunter mira hacia atrás. Con cada movimiento que hace, por pequeño que sea, un dolor insufrible hiende como una saeta su espina dorsal. Antes de volver la cabeza, al borde de su campo visual, ve moverse la cola de la leona, que por lo visto ha esperado a que bajara la guardia para atacar. Para apuntar es ya demasiado tarde, de modo que Hunter dispara por instinto. Justo en el momento en que la leona prepara el salto, aprieta el gatillo. De no haber estado apoyado contra la roca, la fuerza del retroceso lo habría derribado con toda seguridad. Su cuerpo se vence hacia un lado y, por unos instantes, Hunter permanece inmóvil, medio anestesiado. Un grupo de hienas se lanza de inmediato sobre la leona moribunda. En cuestión de segundos se forma en torno a ella una confusa maraña de hocicos empujando, mordiendo y desgarrando. Hunter se deja caer de lado y se vuelve hacia Dawid, que trata de mantener a distancia a los machos amenazando con dos antorchas, a pesar de que, al igual que Hunter, comprende perfectamente que todo es en vano. Tarde o temprano, los leones se acostumbrarán al fuego, dejarán de dar vueltas indecisos y atacarán sin piedad. A no ser que...

Durante un brevísimo instante, no más de un segundo, cede el dolor. Y en ese fugaz momento de clarividencia, Hunter recuerda algo que le contó Van Heeren cuando, durante una de sus primeras expediciones juntos, tropezaron con los últimos restos de dos cadáveres de león, apenas dos montones de huesos quebrados. Hunter se quedó mirándolos atónito, preguntándose qué clase de animal era tan insensato como para atacar a una pareja de leones. «Los leones no mueren nunca de forma natural —le explicó Van Heeren—. Los leones y las hienas se tienen tal tirria que una hiena jamás dejaría pasar la oportunidad de merendarse a un león moribundo. Por eso es mejor matarlos con arma de fuego. De ese modo, al menos, mueren sin dolor y de forma honorable.» Vagamente, Hunter empieza a vislumbrar en su interior los contornos de una idea, pero antes de que pueda desarrollarla del todo, uno de los machos encorva el lomo y tensa los músculos para saltar. De forma automática, Hunter alza el rifle y apunta. Ante sus ojos bailan tres manchas imprecisas. Ya apenas es capaz de distinguir a Dawid de los leones. Sus siluetas se disuelven en la noche y el beige de los leones se mezcla con el tono amarillento de las llamas, pero no hay tiempo para pensar, de modo que aprieta el gatillo al azar. Un desgarrador rugido demuestra que ha alcanzado a uno de los leones. Hunter ve cómo se desploma, rueda por el polvo y trata de levantarse, pero no lo consigue. Sus patas traseras no responden. El disparo lo ha alcanzado en el lomo, en algún punto de sus vértebras, provocando la parálisis de la parte posterior de su cuerpo. El león se arrastra y las hienas se vuelven locas, pues saben que ahora pueden con él. Cuando un grupo de hienas ataca a un leopardo o un león, lo agarran entre cuatro o cinco por el rabo o las patas traseras y lo derriban, manteniéndose en todo momento lo más alejadas posible de sus fauces y sus garras delanteras. Una vez que lo tienen bien prendido, ya solo tienen que matarlo lentamente. Hasta un león sano está perdido en esa situación, no digamos ya el que tienen ahora ante ellas. Además, constituye un botín mucho más interesante que el extraño y raquítico animal que yace entre dos fuegos, cuyo olor no son capaces de identificar. El león lucha por su vida. A la desesperada, trata de incorporarse una y otra vez clavando las garras delanteras en la arena. Sus rugidos llegan hasta la médula. A Hunter se le revuelve el estómago de pensar el terrible destino que aguarda al león. Las hienas le van a arrancar los intestinos a mordiscos sin esperar a que muera. Pero aunque pudiera recargar el rifle, no podría liberar al león de su sufrimiento, pues su lenta y dolorosa muerte es su única oportunidad de escapar. Su apuesta ha salido bien. Todas las hienas se han volcado sobre el león, e incluso las que estaban desgarrando a la leona acuden ahora también a ayudar a sus compañeras. Diez, veinte hienas tratan de domeñar al león. Arrastrando penosamente sus patas traseras paralizadas, el león lanza una dentellada y agarra a una de las hienas. Sacudiendo violentamente la cabeza, le rompe el cuello sin ninguna dificultad. Y entonces ocurre aquello que

Hunter había confiado que ocurriera. El otro león no huye, sino que se mete en la pelea en un intento desesperado de salvar a su compañero. La lealtad de los machos jóvenes es legendaria. El espectáculo es espeluznante, una lucha de gladiadores entre los depredadores más poderosos de la sabana. Hunter jamás había visto tantos animales salvajes juntos. Esto, comprende de pronto, es lo que siempre había anhelado: la auténtica África salvaje, en toda su belleza y toda su crueldad. Lo que tiene ante sus ojos es la quimera que perseguían Hemingway y J. A. Hunter. El sueño húmedo de todo cazador. Y él, Hunter, yace en el suelo con un rifle descargado en la mano, sus piernas tan paralíticas e insensibles como las patas traseras del león, incapaz de incorporarse. Con más voluntad que fuerza, se arrastra hasta la roca y se levanta a pulso hasta ponerse de nuevo en pie. Su cuerpo zozobra, amenaza con derrumbarse, pero Dawid llega justo a tiempo. Jadeando por el esfuerzo, Hunter se apoya contra la roca, le entrega el rifle al chaval y trata de sacar nuevos cartuchos de su bolsa, pero ni siquiera es capaz de eso.

—¡Recarga!

Se le vuelve a caer la baba. Sus palabras suenan como ruidos aleatorios. Con los ojos como platos, sin alcanzar a comprender lo que acaba de ocurrir, Dawid lo mira como si fuera un fantasma. En torno a ellos se desvanece el mundo. El círculo de luz está ocupado por entero por una masa de animales salvajes ensangrentados causándose heridas inimaginables, sufriendo, aullando y gimiendo. Todo huele a muerte.

—¿A qué esperas? ¡Recarga!

El tono imperativo de Hunter lo saca de su estado de aturdimiento. Con movimientos rápidos y mecánicos, Dawid recarga el rifle y se lo devuelve a Hunter.

—Y ahora vete, corre. Yo te cubro. Por mí no te preocupes. Para mí no hay escapatoria.

—No —contesta Dawid negando tercamente con la cabeza—. Nos vamos juntos.

Ayudándose de la antorcha, Dawid esparce las brasas de las dos hogueras. La hierba seca prende inmediatamente y el fuego se extiende a gran velocidad. En cuestión de segundos, una barrera de llamas los separa de la salvaje pelea. Con estridentes gemidos, las hienas tratan de arrastrar su botín a terreno seguro. Dawid agarra la cuerda de la angarilla y ofrece apoyo a Hunter, pero este lo empuja e intenta dar unos pasos usando el rifle a modo de bastón. Sus rodillas, sin embargo, se niegan a flexionarse y es como si sus piernas, transformadas en zancos inestables sobre los que no tiene ningún control, ya no formaran parte de su cuerpo. Dawid impide que se caiga y lo arrastra consigo lejos del fuego y la jauría de hienas y leones. Pero Hunter no puede más. Ni siquiera colgado del hombro del joven aborigen es capaz de poner un pie delante del otro. Con cada movimiento que hace siente latigazos de dolor insoportable por todo el cuerpo, y hasta su camiseta parece papel de lija al contacto con su piel. O una plancha al rojo vivo. Todo es una tortura y la tortura lo es todo. Dando tumbos como un borracho, da los últimos pasos antes de derrumbarse. Dawid se detiene indeciso. ¿Qué puede hacer? Hunter sabe que aquí es donde acaba el camino para él. Ya lo ha aceptado. No puede pretender que su guía cargue con él hasta el poblado. Pero entonces, con una fuerza que parece imposible albergar en un cuerpo tan escuálido y que no deja de sorprender a Hunter, Dawid se echa al cazador al hombro y lo lleva hasta la angarilla. Haciendo caso omiso de sus protestas, que ya no son más que un ruido gutural ininteligible interrumpido por jadeos, lo coloca junto al cadáver de !Nqate con mucho cuidado. Hunter quiere gritar, pero no tiene voz, no tiene cuerpo, no tiene nada. Todo se difumina a su alrededor. A través de las ventanas empañadas de sus ojos, lo único que ve es la máscara de órice. Demasiado cerca. Su olfato percibe el nauseabundo olor de la muerte. Su piel siente el contacto de un cuerpo desconocido, un cuerpo frío y rígido, pero ya ni siquiera sabe dónde termina su cuerpo y empieza el otro, quién está muerto y quién vivo. Todo es fluido, todo se entremezcla, no hay límites definidos entre la vida y la muerte, entre el cazador y la presa. Dawid echa a andar arrastrando la carga tras él. Todo se vuelve rojo, todo se vuelve negro, hasta que, finalmente, el suave balanceo de la angarilla lo sume en un sueño profundo y oscuro.

Cuando despierta, se encuentra tumbado en medio de un círculo de fuego. Dawid le moja los labios con algo húmedo. Agua. ¿De dónde ha sacado agua? Hunter trata de incorporarse, pero su cuerpo no responde. Con mucha precaución, gira la cabeza hacia un lado. Hasta donde le alcanza la vista, lo único que ve es arena. Arena y arbustos espinosos. Han vuelto a la planicie donde !Nqate les tendió la trampa para confundirlos. Tal vez para meterles el miedo en el cuerpo, tal vez como cebo para atraerlos. Hunter tiene fiebre. No deja de tiritar, sufre continuas convulsiones y calambres. Un dolor para el que no encuentra palabras lo mantiene clavado a la tierra dura y arenosa.

—Está sufriendo usted mucho —dice Dawid al ver que está despierto—. Voy a contarle una historia para distraerlo. Le voy a contar la historia de la Hiena.

El joven se tumba bocabajo junto a Hunter y, apoyándose en los codos, acerca la boca a su oído. A través del dolor, la voz del joven entra en su conciencia como un susurro. Hunter trata de aferrarse a ella. Mientras siga escuchando, no está muerto.

—El León invitó a comer a la Hiena, pero fue muy avaro con la carne de cebra, de modo que la Hiena tramó su venganza y, poco después, invitó al León a ir a su casa. Cuando llegó el León, la Hiena estaba guisando carne de avestruz en su cazuela y le entregó la cazuela al León, que la agarró con la sopa aún hirviendo. La Hiena agarró también la cazuela y dijo: «¡Oh, León, permíteme que vierta la sopa en tus fauces!». La Hiena vertió la sopa en las fauces del León y le metió la cabeza entera en la cazuela. La sopa quemaba los ojos del León y el interior de sus fauces. Entonces, el León se tragó la sopa hirviendo y murió al instante. La Hiena agarró su estaca y se puso a golpear al León, que aún tenía la cabeza dentro de la cazuela. La Hiena no paraba de atizarle al León y, con un golpe certero, rompió la cazuela. El León sabía que la Hiena ya lo había engañado antes y, aun así, aceptó su invitación y fue a su casa. La Hiena lo mató con la sopa hirviendo, lo cual el León vio venir cuando la cazuela aún estaba en el fuego, pues sabía que la Hiena tenía intención de abrasarlo vivo con la sopa como venganza por su avaricia con la carne de cebra. Por eso la Hiena lo engañó con la carne de avestruz y le metió la cabeza entera en la cazuela. Se la tenía jurada al León porque está casado con una hiena. La Hiena está casada con una hiena porque para eso es una hiena. Y por eso es avara, porque la Hiena engaña a todo el mundo y mata a otros animales, también hombres y mujeres, pues también come carne humana, como cuando arrastró a la vieja hasta su casa. El León se casa con una leona, porque para eso es un león. El Leopardo se casa con una hembra de leopardo, porque para eso es un leopardo. La Hiena se casa con una hiena, porque para eso es una hiena. El Guepardo se casa con una hembra de guepardo, porque para eso es un guepardo.

Todo da vueltas en la cabeza de Hunter. No entiende nada. No tiene ni la más remota idea de qué significa ese cuento o qué diablos quiere decirle el joven aborigen con ese refrito de palabras. Al igual que la mayoría de las cosas que le cuenta, el relato no tiene ni pies ni cabeza. Al menos para él. Confuso, vuelve a abrir los ojos. La luna está empezando a descender y en el horizonte aparece un primer indicio rosado del amanecer. ¿Ha sobrevivido a la noche? Ahora que ve la luna sobre él, por fin toma forma en su interior el pensamiento que lleva incordiándolo desde ayer como una astilla clavada en algún rincón de su cerebro. Los escorpiones son animales nocturnos que odian la luz y el calor.

—El escorpión..., ¿fuiste tú quien...? —dice tratando de agarrar a Dawid del brazo con un movimiento que carece por completo de fuerza.

Dawid se quita la mano de Hunter de encima.

—Shhh. Tiene usted que descansar. Ahora no puedo dejarlo solo, pero en cuanto amanezca buscaré ayuda.

—¿Por qué había un escorpión junto al fuego?

—A lo mejor tenía frío.

—¿Y por eso se metió en mi bota?

—Solo los dioses determinan qué animales se cruzan en nuestro camino.

Dawid se recuesta de nuevo y mira hacia el este, por donde está a punto de salir el sol, donde viven los dioses. Hunter sigue su mirada. De cerca no distingue ya nada. El rostro del joven no es más que una mancha difusa. Pero cuando fija la vista en un punto lejano, sus ojos recuperan la calma. Sobre el fondo oscuro del firmamento se ve con nitidez espectacular la Vía Láctea, una franja de intensa luz blanca entre una cantidad inconmensurable de estrellas, una gruesa línea blanca que le recuerda al hocico del kudú. Así es como era el cielo en todas partes antes de que apareciera el hombre en el mundo, piensa Hunter. Hasta eso hemos arruinado. Durante un largo espacio de tiempo, cazador y guía miran las estrellas en silencio. El silencio de la sabana es tan absoluto que Hunter percibe hasta el ruido de los granos de arena arrastrados por la brisa. Todo es silencio y oscuridad, como al principio de los tiempos. Una fuerza ante la que no puede oponer resistencia lo arrastra lejos del fuego, lejos de la vida, lejos de sí mismo. Su cuerpo se hunde en la arena. *Polvo somos y en polvo nos convertiremos.* Al igual que !Nqate, cuya alma volverá a formar parte de la tierra que lo vio nacer y la arena en la que dejó sus huellas, él también volverá a ser polvo. Tanto él como Dawid y el kudú forman parte de la misma historia inmemorial, una historia que dio comienzo mucho antes de que ellos nacieran y seguirá contándose hasta mucho después de que hayan desaparecido. La idea casi lo hace reconciliarse con su destino. Ahora mismo, lo único que quiere su cuerpo exhausto es disolverse en las sombras de la noche, lejos del dolor y del mundo. Pero su espíritu no va a permitir que escape tan fácilmente y se aferra a la vida con todas sus fuerzas. Él, Hunter, el hombre, no va a morir. Va a salir con vida de esta. Todavía no ha llegado su hora. Dawid puede seguir creyendo en la voluntad de los dioses, que él, Hunter, solo cree en su propia voluntad. Su carácter. Y no está dispuesto a morir. De modo que, sacando fuerzas de flaqueza, sale de nuevo del oscuro agujero que tira de él hacia abajo sin misericordia.

Y así continúa su lucha durante toda la noche. Hundiéndose, saliendo a la superficie en busca de aliento y volviéndose a hundir, como un náufrago tratando de mantenerse a flote en un mar proceloso que no parece tener fin. La fiebre vuelve a subir y le provoca delirios, atormentándolo con retales de pensamientos aleatorios. La caza. Siempre la caza. Imágenes que aparecen fugazmente con nitidez cristalina y se las vuelve a tragar la profunda oscuridad que tira de él. Un círculo. Están trazando un amplio círculo y él se da cuenta. Huellas en la arena. ¿Podría ser que Dawid quisiera darle ventaja a !Nqate? «Éramos hermanos. Más que hermanos. Juntos matamos nuestro primer kudú. Él me condujo hasta el mío y yo lo conduje hasta el suyo. Nuestra primera pieza de caza nos une de por vida con un vínculo más fuerte que la sangre.» ¿Fue Dawid quien le dijo eso? ¿O Van Heeren, aquella tarde en el puesto de caza, mientras espiaban a los jóvenes aborígenes? Anillos rojos dan vueltas ante sus ojos. Un rastro se ilumina. Semillas de nara. Guijarros. Hansel y Gretel. «Los cazadores hacen eso a veces para no perderse unos a otros.» ¿Quería !Nqate que lo encontraran? Una llamarada de dolor incendia el pecho de Hunter, su corazón se contrae de forma violenta y su cuerpo se desgarra. En su cabeza estallan fogonazos rojos como el fuego. Intenta tomar aire, pero el oxígeno no llega a sus pulmones. La trampa. Aquí, entre los espinos. Dawid y el palo con la punta venenosa. Su sangre que permanece roja, sin cambiar de color. ¿Trampa o burdo engaño? «Este ramal de la cañada no tiene salida.» Quien quiere escapar no se mete en un callejón sin salida. ¿Quién era el cazador y quién la presa? Una masa de animales salvajes lanzando zarpazos y dentelladas entra en tromba en su cabeza y hace trizas la imagen anterior. Sangre por todas partes. El olor de intestinos calientes. Leones. Hienas. Presas y depredadores destripándose mutuamente. Su corazón se vuelve a contraer. Más fuerte todavía. Durante más tiempo. En su interior se desvanece el mundo, pero en torno a él todo sigue su curso. Su respiración ha quedado reducida a un silbido que rasga el aire de forma casi imperceptible. El aborigen con la cara cubierta de sangre. Un muerto que vuelve a la vida. ¿Ha venido a por él?

—Está usted delirando.

Hunter siente algo húmedo y amargo en los labios. El agua de los bulbos. Dawid. ¿Por qué lo ayuda? ¿Por qué lo ayudó antes y lo sigue ayudando ahora? ¿Por qué no lo deja morir? En algún lugar, muy lejos de él, asoma una respuesta, pero no es capaz de verla con claridad, antes de poder aprehenderla escapa corriendo como el joven aborigen, como un kudú, el espíritu gris que aparece de la nada y, tan pronto como había aparecido, se volatiliza. «La cañada de los dioses es un lugar sagrado. Ahí es donde ejecutan sus danzas rituales los chamanes, ahí es donde hablan con los dioses.» ¿Quería morir allí !Nqate? ¿Es esa la razón por la que lo condujo hasta ese lugar? Pero, si conocía el territorio, conocía la cañada y sabía que no había salida. De nuevo emerge un pensamiento, pero se le vuelve a escapar. No tiene fuerzas para perseguirlo. La fiebre lo agota por completo. Hundirse, quiere hundirse, flotar a la deriva entre la vigilia y el sueño, entre la vida y la muerte. La fiebre. Las ortigas. Las alucinaciones. Las sombras junto al fuego. «!Nqate podría haberlo matado fácilmente. Cien veces.» ¿Estaba allí !Nqate? ¿Está aquí ahora? Hunter abre los ojos penosamente y ve una sombra, dos sombras junto al fuego. ¿Está vivo todavía? La máscara danza entre las llamas. El órice salta grácilmente sobre el fuego. Hunter quiere gritar, pero lo único que oye es un ronquido impreciso. ¿Es así como suena un último estertor? ¿Ha llegado su fin? Una mano lo obliga a recostarse, siente algo fresco en su frente. Oscuridad. Una oscuridad impenetrable que lo abarca todo. Y, de pronto, el brillo de unos ojos. Ojos que lo miran fijamente. ¡Ahí! ¡Ahí está! Corriendo, saltando, se pierde entre la maleza. Tiene que matarlo. De lo contrario, su espíritu lo perseguirá durante el resto de su vida. Hunter trata de seguir su rastro entre la vegetación, pero se encuentra al límite de sus fuerzas, su cuerpo no puede más, y finalmente lo pierde de vista. Pero entonces, cuando ya lo daba todo por perdido, lo ve parado entre el follaje, mirándolo a los ojos. Un disparo desgarra el silencio. Y no hizo nada por escapar, ni siquiera trató de esquivar el disparo. «*No prey, no pay*. !Nqate tenía que morir.» El pensamiento alcanza la conciencia de Hunter con la misma fuerza destructiva que la bala al reventar el pecho del joven. Van Heeren lo ha engañado. No ha sido una cacería justa, sino un vil asesinato. Oprimido por el peso de la revelación, el último resto de oxígeno que quedaba en su sangre abandona su cuerpo. Sin hacer ya nada por encontrar un asidero, Hunter cae de espaldas en la más profunda de las oscuridades.

Voces. Voces en la oscuridad. Rítmicas e hipnóticas, como los pasos de una danza ritual en torno al fuego. Una historia. Su historia. ¿Es él quien la cuenta o quien la escucha? Esto es lo que dijo: «He ido a la cañada de los dioses porque allí es donde quería morir. Tenía que morir porque yo soy la presa y el cazador blanco es el cazador. El cazador debe ayudar a morir a la presa. Eso han querido los dioses, porque el cazador blanco traerá riqueza a la comunidad matando a la presa, del mismo modo que nos ha traído riqueza cazando al búfalo. Si el cazador blanco obtiene permiso para cazar a su presa, nuestro pueblo obtendrá el derecho a seguir cazando en nuestras tierras. De ese modo, nosotros también seremos cazadores. Esa es la voluntad del cazador blanco, y esa es también la voluntad de los dioses. Porque los cazadores son cazadores y las presas, presas. Y los cazadores cazan a sus presas». Una fuerza ajena a su control arrastra a Hunter cada vez más lejos de sí mismo. Una compleja red de hilos blancos lo mantiene unido a Dawid, !Nqate y los animales ocultos en la noche. Vida y muerte. Porque ya no hay nada que diferencie lo uno de lo otro. Alto, cada vez más alto, Hunter asciende por el hilo y mira la tierra desde el cielo. Ahí está pastando el kudú. Allí se ve a sí mismo. Y más allá está el chico-órice. ¿Es él quien narra la historia? También dijo: «Caminé y caminé, arrojé semillas por el camino y, mientras las arrojaba, pensaba en los frutos que darían a la tribu las plantas que saldrían de ellas. Puse una trampa y pensé en los animales que capturarían nuestros cazadores para sus hijos, que a su vez aprenderían a poner trampas para alimentar a sus hijos, y así sucesivamente. No borré mis huellas, pues habían de conducir al cazador blanco hasta mí, mostrándole el camino hacia mi muerte. De ese modo, el cazador blanco cumpliría su compromiso y me mataría, lo cual nos traería riquezas. Y tú querías ralentizarlo para salvarme de la muerte, pero yo os metí prisa para que me encontrarais, pues cuanto antes me diera caza el cazador blanco, antes llegaría la riqueza a nuestro pueblo. Tú querías ralentizarlo, porque mi muerte colmaba tu corazón de tristeza, pero yo quería ayudarlo a encontrarme lo antes posible, pues cuando pienso en mi muerte mi corazón rebosa de alegría. Porque entonces llegará la riqueza y tú volarás en el pájaro de acero al país del cazador blanco, donde podrás estudiar, pues tú tienes un cerebro rápido, hablas su idioma y conoces sus costumbres, por lo que te convertirás en uno de ellos, serás tan rico y poderoso como ellos. Y entonces volverás y lucharás contra ellos con sus propias armas. Y nuestras tierras volverán a ser nuestras. Pero para eso tengo que morir, pues ninguna historia comienza hasta que ha terminado otra, y mi final es un nuevo comienzo». En torno a Hunter, todo se difumina. Su dolor físico se disuelve. ¿O es él quien se disuelve, se desintegra y se funde con el entorno? ¿Es él quien se suma a la danza, quien pasa a formar parte de la historia? Ya solo hay sonidos. Vibraciones.

Su espíritu planea a gran altura, muy por encima de su cuerpo, en la frontera entre lo físico y lo etéreo, arrastrado por una voz machacona que repite constantemente la misma historia. Un círculo en la arena, sin principio ni final. Siempre la misma historia. Y también dijo: «Por eso fui a la cañada de los dioses. Y mientras caminaba, sabía que el cazador blanco me iba a matar, porque él es el cazador y yo la presa, de modo que fui a la cañada de los dioses, porque allí es donde quiero morir. Tú solo tienes que conducir al cazador hasta mí, para que cumpla su parte del acuerdo. Porque solo si es él quien me mata habrá prosperidad. Solo entonces se cumplirá la voluntad de los dioses y volveremos a ser dueños de nuestra tierra, donde podremos vivir y cazar sin depender de nadie. Solo si muero sobrevivirá nuestro pueblo, porque ¿qué es un pueblo de cazadores como el nuestro sin su propia tierra? Sin la tierra de nuestros antepasados no somos nada, una planta sin raíces arrastrada por el viento. Si no echamos raíces, el viento nos barrerá para siempre del mundo, del mismo modo que barre las huellas en la arena». Eso es lo que dijo.

Hunter siente su hora final cayendo sobre sus hombros como un manto frío y oscuro, y no hay nada que desee tanto como taparse con él y, por fin, descansar. Pero la muerte no se deja manejar tan fácilmente. La muerte tiene voluntad propia. La oscuridad no acaba de tragarse a Hunter por completo y lo escupe de nuevo a la superficie, de vuelta a la vida, de vuelta al mortificante dolor, de vuelta a sí mismo. Su corazón sufre pinchazos, abrasa, golpea su pecho, se comprime violentamente y vuelve a estallar, pero no deja de latir. El aire que respira le araña la garganta como papel de lija, pero no deja de respirar. Y mientras yace junto al fuego, prisionero en su propio cuerpo, ya ni siquiera en condiciones de gritar, y el dolor físico libra una cruel batalla en su interior con el dolor espiritual, oprimiendo y haciendo gemir bajo el peso de su lucha al hombre aterrorizado en que se ha convertido, el horizonte se tiñe de naranja por el este y el sol anuncia un nuevo día, como lleva haciendo desde el principio de los tiempos, con indiferencia absoluta para con los asuntos del ser humano. Tan pronto como los primeros rayos de sol se posan en el rostro de Hunter, Dawid agarra su garrote y se pone en marcha.

En algún lugar del vacío infinito de la sabana hay un círculo oscuro en la tierra, un anillo de leña carbonizada. En el centro del círculo aún arden los rescoldos de una hoguera, a pesar de que el sol ya ha alcanzado su punto más alto y cae a plomo sobre la planicie. Bajo el sol, la arena blanca arde como un segundo sol, desprendiendo un calor abrasador del que tampoco hay forma de escapar.

Para quien se encuentra entre esas dos bolas de fuego, el cálido brillo de las brasas casi resulta refrescante. El humo se eleva hacia el cielo serpenteando en delgadas volutas que marcan la posición del lugar desde muchos kilómetros de distancia. El lugar donde yacen los dos. Dos hombres separados por el fuego. Uno, aborigen, está muerto. Sus ojos, abiertos de par en par bajo una máscara con los incipientes cuernos de un órice aún joven, miran ciegos al cielo. Para él, la luz y la oscuridad son ya para siempre lo mismo. El otro, un hombre blanco, sigue vivo, pero ya no se mueve. Tan solo su pecho asciende y desciende de modo casi imperceptible, como un fuelle que sigue funcionando de forma autónoma, ajena a su voluntad. Tiene los ojos cerrados, pero el sol inmisericorde de la sabana lo tiñe todo de rojo tras sus párpados. Eso es ya lo único que ve, una inmensa pantalla rojo escarlata —el color del dolor que lo atormenta—, mientras espera ansioso a que el negro se trague al rojo para encontrar por fin la paz.

No sabe cuánto tiempo lleva allí. En esa especie de nada donde se encuentra, incapaz de moverse, incapaz de pensar y sin saber ya siquiera si el dolor arrecia o amaina, el tiempo no existe. Lo único que puede hacer es esperar, confiar en que vuelva Dawid antes de que lo encuentren los buitres. Hasta entonces, su corazón es lo único que marca el ritmo de su sufrimiento. Su corazón y un sudor frío que se seca antes de aliviar en lo más mínimo el infernal calor que achicharra su piel lívida y acartonada por el sol, en la cual empiezan a aparecer las primeras ampollas. Por lo demás, lo único que siente es sed, una sed abrumadora que no deja espacio en su mente para otra cosa. Al principio de la espera, aún había expectativas. Pero a medida que fue ascendiendo el sol en el cielo, se fue evaporando la esperanza, de cuyos vapores surgieron sueños febriles. Pesadillas. Un conejo blanco de amorosa piel suave desollado y abierto en canal. ¿O es él quien cuelga de los ganchos del matadero, un cuerpo eviscerado, desprovisto de todos sus órganos? La imagen se diluye. Desaparece. Ahora ve a su mujer fundida en un íntimo abrazo con una jirafa a la que prefiere claramente por encima de él. Envolviendo el largo cuello con los muslos, se frota contra él mientras la jirafa le da lametones en la cara con su lengua morada. Un olor acre alcanza de pronto su nariz. ¡El búfalo! Resoplando y bramando, la bestia embiste y le desgarra la tripa con los cuernos. El nauseabundo hedor de su piel se mezcla con el olor a casquería de sus intestinos calientes. ¿Se lo imagina o lo huele de verdad? El pantalón se le pega a los muslos, su entrepierna está húmeda. ¿Está perdiendo líquido? Antes de que le dé tiempo a buscar una respuesta, el sol inmisericorde ya lo ha vuelto a borrar todo de su mente.

Horas y horas yacen allí, el muerto y el moribundo. Y cuanto más tiempo pasa, más envidia siente el moribundo por el muerto, para quien ya ha terminado todo. Pero por lo visto está condenado a vivir su pesadilla hasta el final. Una sombra oscura se desliza sobre él. Algo tapa el sol fugazmente. Buitres. ¿Son sus alas las que lo abanican? Su cuerpo se encoge de forma instintiva, tratando de protegerse contra las garras que se disponen a clavarse en sus extremidades y los terroríficos picos que le van a abrir la tripa para sacarle los intestinos. Ahí yace Hunter, el hombre que osó arrogarse el papel de los dioses y creyó que podía decidir sobre la vida y la muerte, incapaz siquiera de alzar los brazos para defenderse de unas aves carroñeras. Pero entonces vuelve la luz y el mundo se tiñe nuevamente de naranja tras sus párpados costrosos. ¿Habrá sido entonces una nube lo que ha pasado por el cielo? Hunter ve otra vez a su mujer. Ahora está bailando con un joven africano. El joven tiene las manos apoyadas en sus caderas, ella empuja su vulva contra la entrepierna del muchacho, que dirige el baile con movimientos cada vez más impetuosos. Ella se deja llevar, se ríe, echa la cabeza hacia atrás ofreciéndole el cuello a su pareja. Él la alza con sus fuertes y musculosos brazos y, casi con ternura, la deposita suavemente en la cama, la desviste con manos rápidas, sus dedos morenos agitando como una brisa la blusa blanca de su amante, su pulgar deslizándose bajo el sujetador hasta llegar al pezón. Como una leona en celo, su mujer se da la vuelta sobre las sábanas y extiende los brazos hacia él. ¡Tómame! El joven se inclina sobre ella, presto para tomarla. Ella arquea la espalda y emite un gemido de placer. ¡Tómame! Hunter siente un arrebato de furia, agarra al joven africano por los hombros y el muchacho se vuelve hacia él, sonríe mostrándole los dientes, lo mira con ojos pletóricos de vida. En sus pupilas se refleja el cuerpo desnudo de su mujer. Hunter quiere golpearlo, pero su brazo no responde. Alguien le aprieta los hombros contra el suelo.

—¿Míster White?

Entre las costras de sus párpados se abre una pequeña franja. Una luz intensa lo deslumbra. En la mancha oscura que se inclina sobre él reconoce a Jeans. Le está humedeciendo los labios con un trapo y le ofrece algo de beber, algo dulce y salado al mismo tiempo. Tragar le resulta imposible, el líquido se vierte hacia fuera por las comisuras de sus labios y el resto lo expulsa con un ataque de tos, luchando con el hombre que ha acudido a su rescate como un náufrago a quien han sacado del agua contra su voluntad y ahora duda entre respirar o terminar de asfixiarse. Jeans vuelve a empujarlo contra el suelo. Aunque ni siquiera sabe si sigue en el suelo. Su sistema nervioso, en estado de alarma a causa del veneno, no procesa ningún estímulo, y a pesar de que el sol le ha calcinado la piel, su cuerpo ha perdido toda forma de sensibilidad a causa del persistente dolor extremo. Algo oscuro. Está tumbado sobre algo oscuro, fresco y liso. Algo similar al cuero. ¿Piel humana? Hunter se estremece del asco. ¿Está otra vez en la angarilla, encima del aborigen muerto? Repugnado, trata de moverse, pero en ese momento siente un fuerte pinchazo en el muslo, seguido casi al instante por una placentera oleada de luz blanca. De forma tan repentina como la picadura de escorpión incendió su cuerpo, la inyección apaga el fuego que estaba torturándolo. Frescor. Una benefactora sensación de frescor. Sus nervios se destensan, el dolor remite de forma inmediata. Morfina. Una leve sonrisa pugna por emerger a la superficie, pero se encalla en sus labios cuarteados. Su cuerpo se disuelve, sus contornos se difuminan. Hunter pasa a formar parte íntegra del vehículo al que, sin saber cómo, ha ido a parar. El *jeep*. ¡Claro! Hunter se deja hundir en el cuero sintético del asiento de atrás, que lo recibe en sus brazos como quien recibe a un amante que creía perdido para siempre. ¿Se han puesto ya en marcha o se lo imagina? ¿Es real el suave balanceo que siente? Qué más da. Pase lo que pase, Hunter irá adonde lo lleven, porque ya no tiene voluntad. No tiene voluntad ni deseos ni prisa. Lo único que queda es una sensación de levitar entre la vida y la muerte, envuelto por una luz blanca e intensa en un lugar donde ya no le molesta nada. El tiempo pasa silencioso y desapercibido como nubes en el cielo. Hunter se siente como si se lo llevara el viento, como si una ráfaga de aire lo arrastrara por la planicie junto con la arena. En el lugar donde se encuentra ahora su espíritu, la vida y la muerte han perdido por completo su importancia. Especialmente su vida y su muerte.

En algún momento ha debido de perder la conciencia porque, cuando despierta, se encuentra en un lugar frío y oscuro. Fuera se oyen sonidos de ciudad: tráfico, ruido de máquinas, una radio. ¿Lo ha llevado Jeans a un hospital? Con suma dificultad, tratando de liberarse de la abrumadora fatiga que pesa como una losa sobre sus hombros, abre los ojos. Pero todo sigue oscuro. Su corazón da un vuelco. Durante unos minutos cree que se ha quedado ciego, hasta que percibe un cambio de intensidad intermitente en la oscuridad que lo rodea, como si en algún lugar hubiera un estroboscopio de distintos tonos de negro. Y de pronto, saliendo de la nada, aparece ante él un antílope, un órice aún joven, una máscara con grandes manchas blancas en torno a los ojos. !Nqate. ¿Sigue vivo? ¿Ha estado vivo todo el tiempo? Pero entonces aparece un kudú junto a él, y otro, y un tercero, una manada entera se aglomera a su alrededor. Poco a poco, Hunter comprende que no se encuentra en una habitación de hospital, sino que está a la intemperie, bajo la cúpula del cielo, y que hace frío porque es de noche. Los ruidos que había tomado por sonidos de la ciudad eran en realidad los abalorios con los que se decoran las piernas los aborígenes, sus cantos, el rítmico golpeo de sus pies en la arena. Los cambios de intensidad en la oscuridad no eran más que el reflejo del fuego en el cielo cada vez que una ráfaga de viento aviva las llamas. Y el kudú que escruta de cerca su rostro es uno de los chamanes acuclillados en torno a él. El hombre habla y sus palabras producen una sucesión de sonidos diáfanos interrumpida por frecuentes chasquidos. Por un instante se hace el silencio y a continuación oye una voz familiar. Otro kudú se acerca a él, un kudú que habla inglés. Dawid.

—El chamán dice que no lo puede ayudar. Su malestar ya no es fruto del veneno de escorpión. El veneno lo hemos extraído y lo hemos disuelto en una pócima.

Hunter recuerda entonces vagamente un brebaje que le han ofrecido en algún momento, una especie de té amargo que le produjo náuseas. Pero es cierto que la sensación de estar en llamas por dentro ha desaparecido de su cuerpo.

—Dice que no lo puede ayudar —continúa Dawid—, porque no es la furia del sol lo que abrasa su piel. La furia del sol ya la hemos calmado.

Poco a poco, en su memoria van apareciendo retales de las últimas horas. Alguien lo ha envuelto con paños fríos humedecidos con algún tipo de ungüento y ha curado sus ampollas. Alguien ha velado junto a él. Manos de mujer. Hunter recuerda el tacto de manos de mujer. ¿Cuánto tiempo ha estado inconsciente? Su mujer..., tiene que llamar a su mujer.

—El chamán dice que no lo puede salvar, pues no le ha rendido a !Nqate los honores que prescribe la tradición. Cuando el cazador no mata a la presa, el alma de la presa no puede ascender al cielo y su espíritu viene a reclamar el alma del cazador. La presa pasa a ser el cazador, y el cazador pasa a ser la presa. Dice que no puede ayudarlo porque no puede contravenir la voluntad de los dioses.

¿Por qué no está en un hospital? ¿Qué está haciendo aquí, en este manicomio? Tiene que irse de allí. Pero ¿cómo? ¿Dónde está Van Heeren? Van Heeren. En cuanto piensa en él, recuerda su traición. Su amigo lo ha traicionado. No había honor en esta caza. Se lo tiene que decir a Dawid, tiene que explicarle que es Van Heeren quien los ha engañado, no él. Él tenía una licencia. «Pero esta tierra es nuestra. Los animales que viven aquí son nuestros. Esta no es vuestra tierra. Y nosotros no somos animales.» Ha sido Van Heeren. Él no tiene culpa de nada. Él tenía derecho a disparar. Tenía derecho a matar. Había pagado por una caza justa. Tiene que decírselo, pero no tiene voz. ¿Y por qué no puede levantarse? ¿Qué le han hecho? Por mucho que lo intenta, su cuerpo no responde. Mientras tanto, su corazón late de forma descontrolada en el interior de su pecho. Los hombres que bailan en torno a él se mueven más y más rápido. Y cuanto más rápido bailan, cuanto más frenéticos son sus movimientos, más fuerte late su corazón, como si el ritmo de la danza marcara su ritmo cardiaco. ¿Están tratando de matarlo a través del baile ritual? Presa de la impotencia, incapaz de gritar o de moverse, Hunter mira a su alrededor desesperado. Su cuerpo ya está muerto, pero su espíritu aún vive.

Alguien dice su nombre.

—¿Míster White?

Jeans. Esta es su oportunidad. Su última oportunidad.

—Un hospital...

A duras penas consigue formar las palabras.

—¿Prefiere usted morir bajo una luz de neón? Es mejor morir aquí, bajo las estrellas, donde su alma puede ascender fácilmente al cielo.

Hunter trata de coger aire. El sonido distorsionado que sale de su garganta ya no es su voz. Una fatiga oscura y viscosa tira de su cuerpo hacia abajo.

—No quiero morir...

Sus palabras son poco más que un suspiro. Jeans tiene que pegar el oído casi a su rostro para oírlo y, cuando responde, Hunter siente el aliento del muchacho en sus pestañas.

—Si lo llevo al hospital morirá seguro. No se puede mover a un hombre con fiebre de aguas negras.

Del pecho de Hunter asciende una carcajada que sale de su garganta como un débil carraspeo.

¿Fiebre de aguas negras? ¿Es eso lo que tiene? ¿En serio? ¿Va a morir de una complicación sumamente inusual de la malaria? ¿Es posible que después de todos los animales a los que se ha enfrentado en su vida sea un mosquito quien acabe con él? ¡Él, Hunter White! ¡El cazador blanco! ¿Y aún existe esa enfermedad? ¿No será que lo han envenenado para vengarse por la muerte del joven de su tribu? ¿No será ese el motivo de la insuficiencia renal que lo está matando? Los pensamientos vuelan por su cabeza como retales pálidos de niebla. La voz de Jeans suena cada vez más lejos.

—No tiene sentido oponer resistencia. Tiene que aceptar su destino, igual que el kudú. Esto es África. Puede ser que muera o puede ser que viva. Pero no se preocupe. Pase lo que pase, su mujer recibirá el trofeo y Dawid viajará a Estados Unidos. Van Heeren es un hombre de palabra.

Van Heeren. ¿Dónde está Van Heeren? ¿Y dónde está su mujer? ¿Por qué está solo? Solo y asustado en esta oscuridad infinita. Una nueva losa de cansancio cae sobre el pecho de Hunter. Ya está muerto, igual que el kudú. Y es ahora, con un pie en la tumba y el aliento de Jeans en el rostro, cuando por fin comprende que da igual cuál sea la causa de su muerte o a manos de quién muera, pues no hay honor en la muerte. La muerte no es más que eso: el final de la vida. Su vida. Todo aquello en lo que ha creído, todo lo que ha hecho, la persona que ha sido... Es un horror. Un auténtico horror.

Eso es lo último que piensa. Un violento remolino lo arrastra hacia la más profunda oscuridad. Frío. Todo se vuelve frío. En un último intento de aferrarse a la vida, exprimiendo a la desesperada su última gota de energía, abre los ojos una vez más. Ante él, muy erguido, seguro de sí mismo, con los cuernos de órice apuntando orgullosos hacia el cielo, ve al joven aborigen. El joven contra el que disparó como si fuera un animal. Mirándolo fijamente a los ojos con la misma audacia y determinación que antes del disparo. En la mano porta su lanza. En el lado izquierdo del pecho se aprecian dos grandes cicatrices. Su trofeo, ya preparado por el taxidermista. *Full mount*, como prometió Van Heeren. Dawid está a su lado, igual que el día que cazaron juntos al kudú. El primer kudú de !Nqate, que los unió de por vida y decidió sus destinos. El primer y último kudú de !Nqate. A lo lejos, como si sus palabras llegaran desde el otro extremo de un largo túnel, oye la voz de Dawid.

—Sería muy cobarde comerse el corazón del chacal, pues es ahí donde está su alma. Por eso comemos solo la carne, que no es más que el envoltorio del alma. La carne pertenece al cazador. Usted fue el cazador de !Nqate y él fue su presa. Y aunque no lo matara como los dioses hubieran querido, tiene derecho a llevarse su cuerpo. Pero su corazón se queda aquí y aquí lo enterraremos para que su alma encuentre la paz en la arena y su espíritu ascienda al cielo para reunirse con los dioses.

El chico-órice sigue sin desprender su mirada de Hunter. El joven aborigen. Hasta hace poco un ser humano, como él. Ahora un muerto, igual que él. Y en ese momento postrero, en esa delgada línea que separa la vida de la muerte, vuelven a mirarse a los ojos y quedan unidos para siempre. El cazador y la presa. La presa y el cazador. Un instante después se detiene el tiempo. Y ahí termina todo.

VI

LOS MUERTOS

Los pasajeros siguen encerrados en el avión. Todavía no han abierto las puertas. El runrún crece hasta convertirse en un confuso murmullo de protestas masculladas, exabruptos de insatisfacción y gruñidos. Empiezan a sonar teléfonos, voces de conversaciones entremezcladas llenan el espacio. El ajetreo en el interior de la cabina contrasta con la calma que se percibe en el exterior, donde el manto blanco que lo cubre todo acentúa el silencio. Dawid, intrigado, explora con la mirada ese mundo desconocido que nunca había visto en tres dimensiones. Ahora que se despliega ante sus ojos lo que solo había visto en una pantalla, se siente intimidado. Por fortuna, la ventanilla del avión lo reduce todo al formato de un vídeo. Muy poco a poco, con mucha precaución, como si entrara en un nuevo territorio de caza, trata de orientarse en este nuevo hábitat. Busca asideros, cosas que le resulten reconocibles. Justo debajo de su ventanilla, una banda transportadora como el cuello de una jirafa husmea en las tripas del avión, en las cuales se oculta el motivo por el que aún no los dejan salir. Se abre una compuerta. Un hombre sube por la rampa gateando torpemente, como un babuino anciano lisiado tras varios millones de años de evolución, y desaparece en el pájaro de acero. Y entonces, uno detrás de otro, amenazadores y silenciosos como cocodrilos asomándose a la superficie del agua, se deslizan hacia abajo dos cajas. El ataúd y un arca. El cazador y su trofeo.

Por la superficie blanca del aeropuerto se acerca un coche. Sus ruedas trazan dos líneas sinuosas en la nieve, como el rastro de dos animales que se mueven en paralelo, dos destinos unidos para la posteridad sin llegar nunca a encontrarse. Se abre la puerta del coche y asoman dos piernas de mujer. Con la determinación de una impala que se dirige a beber a su valle, la mujer da varios pasos en dirección al avión, pero de pronto duda, se detiene, algo la advierte de un potencial peligro. Con pasos inseguros y comedidos, se acerca a las cajas. Un hombre —¿de dónde ha salido?—, tal vez un buitre o un chacal que confía en llevarse algo del botín, le entrega unos papeles a la mujer, el conocimiento de embarque, tal vez un albarán de transporte, algo, en cualquier caso, que hay que firmar. Con las rodillas rígidas, como si sus piernas no quisieran colaborar, la mujer se acerca. En cuanto ve lo que el hombre le muestra, se queda paralizada, abre mucho los ojos y respira hondo. Su cerebro reclama más oxígeno para interpretar correctamente lo que está viendo. Muy despacio, con una lentitud antinatural, como en un videoclip reproducido en un móvil con mala cobertura, alza la vista del papel, se lleva la mano a la boca y abre los labios como si fuera a gritar, pero algo congela su gesto antes de que llegue a producir sonido alguno. Su horror permanece sordo.

Dawid siente una mano en el hombro. Una azafata, pensando que se ha quedado dormido, se acerca a decirle que ya ha llegado a su destino y tiene que bajar del avión. Ya está usted en su destino, insiste la azafata. En torno a él, sin darse cuenta, se ha hecho el silencio. Dawid, el último pasajero en el avión —que ahora parece más grande—, se levanta y saca el abrigo de invierno que ha comprado para este viaje del maletero situado justo encima de su asiento. Mientras se abrocha el abrigo y se pone el capuchón —ribeteado con piel sintética de un animal sin nombre ni olor, un animal que nunca ha corrido y nunca correrá y que nadie ha cazado porque procede de una fábrica—, echa un último vistazo por la ventanilla.

—Adiós, amigo —le dice a !Nqate.

¿Qué otra cosa se le puede decir a un muerto? Los muertos se quedan ya para siempre en el mismo sitio. Los vivos continúan su camino.

Y así, volviéndole la espalda al pasado de forma definitiva, bajando con precaución los peldaños escarchados de la escalerilla del avión, da los primeros pasos hacia su futuro.

AGRADECIMIENTOS

Quiero dar aquí las gracias a todos mis seres queridos. A los valientes que conviven conmigo mientras escribo y, una vez más, han sobrevivido al proceso de gestación de un nuevo libro. Mi manada, mis padres, mis amigos. Gracias también por su mirada crítica y su sinceridad a todos los que han leído el manuscrito y me han ayudado con sus opiniones: Eva, Tiene, Johanna, Ann, Catherine e Ilke. Gracias a Stef por su asesoramiento en todo lo relativo a la caza. Un agradecimiento muy especial también a Vicky, mi salvavidas en los momentos difíciles, y a Annelies, mi consultora literaria por antonomasia, que leyó todas y cada una de las versiones de esta novela. Gracias también a Trui, de quien robé dos anécdotas impúdicamente; a Harold Polis, que hace ya años me recomendó leer *El corazón de las tinieblas*, y a David Chancellor, con cuya serie fotográfica titulada *Hunters* empezó todo. Gracias también, naturalmente, a todos aquellos sin quienes este libro no existiría, o no en esta forma: los equipos de la editorial Querido y Flanders Literature. A Gert Dooreman, Sébastien Van Malleghem y Trui Hanoulle: la auténtica belleza es fruto de la rebeldía. Y, por último, gracias a Colette, que de vez en cuando me crujía el cuello para que pudiera seguir escribiendo.